LES TROIS MOUSQUETAIRES

PAR

ALEXANDRE DUMAS

WITH

INTRODUCTION, NOTES, AND VOCABULARY

BY

C. FONTAINE, B. ès L., L. en D.

*Chairman French Department, High School of Commerce, New York;
late Director of Romance Language Instruction in
the High Schools of Washington, D. C.*

LONDON.
D. APPLETON & CO.,
NEW YORK ·:· CINCINNATI ·:· CHICAGO
AMERICAN BOOK COMPANY

INTRODUCTION

ALEXANDRE DUMAS, the son of General Davy-Dumas, who took an important part in the Revolutionary and Napoleonic wars, was born in Villers-Cotterets in 1803. His father died when he was but three years old and he was left to the care of his mother, whose sole means of support was a small pension. She did all in her power to give her son a good education, but he had too little inclination for study. He was a strong, alert lad, fond of vigorous out-of-door life, and far more proud of skill in sports than aptness in learning. At the age of fifteen he obtained a clerkship in a notary's office, but showed so little aptitude for law that he was soon dismissed.

The years passed till one day young Dumas realized the fact that he was twenty and must earn a living. His mother came to him with the news that her whole fortune consisted of two hundred and fifty-three francs, but he was full of hope and confidence in himself and, taking fifty-three francs of his mother's little capital, he started for Paris with the determination to make his way in the world. He immediately went to the old friends of his father, who he felt sure would help him, but to his dismay he found that only few of them consented to receive him. At last he went to General Foy, who took an interest in him and tried to obtain him a position. But Dumas, though full of zeal and energy, knew and could do practically nothing. The only accomplishment of which he could well boast was that of fine penmanship. It was not much, but it was this nevertheless that finally secured him a position in the house of the Duke of Orleans.

3

Then feeling his daily bread assured, he set himself to the task of his own education, which he had found to be so deficient. For two years he spent all his leisure hours in arduous study, paying particular attention to the history of France, for he had already seen what great attraction it could be made to have for the public. In 1825, in collaboration with one or two of his comrades, he produced a few vaudevilles and also tried his skill at tragedy. But, as he tells us himself, the turning-point in his career dated from the day when he first saw Shakespeare played by a troop of English actors. Shakespeare revealed to him a world wholly new, and it was on the impulsion of this revelation that he began to do more serious work. He achieved his first real success in 1828 with *Henry III.*, which was played at the Théâtre Français. It was the first of a long series of dramas and tragedies on which he then began and which were for the most part successful.

From 1830 to 1832 he dipped a little into liberal politics and then again made up to the king and the court. But in 1832, in consequence of an epidemic of cholera, he had to leave Paris, and started off on a series of travels which he subsequently related in his *Impressions de Voyage*. These records of his travels revealed to himself as well as to the public his great skill as a narrator and marked the beginning of his career as a novelist. He plunged into the *roman feuilleton* and brought out hundreds of volumes of novels of adventure, all successful in bringing him fabulous gains and eagerly read by multitudes of people.

In 1860, driven by a love of adventure which had never left him, he went to Italy and joined Garibaldi in his expeditions. During this time he never ceased writing, but his work was growing feebler and feebler.

He died at Dieppe, December 5, 1870, poor and momentarily rather forgotten, after having rolled in wealth and stood on the pinnacle of literary glory.

Few authors are as easy to criticize as Dumas. He who runs can detect his faults. Yet, paradoxical as it may seem, his very faults are what most contributed to his success. Critics accuse him of a scarcity which almost amounts to an absence of ideas in his work; and they are unfortunately quite right. But Dumas did not write for the select intellectual few who are ever on the lookout for new ideas. He wrote for a great mass of reading, not unintelligent, people; he wrote for the public. And what the public at large asks of literature is that it should occupy the mind but not tire it. This Dumas could do incomparably well.

His style is shallow, only superficially brilliant and of no real strength; but it is so full of impetuosity and audacity that one does not realize its weakness. There is in it such good humor and such a constant flow of animal spirits expressive of the seemingly irrepressible satisfaction the writer takes in his own production that the absence of much that is not there is hardly felt. What he puts forth as true sentiment is often only sentimentality, but this mattered not or but little to the greater part of the public to which he appealed.

His plays, when calmly analyzed, are ridiculous, to say the least; but they are replete with dramatic situations wonderfully well handled and events of such an extraordinary nature following each other in rapid succession, that one has no time to think; and it is well. In no greater degree do his novels stand analysis. Yet they are interesting, for Dumas was a great narrator; and of all times men have loved a good story. Dumas tells a good story. It has spirit, action and brilliancy. We do not have to think or even to feel when we read it, but we are vastly entertained and this is the secret of Dumas' success and fame. His books have been translated into all languages, have gone into all parts of the world, and have amused thousands; and that, in spite of what faults he may have, is a great claim to a name in the literature of a nation.

Among his principal works are: *Le Comte de Monte Cristo, Le Vicomte de Bragelone, Vingt Ans après, La Tulipe noire,* and many others.

This edition has been reduced from almost 700 to about 165 pages, but it is hoped that the thread of the story has been left unbroken and that this brilliant work of Dumas will prove interesting and useful to both teachers and pupils.

C. FONTAINE.

LES TROIS MOUSQUETAIRES

D'ARTAGNAN, a young Gascon[1] gentleman, and the hero of this novel, was sent by his father to Paris to seek his fortune. On leaving home he received a letter of introduction for Monsieur de Tréville, the captain of the King's musketeers.

When d'Artagnan reached Meung,[2] while stopping at the village inn, he got into an altercation with a man who had laughed at him and in the fracas his letter for M. de Tréville was lost.

While he was there, a carriage drove up to the inn door and a woman alighted, to whom d'Artagnan's aggressor gave orders in the name of Cardinal de Richelieu[3] to proceed at once to London and to inform him if the Duke of Buckingham[4] had left or was going to leave England. Then they parted.

D'Artagnan, furious at his misadventure and swearing revenge on the man who had insulted him, went on to Paris, where he at once called on M. de Tréville and told him what had taken place at Meung.

The latter placed him in the Company of the King's Guards, the captain of which was M. des Essarts, his brother-in-law.

Soon our Gascon became acquainted with the three most famous musketeers of that time: Athos, Porthos and Aramis; and this acquaintance promptly ripened into a close friendship.

At that time France was divided into two political parties, the royalists, or supporters of the King, and the cardinalists, or supporters of Cardinal de Richelieu.

[1] *Gascon:* an inhabitant of the old province of Gascony in southern France. Gascony was annexed to France in 1589. It now forms the departments of Basses-Pyrénées, Hautes-Pyrénées, and part of Gers. — [2] *Meung:* a small town in central France, near Orléans. — [3] *Cardinal de Richelieu:* the first minister of Louis XIII. and the greatest statesman and diplomat of the XVIIth century, was born in 1585 and died in 1642. — [4] *Duke of Buckingham:* a great favorite of James I. and Charles I. of England. He was born in 1592 and assassinated in 1628.

As d'Artagnan's friends were musketeers, i.e. staunch royalists, our hero soon became a bitter enemy of the cardinal. Richelieu was deeply in love with Anne of Austria,[1] the wife of King Louis XIII., and so was the Duke of Buckingham, the first minister of Charles I.[2] of England.

Anne received with pleasure the homage of the Englishman, while she felt a profound antipathy for Richelieu; hence, there was a sharp rivalry between the two men.

During a secret visit made to his love by Buckingham, the queen had given him as a souvenir twelve diamond pendants, of which fact Richelieu became aware through some spy.

He then persuaded the king to give a ball and request the queen to wear on that night the twelve diamond pendants he had given her.

On receiving this request from her husband, Anne thought she was lost; but d'Artagnan was made conversant with the situation by Madame Constance Bonacieux, a lady-in-waiting of the queen, whom he had once saved from being arrested by the cardinal's agents and with whom he was very much in love. It was then decided to write Buckingham to inform him of the danger of the queen.

D'Artagnan, his three friends, and their valets Grimaud, Mousqueton, Bazin, and Planchet were intrusted with the task of carrying the letter to England, a risky piece of work, as the cardinal was deeply interested in preventing this message from reaching its destination.

Our friends then started on their way to London.

VOYAGE

A deux heures du matin, nos quatre aventuriers sortirent de Paris par la barrière Saint-Denis; tant qu'il fit nuit ils restèrent muets; malgré eux ils subissaient l'influence de l'obscurité et voyaient des embûches par-
5 tout.

Aux premiers rayons du jour leurs langues se deliè-

---

[1] *Anne of Austria:* the daughter of Philip III. of Spain, the wife of Louis XIII. and queen-regent during the minority of Louis XIV. (1602-1666). She was famous for her beauty.—[2] *Charles I.:* the son of James I. of England, born in 1600 and beheaded at Whitehall in 1649.

2 *la barrière Saint-Denis:* the northern gate of Paris, so called because it was on the highway leading to Saint-Denis, a town situated a few miles north of Paris.

rent; avec le soleil la gaieté revint: c'était comme à la
veille d'un combat, le cœur battait, les yeux riaient, on
sentait que la vie qu'on allait peut-être quitter était au
bout du compte une bonne chose.

5 L'aspect de la caravane, au reste, était des plus formi-
dables: les chevaux noirs des mousquetaires, leur tournure martiale, cette habitude de l'escadron qui fait marcher régulièrement ces nobles compagnons du soldat
eussent trahi le plus strict incognito.

10 Les valets suivaient, armés jusqu'aux dents.

Tout alla bien jusqu'à Chantilly, où l'on arriva vers
les huit heures du matin. Il fallait déjeuner. On descendit devant une auberge que recommandait une enseigne représentant saint Martin donnant la moitié de son
15 manteau à un pauvre. On enjoignit aux laquais de ne
pas desseller les chevaux et de se tenir prêt à repartir
immédiatement.

On entra dans la salle commune et l'on se mit à table.

Un gentilhomme, qui venait d'arriver, était assis à
20 cette même table et déjeunait. Il entama la conversation sur la pluie et le beau temps; les voyageurs répondirent: il but à leur santé; les voyageurs lui rendirent
sa politesse.

Mais au moment où Mousqueton venait annoncer que
25 les chevaux étaient prêts et où l'on se levait de table,
l'étranger proposa à Porthos la santé du cardinal. Porthos répondit qu'il ne demandait pas mieux, si l'étranger
à son tour voulait boire à la santé du roi. L'étranger
s'écria qu'il ne connaissait d'autre roi que Son Éminence.
30 Porthos l'appela ivrogne; l'étranger tira son épée.

4 *au bout du compte:* see *compte.* — 11 *Chantilly:* a town famous
for its beautiful forest and château, situated about twenty miles north
of Paris. — 14 *saint Martin:* one of the first French bishops, who lived
in the fourth century.

—Vous avez fait une sottise, dit Athos, n'importe, il
n'y a pas à reculer maintenant, tuez cet homme et venez
nous rejoindre le plus vite que vous pourrez.

Et tous trois remontèrent à cheval et repartirent à
5 toute bride, tandis que Porthos promettait à son adversaire de le perforer de tous les coups connus dans l'escrime.

—Pourquoi cet homme s'est-il attaqué à Porthos plutôt
qu'à tout autre? demanda Aramis, au bout de cinq cents
10 pas.

—Parce que, Porthos parlant plus haut que nous tous,
il l'a pris pour le chef, dit d'Artagnan.

—J'ai toujours dit que ce cadet de Gascogne était un
puits de sagesse, murmura Athos.

15 Et les voyageurs continuèrent leur route.

A Beauvais on s'arrêta deux heures, tant pour faire
souffler les chevaux que pour attendre Porthos. Au bout
de deux heures, comme Porthos n'arrivait pas, ni aucune
nouvelle de lui, on se remit en chemin.

20 A une lieue de Beauvais, à un endroit où le chemin se
trouvait resserré entre deux talus, on rencontra huit ou
dix hommes qui, profitant de ce que la route était dépavée
en cet endroit, avaient l'air d'y travailler en y creusant
des trous et en pratiquant des ornières boueuses.

25 Aramis, craignant de salir ses bottes dans cette boue,
les apostropha durement. Athos voulut le retenir, il était
trop tard. Les ouvriers se mirent à railler les voyageurs,
et firent perdre par leur insolence la tête même au froid
Athos qui poussa son cheval contre l'un d'eux.

30 Alors chacun de ces hommes recula jusqu'au fossé et
y prit un mousquet caché; il en résulta que nos sept voyageurs furent littéralement passés par les armes. Aramis

5 *à toute bride:* see *bride.* — 16 *Beauvais:* a city of northern France,
48 miles north of Paris. — 32 *passés par les armes:* see *arme.*

reçut une balle qui lui traversa l'épaule, et Mousqueton une autre balle qui se logea dans la jambe. Cependant Mousqueton seul tomba de cheval, non pas qu'il fût griè-vement blessé, mais, comme il ne pouvait voir sa blessure, 5 sans doute il crut être plus dangereusement blessé qu'il ne l'était.

— C'est une embuscade, dit d'Artagnan ; ne brûlons pas une amorce, et en route.

Aramis, tout blessé qu'il était, saisit la crinière de son 10 cheval, qui l'emporta avec les autres. Celui de Mous-queton les avait rejoints, et galopait tout seul à son rang.

— Cela nous fera un cheval de rechange, dit Athos.

— J'aimerais mieux un chapeau, dit d'Artagnan ; le 15 mien a été emporté par une balle. C'est bien heureux, ma foi, que la lettre que je porte n'ait pas été dedans.

— Ah çà ! mais ils vont tuer le pauvre Porthos quand il passera, dit Aramis.

— Si Porthos était sur ses jambes, il nous aurait re-20 joints maintenant, dit Athos. M'est avis que sur le terrain l'ivrogne se sera dégrisé.

Et l'on galopa encore pendant deux heures, quoique les chevaux fussent si fatigués, qu'il était à craindre qu'ils ne refusassent bientôt le service.

25 Les voyageurs avaient pris la traverse, espérant de cette façon être moins inquiétés ; mais à Crèvecœur, Aramis déclara qu'il ne pouvait aller plus loin. En effet, il avait fallu tout le courage qu'il cachait sous sa forme élégante et sous ses façons polies pour arriver jusque-là. 30 A tout moment, il pâlissait et l'on était obligé de le soute-nir sur son cheval ; on le descendit à la porte d'un caba-ret, on lui laissa Bazin qui, au reste, dans une escarmou-

---

20 *M'est avis = je pense.* — 26 *Crèvecœur:* a small town in the department of Oise.

che, était plus embarrassant qu'utile, et l'on repartit dans l'espérance d'aller coucher à Amiens.

— Morbleu! dit Athos, quand ils se retrouvèrent en route, réduits à deux maîtres et à Grimaud et Planchet, 5 morbleu! je ne serai plus leur dupe, et je vous réponds qu'ils ne me feront pas ouvrir la bouche ni tirer l'épée d'ici à Calais J'en jure...

— Ne jurons pas, dit d'Artagnan, galopons, si toutefois nos chevaux y consentent.

o   Et les voyageurs enfoncèrent leurs éperons dans le ventre de leurs chevaux, qui, vigoureusement stimulés, retrouvèrent des forces.   On arriva à Amiens à minuit, et l'on descendit à l'auberge du Lis-d'Or.

L'hôtelier avait l'air du plus honnête homme de la 5 terre, il reçut les voyageurs son bougeoir d'une main et son bonnet de coton de l'autre; il voulut loger les deux voyageurs chacun dans une chambre, malheureusement chacune de ces chambres était à l'extrémité de l'hôtel. D'Artagnan et Athos refusèrent; l'hôte répondit qu'il n'y o en avait cependant pas d'autres dignes de Leurs Excellences; mais les voyageurs déclarèrent qu'ils coucheraient dans la chambre commune chacun sur un matelas qu'on leur jetterait à terre.   L'hôte insista, les voyageurs tinrent bon; il fallut faire ce qu'ils voulurent.

5   Ils venaient de disposer leur lit et de barricader leur porte en dedans lorsqu'on frappa au volet de la cour; ils demandèrent qui était là, reconnurent la voix de leurs valets et ouvrirent.

En effet c'étaient Planchet et Grimaud.

o   — Grimaud suffira pour garder les chevaux, dit Planchet; si ces messieurs veulent, je coucherai en travers de

2 *Amiens:* a city famous for its Gothic cathedral, about 95 miles north of Paris. — 7 *Calais:* a French seaport opposite Dover. — 23 *tinrent bon = persistèrent.*

leur porte; de cette façon-là, ils seront sûrs qu'on n'arrivera pas jusqu'à eux.

— Et sur quoi coucheras-tu? dit d'Artagnan.

— Voici mon lit, répondit Planchet.

5 Et il montra une botte de paille.

— Viens donc, dit d'Artagnan, tu as raison: la figure de l'hôte ne me convient pas, elle est trop gracieuse.

— Ni à moi non plus, dit Athos.

Planchet monta par la fenêtre, s'installa en travers
10 de la porte, tandis que Grimaud allait s'enfermer dans l'écurie, répondant qu'à cinq heures du matin lui et les quatre chevaux seraient prêts.

La nuit fut assez tranquille, on essaya bien vers les deux heures du matin d'ouvrir la porte; mais comme
15 Planchet se réveilla en sursaut et cria *qui va là?* on répondit qu'on se trompait, et on s'éloigna.

A quatre heures du matin on entendit un grand bruit dans les écuries. Grimaud avait voulu réveiller les garçons d'écurie, et les garçons d'écurie le battaient. Quand
20 on ouvrit la fenêtre, on vit le pauvre garçon sans connaissance, la tête fendue d'un coup de manche à fourche.

Planchet descendit dans la cour et voulut seller les chevaux; les chevaux étaient fourbus. Celui de Mousqueton seul qui avait voyagé sans maître pendant cinq ou six
25 heures, la veille, aurait pu continuer la route, mais, par une erreur inconcevable, le chirurgien vétérinaire qu'on avait envoyé chercher, à ce qu'il paraît, pour saigner le cheval de l'hôte, avait saigné celui de Mousqueton.

Cela commençait à devenir inquiétant: tous ces ac-
30 cidents successifs étaient peut-être le résultat du hasard, mais ils pouvaient tout aussi bien être le fruit d'un complot. Athos et d'Artagnan sortirent, tandis que Planchet allait s'informer s'il n'y avait pas trois chevaux à vendre dans les environs. A la porte étaient deux chevaux tout

équipés, frais et vigoureux. Cela faisait bien l'affaire.
Il demanda où étaient les maîtres; on lui dit que les
maîtres avaient passé la nuit dans l'auberge et réglaient
leur compte à cette heure avec le maître.

5   Athos descendit pour payer la dépense, tandis que d'Ar-
tagnan et Planchet se tenaient sur la porte de la rue.
L'hôtelier était dans une chambre basse et reculée; on pria
Athos d'y passer.

Athos entra sans défiance et tira deux pistoles pour
10 payer: l'hôte était seul et assis devant son bureau, dont un
des tiroirs était entr'ouvert. Il prit l'argent que lui présenta Athos, le tourna et le retourna dans ses mains, et
tout à coup, s'écriant que la pièce était fausse, il déclara
qu'il fallait le faire arrêter, lui et son compagnon, comme
15 faux monnayeurs.

— Drôle, dit Athos, en marchant sur lui, je vais te couper les oreilles.

Au même instant quatre hommes armés jusqu'aux
dents entrèrent par les portes latérales et se jetèrent sur
20 Athos.

— Je suis pris, cria Athos de toutes les forces de ses
poumons; au large! d'Artagnan, pique, pique! et il lâcha
deux coups de pistolet.

D'Artagnan et Planchet ne se le firent pas répéter à
25 deux fois, ils détachèrent les deux chevaux qui attendaient à la porte, sautèrent dessus, leur enfoncèrent leur
éperons dans le ventre et partirent au triple galop.

— Sais-tu ce qu'est devenu Athos? demanda d'Artagnan à Planchet en courant.

30 — Ah! monsieur, dit Planchet, j'en ai vu tomber deux
à ses deux coups, et il m'a semblé, à travers la porte vi-
trée, qu'il ferraillait avec les autres.

— Brave Athos! murmura d'Artagnan. Et quand on

1 *Cela faisait bien l'affaire:* see *affaire.*—22 *au large:* see *large.*

pense qu'il faut l'abandonner! Au reste, autant nous
attend peut-être à deux pas d'ici. En avant, Planchet,
en avant! tu es un brave homme.

— Je vous l'ai dit, monsieur, répondit Planchet, les
5 Picards ça se reconnaît à l'usage; d'ailleurs, je suis ici
dans mon pays, ça m'excite.

Et tous deux piquant de plus belle, arrivèrent à Saint-
Omer d'une seule traite. A Saint-Omer ils firent souffler
les chevaux la bride passée à leurs bras, de peur d'acci-
10 dent, et mangèrent un morceau tout debout dans la rue,
après quoi ils repartirent.

A cent pas des portes de Calais, le cheval de d'Artagnan s'abattit, et il n'y eut pas moyen de le faire se relever, le sang lui sortait par le nez et par les yeux; restait
15 celui de Planchet, mais celui-là s'était arrêté, et il n'y
eut plus moyen de le faire repartir.

Heureusement, comme nous l'avons dit, ils étaient à
cent pas de la ville; ils laissèrent les deux montures sur
le grand chemin et coururent au port. Planchet fit re-
20 marquer à son maître un gentilhomme qui arrivait avec
son valet et qui ne les précédait que d'une cinquantaine
de pas.

Ils s'approchèrent vivement de ce gentilhomme, qui
paraissait fort affairé. Il avait ses bottes couvertes de
25 poussière, et s'informait s'il ne pourrait point passer à
l'instant même en Angleterre.

— Rien ne serait plus facile, répondit le patron d'un
bâtiment prêt à mettre à la voile, mais ce matin est arrivé
l'ordre de ne laisser partir personne sans une permission
30 expresse de M. le cardinal.

— J'ai cette permission, dit le gentilhomme en tirant le
papier de sa poche, la voici.

— Faites-la viser par le gouverneur du port, dit le
patron, et donnez-moi la préférence.

— Où trouverai-je le gouverneur?

— A sa campagne.

— Et cette campagne est située?

— A un quart de lieue de la ville; tenez, vous la voyez
5 d'ici, au pied de cette petite éminence, ce toit en ardoises.

— Très bien, dit le gentilhomme.

Et, suivi de son laquais, il prit le chemin de la maison
de campagne du gouverneur.

D'Artagnan et Planchet suivirent le gentilhomme à
10 cinq cents pas de distance.

Une fois hors de la ville, d'Artagnan pressa le pas et
rejoignit le gentilhomme comme il entrait dans un petit
bois.

— Monsieur, lui dit d'Artagnan, vous me paraissez
15 fort pressé?

— On ne peut plus pressé, monsieur.

— J'en suis désespéré, dit d'Artagnan, car comme je
suis très pressé aussi, je voulais vous prier de me rendre un service.

20 — Lequel?

— De me laisser passer le premier.

— Impossible, dit le gentilhomme, j'ai fait soixante
lieues en quarante-quatre heures, et il faut que demain à
midi je sois à Londres.

25 — J'ai fait le même chemin en quarante heures, et il
faut que demain à dix heures du matin je sois à Londres.

— Désespéré, monsieur; mais je suis arrivé le premier,
et je ne passerai pas le second.

— Désespéré, monsieur; mais je suis arrivé le second,
30 et je passerai le premier.

— Service du roi! dit le gentilhomme.

— Service de moi! dit d'Artagnan.

— Mais c'est une mauvaise querelle que vous me cher-
chez là, ce me semble.

— Parbleu! que voulez-vous que ce soit?

— Que désirez-vous?

— Vous voulez le savoir?

— Certainement.

5 — Eh bien! je veux l'ordre dont vous êtes porteur, attendu que je n'en ai pas, moi, et qu'il m'en faut un.

— Vous plaisantez, je présume.

— Je ne plaisante jamais.

— Laissez-moi passer!

10 — Vous ne passerez pas.

— Mon brave jeune homme, je vais vous casser la tête. Holà, Lubin! mes pistolets.

— Planchet, dit d'Artagnan, charge-toi du valet, je me charge du maître.

15 Planchet sauta sur Lubin, et comme il était fort et vigoureux, il le renversa les reins contre terre et lui mit le genou sur la poitrine.

— Faites votre affaire, monsieur, dit Planchet, moi, j'ai fait la mienne.

20 Voyant cela, le gentilhomme tira son épée et fondit sur d'Artagnan; mais il avait affaire à forte partie.

En trois secondes d'Artagnan lui fournit trois coups d'épée en disant à chaque coup:

— Un pour Athos, un pour Porthos, un pour Ara-
25 mis.

Au troisième coup, le gentilhomme tomba comme une masse.

D'Artagnan le crut mort, ou tout au moins évanoui, et s'approcha pour lui prendre l'ordre; mais au moment où
30 il étendait le bras afin de le fouiller, le blessé, qui n'avait pas lâché son épée, lui porta un coup de pointe dans la poitrine en disant:

— Un pour vous.

— Et un pour moi! s'écria d'Artagnan furieux, en le

clouant par terre d'un quatrième coup d'épée dans le ventre.

Cette fois le gentilhomme ferma les yeux et s'évanouit.

D'Artagnan fouilla dans la poche où il l'avait vu remettre l'ordre de passage, et le prit. Il était au nom du comte de Wardes.

Puis, jetant un dernier coup d'œil sur le beau jeune homme, qui avait vingt-cinq ans à peine, et qu'il laissait là gisant, privé de sentiment et peut-être mort, il poussa un soupir sur cette étrange destinée qui porte les hommes à se détruire les uns les autres pour les intérêts de gens qui leur sont étrangers et qui souvent ne savent pas même qu'ils existent.

Mais il fut bientôt tiré de ces réflexions par Lubin, qui poussait des hurlements et criait de toutes ses forces au secours.

Planchet lui appliqua la main sur la gorge et serra de toutes ses forces.

—Monsieur, dit-il, tant que je le tiendrai ainsi, il ne criera pas, j'en suis bien sûr; mais aussitôt que je le lâcherai, il va se remettre à crier. Je le reconnais pour un Normand et les Normands sont entêtés.

En effet, tout comprimé qu'il était, Lubin essayait encore de filer des sons.

—Attends! dit d'Artagnan.

Et prenant son mouchoir, il le bâillonna.

—Maintenant, dit Planchet, lions-le à un arbre.

La chose fut faite en conscience, puis on tira le comte de Wardes près de son domestique; et comme la nuit commençait à tomber et que le garrotté et le blessé étaient tous deux à quelques pas dans le bois, il était évident qu'ils devaient y rester jusqu'au lendemain.

—Et maintenant, dit d'Artagnan, chez le gouverneur!

24 *filer des sons:* see *son.*

— Mais vous êtes blessé, ce me semble? dit Planchet.

— Ce n'est rien, occupons-nous du plus pressé; puis nous reviendrons à ma blessure, qui, au reste, ne me paraît pas très dangereuse.

5 Et tous deux s'acheminèrent à grands pas vers la campagne du digne fonctionnaire.

On annonça M. le comte de Wardes.

D'Artagnan fut introduit.

— Vous avez un ordre signé du cardinal? dit le gouver-
10 neur.

— Oui, monsieur, répondit d'Artagnan, le voici.

— Ah! ah! il est en règle et bien recommandé, dit le gouverneur.

— C'est tout simple, répondit d'Artagnan, je suis de ses
15 plus fidèles.

— Il paraît que Son Éminence veut empêcher quelqu'un de parvenir en Angleterre.

— Oui, un certain d'Artagnan qui est parti de Paris avec trois de ses amis dans l'intention de gagner Londres.

20 — Le connaissez-vous personnellement? demanda le gouverneur.

— Qui cela?

— Ce d'Artagnan.

— A merveille.

25 — Donnez-moi son signalement alors.

— Rien de plus facile.

Et d'Artagnan donna trait pour trait le signalement du comte de Wardes.

— Est-il accompagné? demanda le gouverneur.

30 — Oui, d'un valet nommé Lubin.

— On veillera sur eux, et si on leur met la main dessus, Son Éminence peut être tranquille, ils seront reconduits à Paris sous bonne escorte.

31 *leur met la main dessus = les arrête.*

— Et ce faisant, monsieur le gouverneur, dit d'Artagnan, vous aurez bien mérité du cardinal.

— Vous le reverrez à votre retour, monsieur le comte?

— Sans aucun doute.

5   — Dites-lui, je vous prie, que je suis bien son serviteur.

— Je n'y manquerai pas.

Et joyeux de cette assurance, le gouverneur visa le laissez-passer et le remit à d'Artagnan.

D'Artagnan ne perdit pas son temps en compliments
10 inutiles, il salua le gouverneur, le remercia et partit.

Une fois dehors, lui et Planchet prirent leur course, et, faisant un long détour, ils évitèrent le bois et rentrèrent à Calais par une autre porte.

Le bâtiment était toujours prêt à partir, le patron atten-
15 dait sur le port.

— Eh bien? dit-il en apercevant d'Artagnan.

— Voici ma passe visée, dit celui-ci.

— Et cet autre gentilhomme?

— Il ne partira pas aujourd'hui, dit d'Artagnan, mais
20 soyez tranquille, je payerai le passage pour nous deux.

— En ce cas, partons, dit le patron.

— Partons! répéta d'Artagnan.

Et il sauta avec Planchet dans le canot; cinq minutes après ils étaient à bord.

25   Il était temps, à une demi-lieue en mer d'Artagnan vit briller une lumière et entendit une détonation.

C'était le coup de canon qui annonçait la fermeture du port.

Il était temps de s'occuper de sa blessure; heureusement,
30 comme l'avait pensé d'Artagnan, elle n'était pas des plus dangereuses: la pointe de l'épée avait rencontré une côte et avait glissé le long de l'os; de plus, la chemise s'était collée aussitôt à la plaie, et à peine avait-elle répandu quelques gouttes de sang.

D'Artagnan était brisé de fatigue : on lui étendit un
matelas sur le pont, il se jeta dessus et s'endormit.

Le lendemain, au point du jour, il se trouva à trois ou
quatre lieues seulement des côtes d'Angleterre.

5   A dix heures le bâtiment jetait l'ancre dans le port de
Douvres.

A dix heures et demie, d'Artagnan mettait le pied sur
la terre d'Angleterre en s'écriant :

— Enfin, m'y voilà !

10   Mais ce n'était pas tout : il fallait gagner Londres. En
Angleterre, la poste était assez bien servie. D'Artagnan
et Planchet prirent chacun un bidet, un postillon courut
devant eux ; en quatre heures ils arrivèrent aux portes de
la capitale.

15   D'Artagnan ne connaissait pas Londres, d'Artagnan ne
savait pas un mot d'anglais ; mais il écrivit le nom de
Buckingham sur un papier, et chacun lui indiqua l'hôtel
du duc.

Le duc était à la chasse à Windsor, avec le roi.

20   D'Artagnan demanda le valet de chambre de confiance
du duc, qui, l'ayant accompagné dans tous ses voyages,
parlait parfaitement français ; il lui dit qu'il arrivait de
Paris pour affaire de vie et de mort et qu'il fallait qu'il
parlât à son maître à l'instant même.

25   La confiance avec laquelle parlait d'Artagnan convainquit Patrice, c'était le nom de ce ministre du ministre.
Il fit seller deux chevaux et se chargea de conduire le
jeune garde. Quant à Planchet, on l'avait descendu de
sa monture, raide comme un jonc : le pauvre garçon
30 était au bout de ses forces ; d'Artagnan semblait de
fer.

On arriva au château, là on se renseigna ; le roi et

19 *Windsor:* the summer residence of the British kings, situated
on the right bank of the Thames river, a short distance from London.

Buckingham chassaient au faucon dans des marais situés à deux ou trois lieues de là.

En vingt minutes on fut au lieu indiqué. Bientôt Patrice entendit la voix de son maître, qui appelait son faucon.

— Qui faut-il que j'annonce à milord duc? demanda Patrice.

— Un messager de la reine de France, répondit le Gascon.

Buckingham en entendant ces mots mit son cheval au galop et vint droit à d'Artagnan. Patrice, par discrétion, se tint à l'écart.

— Il n'est point arrivé malheur à la reine? s'écria Buckingham, répandant toute sa pensée et tout son amour dans cette interrogation.

— Je ne crois pas; cependant je crois qu'elle court quelque grand péril dont Votre Grâce seule peut la tirer.

— Moi? s'écria Buckingham. Et quoi! je serais assez heureux pour lui être bon à quelque chose! Parlez! parlez!

— Prenez cette lettre, dit d'Artagnan.

— Cette lettre! de qui vient cette lettre?

— De Sa Majesté, à ce que je pense.

— De Sa Majesté! dit Buckingham pâlissant si fort que d'Artagnan crut qu'il allait se trouver mal.

Et il brisa le cachet.

— Quelle est cette déchirure? dit-il en montrant à d'Artagnan un endroit où elle était percée à jour.

— Ah! ah! dit d'Artagnan, je n'avais pas vu cela; c'est l'epée du comte de Wardes qui aura fait ce beau coup en me trouant la poitrine.

— Vous êtes blessé? demanda Buckingham en rompant le cachet.

— Oh! rien! dit d'Artagnan, une égratignure.

—Juste ciel! qu'ai-je lu! s'écria le duc. Patrice, reste ici, ou plutôt rejoins le roi partout où il sera, et dis à Sa Majesté que je la supplie humblement de m'excuser, mais qu'une affaire de la plus haute importance me rap-
5 pelle à Londres. Venez, monsieur, venez.

Et tous deux reprirent au galop le chemin de la capitale.

SUCCÈS

Tout le long de la route, le duc se fit mettre au cou-rant par d'Artagnan, non pas de tout ce qui s'était passé, mais de ce que d'Artagnan savait. En rappro-
10 chant ce qu'il avait entendu sortir de la bouche du jeune homme de ses souvenirs à lui, il put donc se faire une idée assez exacte d'une position de la gravité de laquelle, au reste, la lettre de la reine, si courte et si peu explicite qu'elle fût, lui donnait la mesure. Mais ce qui l'éton-
15 nait surtout, c'est que le cardinal, intéressé comme il l'était à ce que ce jeune homme ne mît pas le pied en Angleterre, ne fût point parvenu à l'arrêter en route. Ce fut alors, et sur la manifestation de cet étonnement, que d'Artagnan lui raconta les précautions prises, et com-
20 ment, grâce au dévouement de ses trois amis, qu'il avait éparpillés tout sanglants sur la route, il était arrivé à en être quitte pour le coup d'épée qui l'avait blessé et qu'il avait rendu à M. de Wardes en si terrible monnaie. Tout en écoutant ce récit, fait avec la plus grande simplicité,
25 le duc regardait de temps en temps le jeune homme d'un air étonné, comme s'il n'eût pas pu comprendre que tant de prudence, de courage et de dévouement, s'alliât avec un visage qui n'indiquait pas encore vingt ans.

Les chevaux allaient comme le vent, et en quelques
30 minutes ils furent aux portes de Londres. D'Artagnan

avait cru qu'en arrivant dans la ville le duc allait ralentir l'allure du sien, mais il n'en fut pas ainsi: il continua sa route à fond de train, s'inquiétant peu de renverser ceux qui étaient sur son chemin. En effet, en traversant
5 la Cité, deux ou trois accidents de ce genre arrivèrent; mais Buckingham ne détourna pas même la tête pour regarder ce qu'étaient devenus ceux qu'il avait culbutés. D'Artagnan le suivait au milieu de cris qui ressemblaient fort à des malédictions.

10 En entrant dans la cour de l'hôtel, Buckingham sauta à bas de son cheval, et, sans s'inquiéter de ce qu'il deviendrait, il lui jeta la bride sur le cou, et s'élança vers le perron. D'Artagnan en fit autant, avec un peu plus d'inquiétude, cependant, pour ces nobles animaux dont
15 il avait pu apprécier le mérite; mais il eut la consolation de voir que trois ou quatre valets s'étaient déjà élancés des cuisines et des écuries, et s'emparaient aussitôt de leurs montures.

Le duc marchait si rapidement, que d'Artagnan avait
20 peine à le suivre. Il traversa successivement plusieurs salons d'une élégance dont les plus grands seigneurs de France n'avaient pas même l'idée, et il parvint enfin dans une chambre à coucher qui était à la fois un miracle de goût et de richesse. Dans l'alcôve de cette chambre était
25 une porte, prise dans la tapisserie, que le duc ouvrit avec une petite clé d'or qu'il portait suspendue à son cou par une chaîne du même métal. Par discrétion, d'Artagnan était resté en arrière; mais au moment où Buckingham franchissait le seuil de cette porte, il se retourna, et,
30 voyant l'hésitation du jeune homme:

— Venez, lui dit-il, et si vous avez le bonheur d'être admis en la présence de Sa Majesté, dites-lui ce que vous avez vu.

3 *à fond de train:* see *train.*—5 *la Cité:* the oldest part of London.

Encouragé par cette invitation, d'Artagnan suivit le duc, qui referma la porte derrière lui.

Tous deux se trouvèrent alors dans une petite chapelle toute tapissée de soie de Perse et brochée d'or, ardem-
5 .ment éclairée par un grand nombre de bougies. Au-dessus d'une espèce d'autel, et au-dessous d'un dais de velours bleu, surmonté de plumes blanches et rouges, était un portrait de grandeur naturelle représentant Anne d'Autriche, si parfaitement ressemblant, que d'Artagnan
10 poussa un cri de surprise: on eût cru que la reine allait parler.

Sur l'autel, et au-dessous du portrait, était le coffret qui renfermait les ferrets de diamants.

Le duc s'approcha de l'autel, s'agenouilla comme eût
15 pu faire un prêtre devant le Christ; puis il ouvrit le coffret.

— Tenez, lui dit-il en tirant du coffre un gros nœud de ruban bleu tout étincelant de diamants; tenez, voici ces précieux ferrets avec lesquels j'avais fait le serment
20 d'être enterré. La reine me les avait donnés, la reine me les reprend: sa volonté, comme celle de Dieu, soit faite en toutes choses.

Puis il se mit à baiser les uns après les autres ces ferrets dont il fallait se séparer.

25 Huit jours après, la reine faisait son entrée au bal portant les fameux ferrets de diamant et d'Artagnan put jouir en prince de son triomphe.

On his return to Paris, d'Artagnan was very much gratified to receive from Madame Bonacieux a note making an appointment for ten o'clock in the evening at Saint-Cloud.[1] He went to the appointed place only to find that his love, while going there, had been kidnapped by the cardinal's agents.

[1] *Saint-Cloud:* a pretty town on the Seine river, a few miles west of Paris.

D'Artagnan was desperate; but soon another anxiety beset him: What had become of his friends, who had all been wounded on their trying to reach England? He could not endure his anxiety and started out to find them. After a successful trip he returned with them to Paris. One day, in a Paris church, d'Artagnan saw milady, the woman whom he had first met in Meung, while on his way to the capital city. He followed her and soon picked a quarrel with Lord Winter, her brother-in-law. A duel was fought in which our Gascon spared his opponent's life, when he had it in his power after disarming him. The Englishman introduced him to his sister, and he soon discovered that, in her youth, she had been branded on her left shoulder for a theft. Furious at seeing her secret discovered, she swore to take revenge on him.

Meanwhile, Richelieu had decided to besiege La Rochelle, the last stronghold of the Protestants in France, and d'Artagnan started for the seat of war, while his friends as body-guards of the king remained a little longer in Paris.

The Protestants were supported by England, and Richelieu in fighting that country was fighting both for the glory of France and for the humiliation of the Duke of Buckingham, his hated rival.

LE SIÈGE DE LA ROCHELLE.

Le siège de La Rochelle fut un des grands événements politiques du règne de Louis XIII, et une des grandes entreprises militaires du cardinal.

Les vues politiques du cardinal, lorsqu'il entreprit ce
5 siège, étaient considérables. Exposons-les d'abord, puis nous passerons aux vues particulières qui n'eurent peut-être pas sur Son Éminence moins d'influence que les premières.

1 *La Rochelle:* a seaport on the Atlantic Ocean, 275 miles south-west of Paris.

Des villes importantes données par Henri IV aux Huguenots comme places de sûreté, il ne restait plus que La Rochelle. Il s'agissait donc de détruire ce dernier boulevard du calvinisme, levain dangereux, auquel se
5 venaient incessamment mêler des ferments de révolte civile ou de guerre étrangère.

Il y avait plus, son port était la dernière porte ouverte aux Anglais dans le royaume de France; et en la fermant à l'Angleterre, notre éternelle ennemie, le cardinal ache-
10 vait l'œuvre de Jeanne d'Arc et du duc de Guise.

Mais à côté de ces vues du ministre niveleur et simplificateur, et qui appartiennent à l'histoire, le chroniqueur est bien forcé de reconnaître les petites visées de l'homme amoureux et du rival jaloux.
15 Richelieu, comme chacun sait, était amoureux de la reine; cet amour avait-il chez lui un simple but politique ou était-ce tout naturellement une de ces profondes passions comme en inspira Anne d'Autriche à ceux qui l'entouraient, c'est ce que nous ne saurions dire; mais en
20 tout cas on a vu, par les développements antérieurs de cette histoire, que Buckingham l'avait emporté sur lui, particulièrement dans l'affaire des ferrets et cela grâce au dévouement des trois mousquetaires et au courage de d'Artagnan.
25 Il s'agissait donc pour Richelieu, non seulement de débarrasser la France d'un ennemi, mais de se venger d'un rival; au reste, la vengeance devait être grande et éclatante. et digne en tout d'un homme qui tient dans

---

1 *Henry IV:* to this day perhaps the most popular of French kings. He was born in 1553 and assassinated in 1610.—10 *Jeanne d'Arc:* the heroic maid of Orleans, born at Domremy in Lorraine in 1412, and burned at the stake in 1431.—*Duc de Guise:* born in 1550 and murdered in 1588. He was instrumental in the massacre of Saint Bartholomew (1572).

sa main, pour épée de combat, les forces de tout un royaume.

Richelieu savait qu'en combattant l'Angleterre il combattait Buckingham, qu'en triomphant de l'Angleterre il
5 triomphait de Buckingham, enfin qu'en humiliant l'Angleterre aux yeux de l'Europe il humiliait Buckingham aux yeux de la reine.

De son côté Buckingham, tout en mettant en avant l'honneur de l'Angleterre, était mû par des intérêts abso-
10 lument semblables à ceux du cardinal; Buckingham aussi poursuivait une vengeance particulière: sous aucun prétexte, Buckingham n'avait pu rentrer en France comme ambassadeur, il voulait y rentrer comme conquérant.

Il en résulte que le véritable enjeu de cette partie, que
15 les deux plus puissants royaumes jouaient pour le bon plaisir de deux hommes amoureux, était un simple regard d'Anne d'Autriche.

Le premier avantage avait été au duc de Buckingham; arrivé inopinément en vue de l'île de Ré avec quatre-
20 vingt-dix vaisseaux et vingt mille hommes à peu près, il avait surpris le comte de Toirac, qui commandait pour le roi dans l'île; il avait, après un combat sanglant, opéré son débarquement.

Le comte de Toirac se retira dans la citadelle Saint-
25 Martin avec la garnison, et jeta une centaine d'hommes dans un petit fort qu'on appelait le fort de La Prée.

Cet événement avait hâté les résolutions du cardinal; et en attendant que le roi et lui pussent aller prendre le commandement du siège de La Rochelle, qui était résolu,
30 il avait fait partir Monsieur pour diriger les premières opérations, et avait fait filer vers le théâtre de la guerre toutes les troupes dont il avait pu disposer.

30 *Monsieur:* the title given to the king's brother under the monarchy.

C'était de ce détachement envoyé en avant-garde que faisait partie notre ami d'Artagnan.

Le roi, comme nous l'avons dit, devait suivre presque aussitôt ; mais, le 23 juin, il s'était senti pris par la fièvre ; il n'en avait pas moins voulu partir, mais, son état empirant, il avait été forcé de s'arrêter à Villeroi.

Or, où s'arrêtait le roi s'arrêtaient les mousquetaires ; il en résultait que d'Artagnan, qui était purement et simplement dans les gardes, se trouvait séparé, momentanément du moins, de ses bons amis Athos, Porthos et Aramis ; cette séparation, qui n'était pour lui qu'une contrariété, fût certes devenue une inquiétude sérieuse s'il eût pu deviner de quels dangers inconnus il était entouré.

Il n'en arriva pas moins sans accident au camp établi devant La Rochelle, vers le 10 du mois de septembre de l'année 1627.

Ses réflexions n'étaient pas riantes : depuis deux ans qu'il était arrivé à Paris, il s'était mêlé aux affaires publiques ; ses affaires privées n'avaient pas fait grand chemin comme amour et comme fortune.

Comme amour, la seule femme qu'il eût aimée était madame Bonacieux, et madame Bonacieux avait disparu sans qu'il pût découvrir encore ce qu'elle était devenue.

Comme fortune, il s'était fait, lui chétif, ennemi du cardinal, c'est à dire d'un homme devant lequel tremblaient les plus grands du royaume, à commencer par le roi.

Puis, il s'était fait encore un autre ennemi moins à craindre, pensait-il, mais que cependant il sentait instinctivement n'être pas à mépriser : cet ennemi, c'était milady.

En échange de tout cela il avait acquis la protection et la bienveillance de la reine, mais la bienveillance de la reine était, par le temps qui courait, une cause de plus de persécutions; et sa protection, on le sait, protégeait fort mal: témoin madame Bonacieux.

D'Artagnan faisait ces réflexions en se promenant soli-
5 tairement sur un joli petit chemin qui conduisait du camp au village d'Angoutin; or ces réflexions l'avaient conduit plus loin qu'il ne croyait, et le jour commençait à baisser, lorsqu'au dernier rayon du soleil couchant il lui sembla voir briller derrière une haie le canon d'un mousquet.

10 D'Artagnan avait l'œil vif et l'esprit prompt, il comprit que ce mousquet n'était pas venu là tout seul et que celui qui le portait ne s'était pas caché derrière une haie dans des intentions amicales. Il résolut donc de gagner au large, lorsque de l'autre côté de la route, derrière un
15 rocher, il aperçut l'extrémité d'un second mousquet.

C'était évidemment une embuscade.

Le jeune homme jeta un coup d'œil sur le premier mousquet et vit avec une certaine inquiétude qu'il s'abaissait dans sa direction, mais aussitôt qu'il vit l'orifice du
20 canon immobile il se jeta ventre à terre. En même temps le coup partit, il entendit le sifflement d'une balle qui passait au-dessus de sa tête.

Il n'y avait pas de temps à perdre, d'Artagnan se redressa d'un bond, et au même moment la balle de l'autre
25 mousquet, fit voler les cailloux à l'endroit même du chemin où il s'était jeté la face contre terre.

D'Artagnan n'était pas un de ces hommes inutilement braves qui cherchent une mort ridicule pour qu'on dise d'eux qu'ils n'ont pas reculé d'un pas; d'ailleurs il ne
30 s'agissait plus de courage ici, d'Artagnan était tombé dans un guet-apens.

— S'il y a un troisième coup, se dit-il à lui-même, je suis un homme perdu!

13 *gagner au large*: see *large*.

Et aussitôt prenant ses jambes à son cou, il s'enfuit dans la direction du camp, avec la vitesse des gens de son pays si renommés pour leur agilité; mais, quelle que fût la rapidité de sa course, le premier qui avait tiré, 5 ayant eu le temps de recharger son arme, lui tira un second coup si bien ajusté, cette fois, que la balle traversa son feutre et le fit voler à dix pas de lui.

Cependant, comme d'Artagnan n'avait pas d'autre chapeau, il ramassa le sien tout en courant, arriva fort 10 essoufflé et fort pâle dans son logis, s'assit sans rien dire à personne et se mit à réfléchir.

Cet événement pouvait avoir deux causes:

La première et la plus naturelle: ce pouvait être une embuscade des Rochelais, qui n'eussent pas été fâchés 15 de tuer un des gardes de Sa Majesté, d'abord parce que c'était un ennemi de moins, et que cet ennemi pouvait avoir une bourse bien garnie dans sa poche.

D'Artagnan prit son chapeau, examina le trou de la balle, et secoua la tête. La balle n'était pas une balle 20 de mousquet, c'était une balle d'arquebuse; la justesse du coup lui avait déjà donné l'idée qu'il avait été tiré par une arme particulière: ce n'était donc pas une embuscade militaire, puisque la balle n'était pas de calibre.

Ce pouvait être une vengeance de milady.

25 Ceci, c'était plus probable.

Il chercha inutilement à se rappeler ou les traits ou le costume des assassins; il s'était éloigné d'eux si rapidement, qu'il n'avait eu le loisir de rien remarquer.

— Ah, mes pauvres amis! murmura d'Artagnan, où 30 êtes-vous? et que vous me faites faute!

D'Artagnan passa une fort mauvaise nuit. Trois ou quatre fois il se réveilla en sursaut, se figurant qu'un homme s'approchait de son lit pour le poignarder. Ce-

1 *prenant ses jambes à son cou = courant aussi vite que possible.*

pendant le jour parut sans que l'obscurité eût amené aucun incident.

Mais d'Artagnan se douta bien que ce qui était différé n'était pas perdu.

5 D'Artagnan resta toute la journée dans son logis; il se donna pour excuse, vis à vis de lui-même, que le temps était mauvais.

Le surlendemain, à neuf heures, on battit aux champs. Le duc d'Orléans visitait les postes. Les gardes couru-
10 rent aux armes, d'Artagnan prit son rang au milieu de ses camarades.

Monsieur passa sur le front de bataille; puis tous les officiers supérieurs s'approchèrent de lui pour lui faire leur cour, M. des Essarts, le capitaine des gardes, comme
15 les autres.

Au bout d'un instant il parut à d'Artagnan que M. des Essarts lui faisait signe de s'approcher de lui: il attendit un nouveau geste de son supérieur, craignant de se trom-per; mais ce geste s'étant renouvelé, il quitta les rangs et
20 s'avança pour prendre l'ordre.

— Monsieur va demander des hommes de bonne vo-lonté pour une mission dangereuse, mais qui fera honneur à ceux qui l'auront accomplie, et je vous ai fait signe afin que vous vous tinssiez prêt.

25 — Merci, mon capitaine! répondit d'Artagnan, qui ne demandait pas mieux que de se distinguer sous les yeux du lieutenant général.

En effet, les Rochelais avaient fait une sortie pendant la nuit et avaient repris un bastion dont l'armée royaliste
30 s'était emparée deux jours auparavant; il s'agissait de faire une reconnaissance pour voir comment l'armée gar-dait ce bastion.

8 *on battit aux champs:* see *champs.*—**9** *duc d'Orléans:* the king's brother.

Effectivement, au bout de quelques instants, Monsieur éleva la voix et dit:

— Il me faudrait, pour cette mission, trois ou quatre volontaires conduits par un homme sûr.

5   — Quant à l'homme sûr, je l'ai sous la main, Monseigneur, dit M. des Essarts en montrant d'Artagnan; et quant aux quatre ou cinq volontaires, Monseigneur n'a qu'à faire connaître ses intentions, et les hommes ne lui manqueront pas.

10   — Quatre hommes de bonne volonté pour venir se faire tuer avec moi! dit d'Artagnan en levant son épée.

Deux de ses camarades aux gardes s'élancèrent aussitôt, et deux soldats s'étant joints à eux, il se trouva que le nombre demandé était suffisant.

15   On ignorait si, après la prise du bastion, les Rochelais l'avaient évacué ou s'ils y avaient laissé garnison; il fallait donc examiner le lieu indiqué d'assez près pour vérifier la chose.

D'Artagnan partit avec ses quatre compagnons et suivit
20 la tranchée: les deux gardes marchaient au même rang que lui et les soldats venaient par derrière.

Ils arrivèrent ainsi, en se couvrant des revêtements, jusqu'à une centaine de pas du bastion! Là, d'Artagnan, en se retournant, s'aperçut que les deux soldats avaient
25 disparu.

Il crut qu'ayant eu peur ils étaient restés en arrière et continua d'avancer.

Au détour de la contrescarpe, ils se trouvèrent à soixante pas à peu près du bastion.

30   On ne voyait personne, et le bastion semblait abandonné.

Les trois enfants perdus délibéraient s'ils iraient plus avant, lorsque tout à coup une ceinture de fumée ceignit le géant de pierre, et une douzaine de balles vinrent siffler autour de d'Artagnan et de ses deux compagnons.

Ils savaient ce qu'ils voulaient savoir: le bastion était gardé. Une plus longue station dans cet endroit dangereux eût donc été une imprudence inutile; d'Artagnan et les deux gardes tournèrent le dos et commencèrent une retraite qui ressemblait à une fuite.

En arrivant à l'angle de la tranchée qui allait leur servir de rempart, une des gardes tomba: une balle lui avait traversé la poitrine. L'autre, qui était sain et sauf, continua sa course vers le camp.

D'Artagnan ne voulut pas abandonner ainsi son compagnon, et s'inclina vers lui pour le relever et l'aider à rejoindre les lignes; mais en ce moment deux coups de fusil partirent; une balle cassa la tête au garde déjà blessé, et l'autre vint s'aplatir sur le roc après avoir passé à deux pouces de d'Artagnan.

Le jeune homme se retourna vivement, car cette attaque ne pouvait venir du bastion, qui était masqué par l'angle de la tranchée. L'idée des deux soldats qui l'avaient abandonné lui revint à l'esprit et lui rappela ses assassins de la surveille; il résolut donc cette fois de savoir à quoi s'en tenir, et tomba sur le corps de son camarade comme s'il était mort.

Il vit aussitôt deux têtes qui s'élevaient au-dessus d'un ouvrage abandonné qui était à trente pas de là: c'étaient celles de nos deux soldats. D'Artagnan ne s'était pas trompé: ces deux hommes ne l'avaient suivi que pour l'assassiner, espérant que la mort du jeune homme serait mise sur le compte de l'ennemi.

Seulement, comme il pouvait n'être que blessé et dénoncer leur crime, ils s'approchèrent pour l'achever; heureusement, trompés par la ruse de d'Artagnan, ils négligèrent de recharger leurs fusils.

Lorsqu'ils furent à dix pas de lui, d'Artagnan, qui en tombant avait eu grand soin de ne pas lâcher son épée, se releva tout à coup et d'un bond se trouva près d'eux.

Les assassins comprirent que s'ils s'enfuyaient du côté du camp sans avoir tué leur homme, ils seraient accusés par lui; aussi leur première idée fut-elle de passer à l'ennemi. L'un d'eux prit son fusil par le canon, et s'en servit comme d'une massue: il en porta un coup terrible à d'Artagnan, qui l'évita en se jetant de côté; mais par ce mouvement il livra passage au bandit, qui s'élança aussitôt vers le bastion. Comme les Rochelais qui le gardaient ignoraient dans quelle intention cet homme venait à eux, ils firent feu sur lui, et il tomba frappé d'une balle qui lui brisa l'épaule.

Pendant ce temps, d'Artagnan s'était jeté sur le second soldat, l'attaquant avec son épée; la lutte ne fut pas longue, ce misérable n'avait pour se défendre que son arquebuse déchargée; l'épée du garde glissa contre le canon de l'arme devenue inutile et alla traverser la cuisse de l'assassin, qui tomba. D'Artagnan lui mit aussitôt la pointe du fer sur la gorge.

— Oh! ne me tuez pas! s'écria le bandit; grâce, grâce, mon officier; et je vous dirai tout.

— Ton secret vaut-il la peine que je te garde la vie au moins? demanda le jeune homme en retenant son bras.

— Oui; si vous estimez que l'existence soit quelque chose quand on a vingt-deux ans comme vous et qu'on peut arriver à tout, étant beau et brave comme vous l'êtes.

— Misérable! dit d'Artagnan, voyons, parle vite, qui t'a chargé de m'assassiner?

— Une femme que je ne connais pas, mais qu'on appelait milady.

— Mais si tu ne connais pas cette femme, comment sais-tu son nom?

— Mon camarade la connaissait et l'appelait ainsi, c'est à lui qu'elle a eu affaire et non pas à moi ; il a même dans sa poche une lettre de cette personne qui doit avoir pour vous une grande importance, à ce que je lui ai entendu dire.

— Mais comment te trouves-tu de moitié dans ce guet-apens ?

— Il m'a proposé de faire le coup à nous deux et j'ai accepté.

— Et combien vous a-t-elle donné pour cette belle expédition ?

— Cent louis.

— Eh bien ! à la bonne heure, dit le jeune homme en riant, elle estime que je vaux quelque chose, cent louis ! c'est une somme pour deux misérables comme vous : aussi je comprends que tu aies accepté, et je te fais grâce mais à une condition !

— Laquelle ? demanda le soldat inquiet en voyant que tout n'était pas fini.

— C'est que tu vas aller me chercher la lettre que ton camarade a dans sa poche.

— Mais, s'écria le bandit, c'est une autre manière de me tuer ; comment voulez-vous que j'aille chercher cette lettre sous le feu du bastion ?

— Il faut pourtant que tu te décides à l'aller chercher, ou je te jure que tu vas mourir de ma main.

— Grâce ! Monsieur, pitié ! au nom de cette jeune dame que vous aimez, que vous croyez morte peut-être, et qui ne l'est pas ! s'écria le bandit en se mettant à genoux et s'appuyant sur sa main, car il commençait à perdre ses forces avec son sang.

— Et d'où sais-tu qu'il y a une jeune femme que j'aime, et que j'ai cru cette femme morte ? demanda d'Artagnan.

— Par cette lettre que mon camarade a dans sa poche.

— Tu vois bien alors qu'il faut que j'aie cette lettre,
dit d'Artagnan ; ainsi donc plus de retard, plus d'hésitation, ou quelle que soit ma répugnance à tremper une
seconde fois mon épée dans le sang d'un misérable comme
5 toi, je le jure par ma foi d'honnête homme...

Et à ces mots d'Artagnan fit un geste si menaçant, que
le blessé se releva.

— Arrêtez ! arrêtez ! s'écria-t-il reprenant courage à
force de terreur, j'irai... j'irai !...

10 La terreur était tellement peinte sur son visage couvert
d'une froide sueur, que d'Artagnan en eut pitié ; et que,
le regardant avec mépris :

— Eh bien ! lui dit-il, je vais te montrer la différence
qu'il y a entre un homme de cœur et un lâche comme toi ;
15 reste, j'irai.

Et d'un pas agile, l'œil au guet, observant les mouve-
ments de l'ennemi, s'aidant de tous les accidents de terrain, d'Artagnan parvint jusqu'au second soldat.

Il y avait deux moyens d'arriver à son but : le fouiller
20 sur la place, ou l'emporter en se faisant un bouclier de
son corps, et le fouiller dans la tranchée.

D'Artagnan préféra le second moyen et chargea l'assassin sur ses épaules au moment même où l'ennemi
faisait feu.

25 Une légère secousse, le bruit mat de trois balles qui
trouaient les chairs, un dernier cri, un frémissement
d'agonie prouvèrent à d'Artagnan que celui qui avait
voulu l'assassiner venait de lui sauver la vie.

D'Artagnan regagna la tranchée et jeta le cadavre
30 auprès du blessé aussi pâle qu'un mort.

Aussitôt il commença l'inventaire : un portefeuille de
cuir, une bourse où se trouvait évidemment une partie
de la somme que le bandit avait reçue, un cornet et des
dés formaient l'héritage du mort.

Il laissa le cornet et les dés où ils étaient tombés, jeta la bourse au blessé et ouvrit avidement le portefeuille.

Au milieu de quelques papiers sans importance, il trouva la lettre suivante ; c'était celle qu'il était allé cher-
5 cher au risque de sa vie :

« Puisque vous avez perdu la trace de cette femme et qu'elle est maintenant en sûreté dans ce couvent où vous n'auriez jamais dû la laisser arriver, tâchez au moins de ne pas manquer l'homme ; sinon, vous savez que j'ai la
10 main longue et que vous payeriez cher les cent louis que vous avez à moi.»

Pas de signature. Néanmoins il était évident que la lettre venait de milady. En conséquence, il la garda comme pièce de conviction, et, en sûreté derrière l'angle
15 de la tranchée, il se mit à interroger le blessé. Celui-ci confessa qu'il s'était chargé avec son camarade, le même qui venait d'être tué, d'enlever une jeune femme qui devait sortir de Paris par la barrière de La Villette, mais que, s'étant arrêtés à boire dans un cabaret, ils avaient
20 manqué la voiture de dix minutes.

— Mais qu'eussiez-vous fait de cette femme ? demanda d'Artagnan avec angoisse.

— Nous devions la remettre dans un hôtel de la Place Royale, dit le blessé.
25 — Oui ! oui ! murmura d'Artagnan, c'est bien cela, chez milady elle-même.

Alors le jeune homme comprit en frémissant quelle ter- rible soif de vengeance poussait cette femme à le perdre, ainsi que ceux qui l'aimaient, et combien elle en savait
30 sur les affaires de la cour, puisqu'elle avait tout décou- vert. Sans doute elle devait ces renseignements au cardinal.

Mais, au milieu de tout cela, il comprit, avec un sen-

9 *j'ai la main longue = j'ai beaucoup de pouvoir.*

timent de joie bien réel, que la reine avait fini par
découvrir la prison où la pauvre madame Bonacieux
expiait son dévouement, et qu'elle l'avait tirée de cette
prison.

5   Dès lors, ainsi qu'Athos l'avait prédit, il était possible
de retrouver madame Bonacieux, et un couvent n'était pas
imprenable.

Cette idée acheva de lui remettre la clémence au cœur.
Il se retourna vers le blessé qui suivait avec anxiété toutes
10 les expressions diverses de son visage, et lui tendant le
bras:

— Allons, lui dit-il, je ne veux pas t'abandonner ainsi.
Appuie-toi sur moi et retournons au camp.

— Oui, dit le blessé, qui avait peine à croire à tant de
15 magnanimité, mais n'est-ce point pour me faire pendre?

— Tu as ma parole, dit-il, et pour la seconde fois je te
donne la vie.

Le blessé se laissa glisser à genoux et baisa de nouveau les pieds de son sauveur; mais d'Artagnan, qui
20 n'avait plus aucun motif de rester si près de l'ennemi,
abrégea lui-même les témoignages de sa reconnaissance.

Le garde qui était revenu à la première décharge avait
annoncé la mort de ses quatre compagnons. On fut donc
à la fois fort étonné et fort joyeux dans le régiment,
25 quand on vit reparaître le jeune homme sain et sauf.

D'Artagnan expliqua le coup d'épée de son compagnon
par une sortie qu'il improvisa. Il raconta la mort de
l'autre soldat et les périls qu'ils avaient courus. Ce récit
fut pour lui l'occasion d'un véritable triomphe. Toute
30 l'armée parla de cette expédition pendant un jour, et
Monsieur lui en fit faire ses compliments.

Au reste, comme toute belle action porte avec elle sa
récompense, la belle action de d'Artagnan eut pour résultat de lui rendre la tranquillité qu'il avait perdue. En

effet, d'Artagnan croyait pouvoir être tranquille, puisque de ses deux ennemis, l'un était tué et l'autre dévoué à ses intérêts.

Cette tranquillité prouvait une chose, c'est que d'Ar-
5 tagnan ne connaissait pas encore milady.

LE VIN D'ANJOU

Après des nouvelles presque désespérées du roi, le bruit de sa convalescence commençait à se répandre dans le camp; et comme il avait grande hâte d'arriver en per-sonne au siège, on disait qu'aussitôt qu'il pourrait remon-
10 ter à cheval, il se remettrait en route.

D'Artagnan, comme nous l'avons dit, était redevenu plus tranquille, comme il arrive toujours après un danger passé, et quand le danger semble évanoui; il ne lui restait qu'une inquiétude, c'était de n'apprendre aucune nouvelle
15 de ses amis.

Mais, un matin du commencement du mois de no-vembre, tout lui fut expliqué par cette lettre, datée de Villeroi:

« Monsieur d'Artagnan,

20 « MM. Athos, Porthos et Aramis, après avoir fait une bonne partie chez moi, et s'être égayés beaucoup, ont mené si grand bruit, que le prévôt du château, homme très rigide, les a consignés pour quelques jours; mais j'accom-plis les ordres qu'ils m'ont donnés, de vous envoyer douze

---

6 *Anjou:* an old province of France now forming the departments of Maine et Loire and Indre et Loire. — 21 *une bonne partie = un bon dîner.*

bouteilles de mon vin d'Anjou, dont ils ont fait grand
cas : ils veulent que vous buviez à leur santé avec leur
vin favori.

    « Je l'ai fait, et suis, monsieur, avec un grand respect,
5   « Votre serviteur très humble et très obéissant,

« GODEAU,

« Hôtelier de messieurs les mousquetaires. »

    — A la bonne heure ! s'écria d'Artagnan, ils pensent à
moi dans leurs plaisirs comme je pensais à eux dans mon
10 ennui ; bien certainement que je boirai à leur santé et de
grand cœur ; mais je ne boirai pas seul.

    Et d'Artagnan courut chez deux gardes, avec lesquels
il avait fait plus amitié qu'avec les autres, afin de les
inviter à boire avec lui le charmant petit vin d'Anjou qui
15 venait d'arriver de Villeroi. L'un des deux gardes était
invité pour le soir même, et l'autre invité pour le lendemain ; la réunion fut donc fixée au surlendemain.

    D'Artagnan, en rentrant, envoya les douze bouteilles de
vin à la buvette des gardes, en recommandant qu'on les
20 lui gardât avec soin ; puis, le jour de la solennité, comme
le dîner était fixé pour l'heure de midi, d'Artagnan envoya, dès neuf heures, Planchet pour tout préparer.

    . Planchet, tout fier d'être élevé à la dignité de maître
d'hôtel, songea à tout apprêter en homme intelligent ; à
25 cet effet, il s'adjoignit le valet d'un des convives de son
maître, nommé Fourreau, et ce faux soldat qui avait voulu
tuer d'Artagnan, et qui, n'appartenant à aucun corps, était
entré au service de d'Artagnan, ou plutôt à celui de Planchet, depuis que d'Artagnan lui avait sauvé la vie.

30   L'heure du festin venue, les deux convives arrivèrent,
prirent place et les mets s'alignèrent sur la table. Planchet servait la serviette au bras ; Fourreau débouchait les

1 dont ils ont fait grand cas = qu'ils ont beaucoup apprécié.

bouteilles, et Brisemont, c'était le nom du convalescent, transvasait dans des carafons de verre le vin, qui paraissait avoir déposé par les secousses de la route. De ce vin, la première bouteille était un peu trouble vers la fin.
5 Brisemont versa cette lie dans un verre, et d'Artagnan lui permît de la boire car le pauvre diable n'avait pas encore beaucoup de forces.

Les convives, après avoir mangé le potage, allaient porter le premier verre à leurs lèvres, lorsque tout à coup
10 le canon retentit; aussitôt les gardes, croyant qu'il s'agissait de quelque attaque imprévue, soit des assiégés, soit des Anglais, sautèrent sur leurs épées; d'Artagnan, non moins leste qu'eux, fit comme eux, et tous trois sortirent en courant, afin de se rendre à leurs postes.

15 Mais à peine furent-ils hors de la buvette, qu'ils se trouvèrent fixés sur la cause de ce grand bruit; les cris de Vive le roi! Vive M. le cardinal! retentissaient de tous côtés, et les tambours battaient dans toutes les directions.

20 En effet, le roi, impatient comme on l'avait dit, venait de doubler deux étapes, et arrivait à l'instant même avec toute sa maison et un renfort de dix mille hommes de troupes; ses mousquetaires le précédaient et le suivaient. D'Artagnan, placé en haie avec sa compagnie, salua d'un
25 geste expressif ses amis, qui le suivaient des yeux, et M. de Tréville, qui le reconnut tout d'abord.

La cérémonie de réception achevée, les quatre amis furent bientôt dans les bras l'un de l'autre.

— Pardieu! s'écria d'Artagnan, il n'est pas possible de
30 mieux arriver, et les viandes n'auront pas encore eu le temps de refroidir! n'est-ce pas, messieurs? ajouta le jeune homme en se tournant vers les deux gardes, qu'il présenta à ses amis.

— Ah! ah! il paraît que nous banquetions, dit Porthos.

— Est-ce qu'il y a du vin potable dans votre bicoque?
demanda Athos.

— Mais, pardieu! il y a le vôtre, cher ami, répondit
d'Artagnan.

5   — Notre vin? fit Athos étonné.

— Oui, celui que vous m'avez envoyé.

— Nous vous avons envoyé du vin?

— Mais vous savez bien, de ce petit vin des coteaux
d'Anjou?

10   — Oui, je sais bien de quel vin vous voulez parler.

— Le vin que vous préférez.

— Sans doute, quand je n'ai pas de champagne.

— Eh bien! à défaut de champagne, vous vous conten-
terez de celui-là.

15   — Nous avons donc fait venir du vin d'Anjou, gourmet
que nous sommes? dit Porthos.

— Mais non, c'est le vin qu'on m'a envoyé de votre
part.

— De notre part? firent les trois mousquetaires.

20   — Est-ce vous, Aramis, dit Athos, qui avez envoyé du
vin?

— Non, et vous, Porthos?

— Non.

— Et vous, Athos?

25   — Non.

— Si ce n'est pas vous, dit d'Artagnan, c'est votre
hôtelier.

— Notre hôtelier?

— Eh oui! votre hôtelier, Godeau, hôtelier des mous-
30 quetaires.

— Ma foi, qu'il vienne d'où il voudra, n'importe, dit
Porthos, goûtons-le, et, s'il est bon, buvons-le.

— Non pas, dit Athos, ne buvons pas le vin qui a une
source inconnue.

—Vous avez raison, Athos, dit d'Artagnan. Personne de vous n'a chargé l'hôtelier Godeau de m'envoyer du vin?

—Non! et cependant il vous en a envoyé de notre part?

—Voici la lettre! dit d'Artagnan.

Et il présenta le billet à ses camarades.

—Ce n'est pas son écriture! dit Athos, je la connais; c'est moi qui, avant de partir, ai réglé les comptes de la communauté.

—Fausse lettre, dit Porthos; nous n'avons pas été consignés.

D'Artagnan pâlit, et un tremblement convulsif secoua tous ses membres.

—Tu m'effrayes, dit Athos, qui ne le tutoyait que dans les grandes occasions, qu'est-il donc arrivé?

—Courons, courons, mes amis! s'écria d'Artagnan, un horrible soupçon me traverse l'esprit! serait-ce encore une vengeance de cette femme?

Ce fut Athos qui pâlit à son tour.

D'Artagnan s'élança vers la buvette, les trois mousquetaires et les deux gardes l'y suivirent.

Le premier objet qui frappa la vue de d'Artagnan en entrant dans la salle à manger, fut Brisemont étendu par terre et se roulant dans d'atroces convulsions.

Planchet et Fourreau, pâles comme des morts, essayaient de lui porter secours; mais il était évident que tout secours était inutile: tous les traits du moribond étaient crispés par l'agonie.

—Ah! s'écria-t-il en apercevant d'Artagnan, ah! c'est affreux, vous avez l'air de me faire grâce et vous m'empoisonnez!

—Moi! s'écria d'Artagnan, moi, malheureux! mais que dis-tu donc là?

— Je dis que c'est vous qui m'avez donné ce vin, je dis que c'est vous qui m'avez dit de le boire, je dis que vous avez voulu vous venger de moi, je dis que c'est affreux!

— N'en croyez rien, Brisemont, dit d'Artagnan, n'en
5 croyez rien; je vous jure, je vous proteste...

— Oh! mais Dieu est là! Dieu vous punira! Mon Dieu! qu'il souffre un jour ce que je souffre!

— Sur l'Évangile, s'écria d'Artagnan en se précipitant vers le moribond, je vous jure que j'ignorais que ce vin
10 fût empoisonné et que j'allais en boire comme vous.

— Je ne vous crois pas, dit le soldat.

Et il expira dans un redoublement de tortures.

— Affreux! affreux! murmurait Athos, tandis que Porthos brisait les bouteilles et qu'Aramis donnait des
15 ordres un peu tardifs pour qu'on allât chercher un confesseur.

— O mes amis! dit d'Artagnan, vous venez encore une fois de me sauver la vie, non seulement à moi, mais à ces messieurs. Messieurs, continua-t-il en s'adressant aux
20 gardes, je vous demanderai le silence sur toute cette aven-ture; de grands personnages pourraient avoir trempé dans ce que vous avez vu, et le mal de tout cela retomberait sur nous.

— Ah, monsieur! balbutiait Planchet plus mort que vif;
25 ah, monsieur! que je l'ai échappé belle!

— Comment, drôle, s'écria d'Artagnan, tu allais donc boire mon vin?

— A la santé du roi, monsieur, j'allais en boire un pauvre verre, si Fourreau ne m'avait pas dit qu'on
30 m'appelait.

— Hélas! dit Fourreau, dont les dents claquaient de terreur, je voulais l'éloigner pour boire tout seul!

— Messieurs, dit d'Artagnan en s'adressant aux gar-des, vous comprenez qu'un pareil festin ne pourrait être

que fort triste après ce qui vient de se passer ; ainsi recevez toutes mes excuses et remettez la partie à un autre
jour, je vous prie.

Les deux gardes acceptèrent courtoisement les excuses
5 de d'Artagnan, et, comprenant que les quatre amis dési-
raient demeurer seuls, ils se retirèrent.

Lorsque le jeune garde et les trois mousquetaires furent
sans témoins, ils se regardèrent d'un air qui voulait dire
que chacun comprenait la gravité de la situation.

10 — D'abord, dit Athos, sortons de cette chambre ; c'est
mauvaise compagnie qu'un mort, mort de mort violente.

— Planchet, dit d'Artagnan, je vous recommande le
cadavre de ce pauvre diable. Qu'il soit enterré en terre
sainte. Il avait commis un crime, c'est vrai, mais il s'en
15 est repenti.

Et les quatre amis sortirent de la chambre, laissant à
Planchet et à Fourreau le soin de rendre les honneurs
mortuaires à Brisemont.

L'hôte leur donna une autre chambre dans laquelle il
20 leur servit des œufs à la coque et de l'eau, qu'Athos alla
puiser lui-même à la fontaine. En quelques paroles Porthos et Aramis furent mis au courant de la situation.

— Eh bien ! dit d'Artagnan à Athos, vous le voyez, cher
ami, c'est une guerre à mort.

25 Athos secoua la tête.

— Oui, oui, dit-il, je le vois bien ; mais croyez-vous
que ce soit elle ?

— J'en suis sûr, mais Dieu nous protègera.

L'AUBERGE DU COLOMBIER ROUGE

Les mousquetaires qui n'avaient pas grand'chose à faire au siège n'étaient pas tenus sévèrement et menaient joyeuse vie. Cela leur était d'autant plus facile, à nos trois compagnons surtout, qu'étant des amis de M. de
5 Tréville, ils obtenaient facilement de lui de s'attarder et de rester dehors après la fermeture du camp avec des permissions particulières.

Or, un soir que d'Artagnan, qui était de tranchée, n'avait pu les accompagner, Athos, Porthos et Aramis,
10 montés sur leurs chevaux de bataille, enveloppés de manteaux de guerre, une main sur la crosse de leurs pistolets, revenaient tous trois d'une buvette qu'Athos avait découverte deux jours auparavant, et qu'on appelait le Colombier Rouge, suivant le chemin qui conduisait au camp,
15 lorsqu'à un quart de lieue à peu près du village de Boinar ils crurent entendre le pas d'une cavalcade qui venait à eux; aussitôt tous trois s'arrêtèrent, serrés l'un contre l'autre, et attendirent, tenant le milieu de la route: au bout d'un instant, et comme la lune sortait justement
20 d'un nuage, ils virent apparaître au détour d'un chemin deux cavaliers qui, en les apercevant, s'arrêtèrent à leur tour, paraissant délibérer s'ils devaient continuer leur route ou retourner en arrière. Cette hésitation donna quelques soupçons aux trois amis, et Athos, faisant
25 quelques pas en avant, cria de sa voix ferme:

— Qui vive?

— Qui vive vous-même? répondit un de ces deux cavaliers.

— Ce n'est pas répondre, cela! dit Athos. Qui vive!
30 Répondez, ou nous chargeons.

— Prenez garde à ce que vous allez faire, messieurs!
dit alors une voix vibrante qui paraissait avoir l'habitude
du commandement.

— C'est quelque officier supérieur qui fait sa ronde
5 de nuit, dit Athos, que voulez-vous faire, messieurs?

— Qui êtes-vous? dit la même voix du même ton de
commandement; répondez à votre tour, ou vous pourriez
vous mal trouver de votre désobéissance.

— Mousquetaires du roi, dit Athos, de plus en plus
10 convaincu que celui qui les interrogeait en avait le
droit.

— Quelle compagnie?

— Compagnie de Tréville.

— Avancez à l'ordre, et venez me rendre compte de
15 ce que vous faites ici, à cette heure.

Les trois compagnons s'avancèrent, l'oreille un peu
basse, car tous trois maintenant étaient convaincus qu'ils
avaient affaire à plus fort qu'eux, et laissant, au reste, à
Athos le soin de porter la parole.

20 Un des deux cavaliers, celui qui avait pris la parole en
second lieu, était à dix pas en avant de son compagnon;
Athos fit signe à Porthos et à Aramis de rester de leur
côté en arrière, et s'avança seul.

— Pardon, mon officier! dit Athos; mais nous igno-
25 rions à qui nous avions affaire, et vous pouvez voir que
nous faisions bonne garde.

— Votre nom? dit l'officier, qui se couvrait une partie
du visage avec son manteau.

— Mais vous-mêmes, monsieur, dit Athos qui com-
30 mençait à se révolter contre cette inquisition; donnez-moi,
je vous prie, la preuve que vous avez le droit de m'interroger.

8 *vous . . . mal trouver:* see *mal.* — 16 *l'oreille un peu basse:* see
oreille.

— Votre nom? reprit une seconde fois le cavalier en laissant tomber son manteau de manière à avoir le visage découvert.

— Monsieur le cardinal! s'écria le mousquetaire stupé-
5 fait.

— Votre nom? reprit pour la troisième fois Son Éminence. .

— Athos, dit le mousquetaire.

Le cardinal fit un signe à l'écuyer, qui se rapprocha.

10 — Ces trois mousquetaires nous suivront, dit-il à voix basse, je ne veux pas qu'on sache que je suis sorti du camp, et, en nous suivant, nous serons sûrs qu'ils ne le diront à personne.

— Nous sommes gentilhommes, Monseigneur, dit
15 Athos; demandez-nous donc notre parole et ne vous in-
quiétez de rien. Dieu merci, nous savons garder un secret.

Le cardinal fixa ses yeux perçants sur ce hardi in-
terlocuteur.

20 — Vous avez l'oreille fine, monsieur Athos, dit le car-
dinal; mais maintenant, écoutez ceci: ce n'est point par défiance que je vous prie de me suivre, c'est pour ma sûreté: sans doute vos deux compagnons sont MM. Porthos et Aramis?

25 — Oui, Votre Éminence, dit Athos, tandis que les deux mousquetaires restés en arrière, s'approchaient, le chapeau à la main.

— Je vous connais, messieurs, dit le cardinal, je vous connais: je sais que vous n'êtes pas tout à fait de mes
30 amis, et j'en suis fâché, mais je sais que vous êtes de bra-
ves et loyaux gentilshommes, et qu'on peut se fier à vous. Monsieur Athos, faites-moi donc l'honneur de m'accompagner, vous et vos deux amis, et alors j'aurai une escorte à faire envie à Sa Majesté si nous la rencontrons.

Les trois mousquetaires s'inclinèrent jusque sur le cou de leurs chevaux.

Ils passèrent derrière le cardinal, qui s'enveloppa de nouveau le visage de son manteau et remit son cheval au pas, se tenant à huit ou dix pas en avant de ses quatre compagnons.

On arriva bientôt à l'auberge silencieuse et solitaire ; sans doute l'hôte savait quel illustre visiteur il attendait, et en conséquence il avait renvoyé les importuns.

Dix pas avant d'arriver à la porte, le cardinal fit signe à son écuyer et aux trois mousquetaires de faire halte ; un cheval tout sellé était attaché au contrevent, le cardinal frappa trois coups et de certaine façon.

Un homme enveloppé d'un manteau sortit aussitôt et échangea quelques rapides paroles avec le cardinal ; après quoi il remonta à cheval et repartit dans la direction de Paris.

— Avancez, messieurs, dit le cardinal.

Il mit alors pied à terre, les trois mousquetaires en firent autant ; il jeta la bride de son cheval aux mains de son écuyer, les trois mousquetaires attachèrent les brides des leurs aux contrevents.

L'hôte se tenait sur le seuil de la porte ; pour lui, le cardinal n'était qu'un officier venant visiter une dame.

— Avez-vous quelque chambre au rez-de-chaussée où ces messieurs puissent m'attendre près d'un bon feu ? dit le cardinal.

L'hôte ouvrit alors la porte d'une grande salle, dans laquelle justement on venait de remplacer un mauvais poêle par une grande et excellente cheminée.

— J'ai celle-ci, dit-il.

— C'est bien, dit le cardinal ; entrez là, messieurs, et veuillez m'attendre ; je ne serai pas plus d'une demi-heure.

Et tandis que les trois mousquetaires entraient dans
la chambre du rez-de-chaussée, le cardinal, sans demander plus amples renseignements, monta l'escalier en
homme qui n'a pas besoin qu'on lui indique son chemin.

DE L'UTILITÉ DES TUYAUX DE POÊLE

5   PORTHOS et Aramis se placèrent à une table et se mirent
à jouer. Athos se promena en réfléchissant.

En réfléchissant et en se promenant, Athos passait et
repassait devant le tuyau du poêle rompu par la moitié
et dont l'autre extrémité donnait dans la chambre supé-
10 rieure; et à chaque fois qu'il passait et repassait, il entendait un murmure de paroles qui finit par fixer son
attention. Athos s'approcha, et il distingua quelques
mots qui lui parurent sans doute mériter un si grand
intérêt qu'il fit signe à ses compagnons de se taire, res-
15 tant lui-même courbé l'oreille tendue à la hauteur de
l'orifice inférieur.

— Écoutez, milady, disait le cardinal, l'affaire est importante; asseyez-vous là et causons.

— Milady! murmura Athos.

20 — J'écoute Votre Éminence avec la plus grande attention, répondit une voix de femme qui fit tressaillir
le mousquetaire.

— Un petit bâtiment avec équipage anglais, dont le
capitaine est à moi, vous attend à l'embouchure de la
25 Charente, au fort de la Pointe; il mettra à la voile demain matin.

— Il faut alors que je m'y rende cette nuit?

25 *la Charente:* a river that empties in the Atlantic Ocean, near
La Rochelle.

—A l'instant même, c'est à dire lorsque vous aurez reçu mes instructions. Deux hommmes que vous trouverez à la porte en sortant vous serviront d'escorte; vous me laisserez sortir le premier, puis une demi-heure après
5 moi, vous sortirez à votre tour.

—Oui, monseigneur. Maintenant revenons à la mission dont vous voulez bien me charger; et, comme je tiens à continuer de mériter la confiance de Votre Éminence, daignez me l'exposer en termes clairs et précis,
10 afin que je ne commette aucune erreur.

Il y eut un instant de profond silence entre les deux interlocuteurs; il était évident que le cardinal mesurait d'avance les termes dans lesquels il allait parler, et que milady recueillait toutes ses facultés intellectuelles pour
15 comprendre les choses qu'il allait dire et les graver dans sa mémoire quand elles seraient dites.

Athos profita de ce moment pour dire à ses deux compagnons de fermer la porte en dedans et pour leur faire signe de venir écouter avec lui.
20 Les deux mousquetaires, qui aimaient leurs aises, apportèrent une chaise pour chacun d'eux, et une chaise pour Athos. Tous trois s'assirent alors, leurs têtes rapprochées et l'oreille au guet.

—Vous allez partir pour Londres, continua le cardinal.
25 Arrivée à Londres, vous irez trouver Buckingham de ma part, et vous lui direz que je sais tous les préparatifs qu'il fait contre la France, mais que je ne m'en inquiète guère, attendu qu'au premier mouvement qu'il risquera je perds la reine.
30 —Mais, reprit celle à qui le cardinal venait de s'adresser, si malgré cela le duc ne se rend pas et continue de menacer la France?

—Le duc est amoureux comme un fou, ou plutôt

23 *l'oreille au guet = écoutant très attentivement.*

comme un niais, reprit Richelieu avec une profonde amertume; comme les anciens paladins, il n'a entrepris cette
guerre que pour obtenir un regard de sa belle. S'il sait
que cette guerre peut coûter l'honneur et peut-être la
5 liberté à la dame de ses pensées, comme il dit, je vous
réponds qu'il y regardera à deux fois.

— Et cependant, dit milady avec une persistance qui
prouvait qu'elle voulait voir clair jusqu'au bout de la
mission dont elle allait être chargée, cependant s'il
10 persiste?

— S'il persiste, dit le cardinal ... ce n'est pas probable.

— C'est possible, dit milady.

— S'il persiste... Son Éminence fit une pause et re-
15 prit: S'il persiste, eh bien! j'espérerai dans un de ces
événements qui changent la face des États.

— Si Son Éminence voulait me citer dans l'histoire
quelques-uns de ces événements, dit milady, peut-être
partagerais-je sa confiance dans l'avenir.

20   — Eh bien! tenez! par exemple, dit Richelieu, lorsqu'en
1610, pour une cause à peu près pareille à celle qui fait
mouvoir le duc, le roi Henri IV, de glorieuse mémoire,
allait à la fois envahir la Flandre et l'Italie pour frapper à la fois l'Autriche des deux côtés, eh bien! n'est-
25 il pas arrivé un événement qui a sauvé l'Autriche? Pourquoi le roi de France n'aurait-il pas la même chance que
l'empereur?

— Votre Éminence veut parler du coup de couteau
de la rue de la Ferronerie?

30   — Justement, dit le cardinal.

— Votre Éminence ne craint-elle pas que le supplice

23 *Flandre:* now forming the *département du Nord*, was annexed to
France in 1668.—**29** *la rue de la Ferronnerie:* the street in which
Henry IV. was assassinated in 1610.

de Ravaillac épouvante ceux qui auraient un instant
l'idée de l'imiter?

— Il y aura en tout temps et dans tous les pays, surtout
si ces pays sont divisés de religion, des fanatiques qui ne
5 demanderont pas mieux que de se faire martyrs. Et tenez,
justement il me revient à cette heure que les puritains
sont furieux contre le duc de Buckingham et que leurs
prédicateurs le désignent comme l'Antéchrist.

— Eh bien? fit milady.

10 — Eh bien, continua le cardinal d'un air indifférent,
il ne s'agirait, pour le moment, par exemple, que de trouver une femme, belle, jeune, adroite, qui eût à se venger
elle-même du duc.

— Sans doute, dit froidement milady, une pareille
15 femme peut se rencontrer.

— Eh bien! une pareille femme, qui mettrait le couteau
de Jacques Clément ou de Ravaillac aux mains d'un fanatique, sauverait la France.

— Oui, mais elle serait la complice d'un assassinat.

20 — A-t-on jamais connu les complices de Ravaillac ou
de Jacques Clément?

— Non, car peut-être étaient-ils placés trop haut pour
qu'on osât les aller chercher là où ils étaient, et je dis que
si je m'appelais mademoiselle de Montpensier ou la reine
25 Marie de Médicis, je prendrais moins de précautions que
j'en prends, m'appelant tout simplement lady Clarick.

— C'est juste, dit Richelieu, et que voudriez-vous donc?

— Je voudrais un ordre qui ratifiât d'avance tout ce

1 *Ravaillac* (1578–1610): the assassin of Henry IV. He was tor-
tured to death.—17 *Jacques Clément:* the monk who assassinated
Henry III. in 1589.—24 *mademoiselle de Montpensier:* Duchess of
Orleans, known in history under the name of *mademoiselle,* born in
1627, died in 1693.—25 *Marie de Médicis:* the wife of Henry IV. and
the mother of Louis XIII., born in 1573, died in 1642.

que je croirai devoir faire pour le plus grand bien de la France.

— Mais il faudrait d'abord trouver la femme que j'ai dit, et qui aurait à se venger du duc.

5 — Elle est trouvée, dit milady.

— Puis il faudrait trouver ce misérable fanatique qui servira d'instrument à la justice de Dieu.

— On le trouvera.

— Eh bien! dit le duc, alors il sera temps de réclamer
10 l'ordre que vous demandiez tout à l'heure.

— Votre Éminence a raison, dit milady, et c'est moi qui ai eu tort de voir dans la mission dont elle m'honore autre chose que ce qui est réellement, c'est à dire d'annoncer à Sa Grâce, de la part de Son Éminence, que
15 vous perdrez la reine s'il continue à faire des préparatifs de guerre contre la France.

— C'est bien cela, reprit sèchement le cardinal.

— Et maintenant, dit milady sans paraître remarquer le changement du duc à son égard; maintenant que
20 j'ai reçu les instructions de Votre Éminence à propos de ses ennemis, Monseigneur me permettra-t-il de lui dire deux mots des miens?

— Vous avez donc des ennemis? demanda Richelieu.

— Oui, Monseigneur; des ennemis contre lesquels
25 vous me devez tout votre appui, car je me les suis faits en servant Votre Éminence.

— Et lesquels? répliqua le duc.

— Il y a d'abord une petite intrigante de Bonacieux.

— Elle est dans la prison de Mantes.

30 — C'est à dire qu'elle y était, reprit milady, mais la reine a reçu un ordre du roi, à l'aide duquel elle l'a fait transporter dans un couvent.

— Dans un couvent? dit le duc.

— Oui, dans un couvent.

— Et dans lequel?

— Je l'ignore, le secret a été bien gardé.

— Je le saurai, moi!

— Et Votre Éminence me dira dans quel couvent est
5 cette femme?

— Je n'y vois pas d'inconvénient, dit le cardinal.

— Bien, maintenant j'ai un autre ennemi bien autrement à craindre pour moi que cette petite madame Bonacieux.

10 — Comment s'appelle-t-il?

— Oh! Votre Éminence le connaît bien, s'écria milady
emportée par la colère, c'est notre mauvais génie à tous
deux; c'est celui qui a fait échouer l'affaire des ferrets.

— Ah! ah! dit le cardinal, je sais de qui vous voulez
15 parler.

— Je veux parler de ce misérable d'Artagnan.

— C'est un hardi compagnon, dit le cardinal.

— Et c'est justement parce que c'est un hardi compagnon qu'il n'en est que plus à craindre.

20 — Il faudrait, dit le duc, avoir une preuve de ses
intelligences avec Buckingham.

— Une preuve! s'écria milady, j'en aurai dix.

— Eh bien, alors! c'est la chose la plus simple du
monde, ayez-moi cette preuve et je l'envoie à la Bastille.

25 — Bien, Monseigneur! mais ensuite?

— Quand on est à la Bastille, il n'y a pas d'ensuite, dit le
cardinal d'une voix sourde. Ah! pardieu, continua-t-il,
s'il m'était aussi facile de me débarrasser de mon ennemi
qu'il m'est facile de me débarrasser des vôtres, et si c'était
30 contre de pareilles gens que vous me demandiez l'impunité!...

24 *la Bastille:* a state prison where political offenders were con-
fined. It was captured by the people of Paris on July 14, 1789, and
subsequently demolished.

— Monseigneur, reprit milady, existence pour existence, homme pour homme; donnez-moi celui-là, je vous donne l'autre.

— Je ne sais pas ce que vous voulez dire, reprit le
5 cardinal, et ne veux même pas le savoir; mais j'ai le désir de vous être agréable et ne vois aucun inconvénient à vous donner ce que vous demandez à l'égard d'une si infime créature; d'autant plus, comme vous me le dites, que ce petit d'Artagnan est un duelliste et un traître.
10 — Un infâme, Monseigneur, un infâme!

— Donnez-moi donc du papier, une plume et de l'encre, dit le cardinal.

— En voici, Monseigneur.

Il se fit un instant de silence qui prouvait que le car-
15 dinal était occupé à chercher les termes dans lesquels devait être écrit le billet, ou même à l'écrire. Athos, qui n'avait pas perdu un mot de la conversation, prit ses deux compagnons chacun par une main et les conduisit à l'autre bout de la chambre.

20 — Eh bien! dit Porthos, que veux-tu, et pourquoi ne nous laisses-tu pas écouter la fin de la conversation?

— Chut! dit Athos parlant à voix basse, nous en avons entendu tout ce qu'il est nécessaire que nous entendions; d'ailleurs je ne vous empêche pas d'écouter le reste,
25 mais il faut que je sorte.

— Il faut que tu sortes! dit Porthos; mais si le cardinal te demande, que répondrons-nous!

— Vous n'attendrez pas qu'il me demande, vous lui direz les premiers que je suis parti en éclaireur parce que
30 certaines paroles de notre hôte m'ont donné à penser que le chemin n'était pas sûr; j'en dirai d'abord deux mots à l'écuyer du cardinal; le reste me regarde, ne t'en inquiète pas.

— Soyez prudent, Athos! dit Aramis.

— Soyez tranquille, répondit Athos, vous le savez, j'ai du sang-froid.

Porthos et Aramis allèrent reprendre leur place près du tuyau de poêle.

5 Quant à Athos, il sortit sans aucun mystère, alla prendre son cheval attaché avec ceux de ses deux amis aux contrevents, convainquit en quatre mots l'écuyer de la né-cessité d'une avant-garde pour le retour, visita avec affectation l'amorce de son pistolet, mit l'épée aux dents
10 et suivit la route qui conduisait au camp.

SCÈNE CONJUGALE

COMME l'avait prévu Athos, le cardinal ne tarda point à descendre; il ouvrit la porte de la chambre où étaient entrés les mousquetaires, et trouva Porthos faisant une partie de dés acharnée avec Aramis.   D'un coup d'œil
15 rapide, il fouilla tous les coins de la salle, et vit qu'un de ses hommes lui manquait.

— Qu'est devenu M. Athos? demanda-t-il.

— Monseigneur, répondit Porthos, il est parti en éclai-reur sur quelques propos de notre hôte, qui lui ont fait
20 croire que la route n'était pas sûre.

— Et vous, qu'avez-vous fait, monsieur Porthos?

— J'ai gagné cinq pistoles à Aramis.

— Et maintenant, vous pouvez revenir avec moi!

— Nous sommes aux ordres de Votre Éminence.

25 — A cheval donc, messieurs; car il se fait tard.

L'écuyer était à la porte, et tenait en bride le cheval du cardinal.   Un peu plus loin, un groupe de deux hommes et de trois chevaux apparaissait dans l'ombre; ces deux hommes étaient ceux qui devaient conduire mi-
30 lady au fort de la Pointe, et veiller à son embarquement.

L'écuyer confirma au cardinal ce que les deux mousquetaires lui avaient déjà dit à propos d'Athos. Le
cardinal fit un geste approbateur, et reprit la route, s'entourant au retour des mêmes précautions qu'il avait
5 prises au départ.

Laissons-le suivre le chemin du camp, protégé par
l'écuyer et les deux mousquetaires, et revenons à Athos.

Pendant une centaine de pas, il avait marché de la
même allure; mais, une fois hors de vue, il avait lancé
10 son cheval à droite, avait fait un détour, et était revenu
à une vingtaine de pas, dans le taillis, guetter le passage
de la petite troupe; ayant reconnu les chapeaux de ses
compagnons et la frange dorée du manteau de monsieur
le cardinal, il attendit que les cavaliers eussent tourné
15 l'angle de la route, et, les ayant perdu de vue il revint
au galop à l'auberge, qu'on lui ouvrit sans difficulté.

L'hôte le reconnut.

— Mon officier, dit Athos, a oublié de faire à la
dame du premier une recommandation importante, il
20 m'envoie pour réparer son oubli.

— Montez, dit l'hôte, elle est encore dans la chambre.

Athos profita de la permission, monta l'escalier de
son pas le plus léger, arriva sur le carré, et, à travers la
porte entr'ouverte, il vit milady qui attachait son chapeau.
25 Il entra dans la chambre, et referma la porte derrière lui.

Au bruit qu'il fit en repoussant le verrou, milady se
retourna.

Athos était debout devant la porte, enveloppé dans
30 son manteau, son chapeau sur ses yeux.

En voyant cette figure muette et immobile comme
une statue, milady eut peur.

— Qui êtes-vous? et que demandez-vous? s'écria-t-elle.

— Allons, c'est bien elle! murmura Athos.

Et, laissant tomber son manteau, et relevant son feutre, il s'avança vers milady.

— Me reconnaissez-vous, madame? dit-il.

Milady fit un pas en avant, puis recula comme à la
5 vue d'un serpent.

— Allons, dit Athos, c'est bien, je vois que vous me reconnaissez.

— Le comte de La Fère! murmura milady en pâlissant et en reculant jusqu'à ce que la muraille l'empêchât
10 d'aller plus loin.

— Oui, milady, répondit Athos, le comte de La Fère en personne, qui vient tout exprès de l'autre monde pour avoir le plaisir de vous voir. Asseyons-nous donc, et causons, comme dit Monseigneur le cardinal.

15 Milady, dominée par une terreur inexprimable, s'assit sans proférer une seule parole.

— Vous êtes donc un démon envoyé sur la terre! dit Athos. Votre puissance est grande, je le sais; mais vous savez aussi qu'avec l'aide de Dieu les hommes ont
20 souvent vaincu les démons les plus terribles. Vous vous êtes déjà trouvée sur mon chemin, je croyais vous avoir terrassée, madame; mais, ou je me trompai, ou l'enfer vous a ressuscitée.

Milady à ces paroles, qui lui rappelaient des souvenirs
25 effroyables, baissa la tête avec un gémissement sourd.

— Oui, l'enfer vous a ressuscitée, reprit Athos, l'enfer vous a faite riche, l'enfer vous a donné un autre nom, l'enfer vous a presque refait même un autre visage; mais il n'a effacé ni les souillures de votre âme, ni la flétris-
30 sure de votre corps.

Milady se leva comme mue par un ressort, et ses yeux lancèrent des éclairs. Athos resta assis.

— Vous me croyiez mort, n'est-ce pas, comme je vous croyais morte? et ce nom d'Athos avait caché le comte

de La Fère, comme le nom de milady Clarick avait caché Anne de Bueil! N'était-ce pas ainsi que vous vous appeliez quand votre honoré frère nous a mariés? Notre position est vraiment étrange, poursuivit Athos en riant;
5 nous n'avons vécu jusqu'à présent l'un et l'autre que parce que nous nous croyions morts, et qu'un souvenir gêne moins qu'une créature, quoique ce soit chose dévorante parfois qu'un souvenir!

— Mais enfin, dit milady d'une voix sourde, qui vous
10 ramène vers moi? et que me voulez-vous?

— Je veux vous dire que, tout en restant invisible à vos yeux, je ne vous ai pas perdue de vue, moi?

— Vous savez ce que j'ai fait?

— Je puis vous raconter jour par jour vos actions,
15 depuis votre entrée au service du cardinal jusqu'à ce soir.

Un sourire d'incrédulité passa sur les lèvres pâles de milady.

— Écoutez: c'est vous qui, lorsque d'Artagnan eut
20 découvert votre infâme secret, avez voulu le faire tuer par deux assassins que vous avez envoyés à sa poursuite; c'est vous qui, voyant que les balles avaient manqué leur coup, lui avez envoyé du vin empoisonné avec une fausse lettre, pour lui faire croire que ce vin venait de ses amis;
25 c'est vous, enfin, qui venez là, dans cette chambre, assise sur cette chaise où je suis, de prendre avec le cardinal de Richelieu l'engagement de faire assassiner le duc de Buckingham, en échange de la promesse qu'il vous a faite de vous laisser assassiner d'Artagnan.
30 Milady était livide.

— Mais vous êtes donc Satan? dit-elle.

— Peut-être, dit Athos; mais, en tout cas, écoutez bien ceci: Assassinez ou faites assassiner le duc de Buckingham, peu m'importe! je ne le connais pas: d'ail-

leurs c'est un Anglais; mais ne touchez pas du bout du doigt à un seul cheveu de d'Artagnan, qui est un fidèle ami que j'aime et que je défends, ou, je vous le jure par la tête de mon père, le crime que vous aurez commis sera
5 le dernier.

— M. d'Artagnan m'a cruellement offensée, dit milady d'une voix sourde, M. d'Artagnan mourra.

— En vérité, cela est-il possible qu'on vous offense, madame? dit en riant Athos; il vous a offensée et
10 il mourra.

— Il mourra, reprit milady, Madame Bonacieux d'abord, lui ensuite.

Athos fut saisi comme d'un vertige; la vue de cette créature, qui n'avait rien d'une femme, lui rappelait des
15 souvenirs dévorants; il pensa qu'un jour, dans une situation moins dangereuse que celle où il se trouvait, il avait déjà voulu la sacrifier à son honneur; son désir de meurtre lui revint brûlant et l'envahit comme une immense fièvre: il se leva à son tour, porta la main à
20 sa ceinture, en tira un pistolet et l'arma.

Milady, pâle comme un cadavre, voulut crier, mais sa langue glacée ne put proférer qu'un son rauque qui n'avait rien de la parole humaine et qui semblait le râle d'une bête fauve; collée contre la sombre tapisserie, elle
25 apparaissait, les cheveux épars, comme l'image effrayante de la terreur.

Athos leva lentement son pistolet, étendit le bras de manière que l'arme touchât presque le front de milady, puis d'une voix d'autant plus terrible, qu'elle avait le
30 calme suprême d'une inflexible résolution:

— Madame, dit-il, vous allez à l'instant même me remettre le papier que vous a signé le cardinal, ou, sur mon âme, je vous fait sauter la cervelle.

Avec un autre homme milady aurait pu conserver

quelque doute, mais elle connaissait Athos; cependant elle resta immobile.

— Vous avez une seconde pour vous décider, dit-il.

Milady vit à la contraction de son visage que le coup 5 allait partir; elle porta vivement la main à sa poitrine, en tira un papier et le tendit à Athos.

— Tenez, dit-elle, et soyez maudit!

Athos prit le papier, repassa le pistolet à sa ceinture, s'approcha de la lampe pour s'assurer que c'était bien 10 celui-là, le déplia et lut:

« *C'est par mon ordre et pour le bien de l'État que le porteur du présent a fait ce qu'il a fait.*

« *3 décembre 1627.*

« RICHELIEU.»

15 — Et maintenant, dit Athos en reprenant son manteau et en replaçant son feutre sur sa tête, maintenant que je t'ai arraché les dents, vipère, mords si tu peux.

Et il sortit de la chambre sans même regarder en arrière.

20 A la porte il trouva les deux hommes et le cheval qu'ils tenaient en main.

— Messieurs, dit-il, l'ordre de Monseigneur, vous le savez, est de conduire cette femme, sans perdre de temps, au fort de La Pointe et de ne la quitter que lorsqu'elle 25 sera à bord.

Comme ces paroles s'accordaient effectivement avec l'ordre qu'ils avaient reçu, ils inclinèrent la tête en signe d'assentiment.

Quant à Athos, il se mit légèrement en selle et partit 30 au galop; seulement, au lieu de suivre la route, il prit à travers champs, piquant avec vigueur son cheval et de temps en temps s'arrêtant pour écouter.

Dans une de ces haltes, il entendit sur la route le pas

de plusieurs chevaux. Il ne douta point que ce ne fût
le cardinal et son escorte. Aussitôt il fit une nouvelle
pointe en avant, bouchonna son cheval avec de la bruyère
et des feuilles d'arbres, et vint se mettre en travers de
5 la route à deux cents pas du camp à peu près.

—Qui vive? cria-t-il de loin quand il aperçut les
cavaliers.

—C'est notre brave mousquetaire, je crois, dit le cardinal.

10   —Oui, Monseigneur, répondit Athos, c'est lui-même.

—Monsieur Athos, dit Richelieu, recevez tous mes
remerciements pour la bonne garde que vous nous avez
faite; messieurs, nous voici arrivés: prenez la porte à
gauche, le mot d'ordre est *Roi* et *Ré*.

15   En disant ces mots, le cardinal salua de la tête les
trois amis, et prit à droite suivi de son écuyer; car, cette
nuit-là, lui-même couchait au camp.

—Et bien! dirent ensemble Porthos et Aramis lorsque
le cardinal fut hors de la portée de la voix, eh bien! il
20 a signé le papier qu'elle demandait!

—Je le sais, dit tranquillement Athos, puisque le voici.

Et les trois amis n'échangèrent plus une seule parole
jusqu'à leur quartier, excepté pour donner le mot d'ordre
aux sentinelles.

25   Seulement, on envoya Mousqueton dire à Planchet
que son maître était prié, en relevant de tranchée, de se
rendre à l'instant même au logis des mousquetaires. ·

D'un autre côté comme l'avait prévu Athos, milady,
en retrouvant à la porte les hommes qui l'attendaient,
30 ne fit aucune difficulté de les suivre; elle avait bien eu
l'envie un instant de se faire reconduire devant le cardinal
et de lui tout raconter, mais une révélation de sa part
amenait une révélation de la part d'Athos: elle dirait
bien qu'Athos l'avait pendue, mais Athos dirait qu'elle

était marquée; elle pensa qu'il valait encore mieux garder le silence, partir discrètement, accomplir avec son habileté ordinaire la mission difficile dont elle s'était chargée, puis, toutes les choses accomplies à la satisfaction du car-
5 dinal, venir lui réclamer sa vengeance.

En conséquence, après avoir voyagé toute la nuit, à sept heures du matin elle était au fort de La Pointe, à huit heures elle était embarquée, et à neuf heures le bâtiment levait l'ancre et faisait voile pour l'Angleterre.

LE BASTION SAINT-GERVAIS

10 En arrivant chez ses trois amis, d'Artagnan les trouva réunis dans la même chambre: Athos réfléchissait, Porthos frisait sa moustache, Aramis disait ses prières dans un charmant petit livre relié en velours bleu.

— Pardieu, messieurs! dit-il, j'espère que ce que vous
15 avez à me dire en vaut la peine, sans cela je vous pré-
viens que je ne vous pardonne pas de m'avoir fait venir, au lieu de me laisser reposer après une nuit passée à prendre et à démanteler un bastion. Ah! que n'étiez-vous là, messieurs! il a·fait chaud!

20 — Nous étions ailleurs, où il ne faisait pas froid non plus! répondit Porthos tout en faisant prendre à sa moustache un pli qui lui était particulier.

— Chut! dit Athos.

— Oh, oh! fit d'Artagnan comprenant le léger fron-
25 cement de sourcils du mousquetaire, il paraît qu'il y a du nouveau ici.

— Aramis, dit Athos, vous avez été déjeuner avant-hier à l'auberge du Parpaillot, je crois?

19 *il a fait chaud:* see *chaud.*—**28** *Parpaillot:* a scornful name given by Roman Catholics to Calvinists in the time of wars of religion.

— Oui.

— Comment est-on là ?

— Mais j'ai fort mal mangé pour mon compte.

— Mais, ce n'est pas cela que je vous demandais,
5 Aramis, reprit Athos ; je vous demandais si vous aviez
été bien libre, et si personne ne vous avait dérangé ?

— Mais il me semble que nous n'avons pas eu trop
d'importuns ; oui, au fait, pour ce que vous voulez dire,
Athos, nous serions assez bien au Parpaillot.

10 — Allons donc au Parpaillot, dit Athos, car ici les
murailles sont comme des feuilles de papier.

D'Artagnan, qui était habitué aux manières de faire
de son ami, et qui reconnaissait tout de suite à une
parole, à un geste, à un signe de lui, que les circons-
15 tances étaient graves, prit le bras d'Athos et sortit avec
lui sans rien dire ; Porthos suivit en devisant avec
Aramis.

En route, on rencontra Grimaud, Athos lui fit signe
de venir ; Grimaud, selon son habitude, obéit en silence ;
20 le pauvre garçon avait à peu près fini par désapprendre
de parler.

On arriva à la buvette du Parpaillot : il était sept heures
du matin, le jour commençait à paraître ; les trois amis
commandèrent à déjeuner, et entrèrent dans une salle où,
25 au dire de l'hôte, ils ne devaient pas être dérangés.

Malheureusement l'heure était mal choisie pour un
conciliabule ; on venait de battre la diane, chacun secouait
le sommeil de la nuit, et, pour chasser l'air humide du
matin, venait boire la goutte à la buvette : dragons, Suisses,
30 gardes, mousquetaires, chevau-légers se succédaient avec
une rapidité qui devait très bien faire les affaires de l'hôte,
mais qui remplissait fort mal les vues des quatre amis.

29 *Suisses:* Swiss soldiers hired by the king.—30 *chevau-légers:*
a light cavalry soldier, who was a part of the king's retinue.

Aussi répondaient-ils d'une manière fort maussade aux saluts, aux toasts et aux lazzi de leurs compagnons.

— Allons! dit Athos, nous allons nous faire quelque bonne querelle, et nous n'avons pas besoin de cela en
5 ce moment. D'Artagnan, racontez-nous votre nuit; nous vous raconterons la nôtre après.

— En effet, dit un chevau-léger qui se dandinait en tenant à la main un verre d'eau de vie qu'il dégustait lentement; en effet, vous étiez de tranchée cette nuit,
10 messieurs les gardes, et il me semble que vous avez eu maille à partir avec les Rochelais?

D'Artagnan regarda Athos pour savoir s'il devait répondre à cet intrus qui se mêlait à la conversation.

— Eh bien, dit Athos, n'entends-tu pas M. de Busigny
15 qui te fait l'honneur de t'adresser la parole? Raconte ce qui s'est passé cette nuit, puisque ces messieurs désirent le savoir.

— N'avez-vous pas pris un bastion? demanda un Suisse qui buvait du rhum dans un verre à bière.

20 — Oui, monsieur, répondit d'Artagnan en s'inclinant, nous avons eu cet honneur; nous avons même, comme vous avez pu l'entendre, introduit sous un des angles un baril de poudre qui, en éclatant, a fait une fort jolie brèche; sans compter que, comme le bastion n'était pas
25 d'hier, tout le reste de la bâtisse s'en est trouvé fort ébranlée.

— Et quel bastion est-ce? demanda un dragon qui tenait enfilée à son sabre une oie qu'il apportait à faire cuire.

30 — Le bastion Saint-Gervais, répondit d'Artagnan, der- rière lequel les Rochelais inquiétaient nos travailleurs.

— Et l'affaire a été chaude?

11 *maille à partir;* see *maille.*—24 *n'était pas d'hier = était très vieux.*

— Mais, oui; nous y avons perdu cinq hommes, et les Rochelais huit ou dix.

— Mais il est probable, dit le chevau-léger, qu'ils vont ce matin envoyer des pionniers pour remettre le bastion 5 en état.

— Oui, c'est probable, dit d'Artagnan.

— Messieurs, dit Athos, un pari!

— Lequel? demanda le chevau-léger.

— Attendez, dit le dragon en posant son sabre comme 10 une broche sur les deux grands chenets de fer qui soutenaient le feu de la cheminée, j'en suis. Hôtelier! une lèchefrite tout de suite, que je ne perde pas une goutte de la graisse de cette estimable volaille.

— Il a raison, dit le Suisse, la graisse d'oie est très 15 bonne avec des confitures.

— Là! dit le dragon. Maintenant, voyons le pari! Nous écoutons, monsieur Athos!

— Oui, le pari! dit le chevau-léger.

— Eh bien! monsieur de Busigny, je parie avec vous, 20 dit Athos, que mes trois compagnons, MM. Porthos, Aramis, d'Artagnan et moi, nous allons déjeuner dans le bastion Saint-Gervais et que nous y tenons une heure, montre à la main, quelque chose que l'ennemi fasse pour nous déloger.

25 Porthos et Aramis se regardèrent, ils commençaient à comprendre.

— Mais, dit d'Artagnan en se penchant à l'oreille d'Athos, tu vas nous faire tuer sans miséricorde.

— Nous serons plus sûrement tués, répondit Athos, si 30 nous n'y allons pas.

— Ah! ma foi! messieurs, dit Porthos en se renversant sur sa chaise et frisant sa moustache, voici un beau pari, j'espère.

— Aussi je l'accepte, dit M. de Busigny; maintenant il s'agit de fixer l'enjeu.

— Mais vous êtes quatre, messieurs, dit Athos, nous sommes quatre; un dîner à discrétion pour huit, cela vous va-t-il?

— A merveille, reprit M. de Busigny.

5 — Parfaitement, dit le dragon.

— Ça me va, dit le Suisse.

Le quatrième auditeur, qui, dans toute cette conversation, avait joué un rôle muet, fit un signe de la tête en signe qu'il acquiesçait à la proposition.

10 — Le déjeuner de ces messieurs est prêt, dit l'hôte.

— Eh bien! apportez-le, dit Athos.

L'hôte obéit. Athos appela Grimaud, lui montra un grand panier qui gisait dans un coin et fit le geste d'envelopper dans les serviettes les viandes apportées.

15 Grimaud comprit à l'instant même qu'il s'agissait d'un déjeuner sur l'herbe, prit le panier, empaqueta les viandes, y joignit les bouteilles et prit le panier à son bras.

— Mais où allez-vous manger mon déjeuner? dit l'hôte.

— Que vous importe, dit Athos, pourvu qu'on vous le 20 paye?

Et il jeta majestueusement deux pistoles sur la table.

— Faut-il vous rendre, mon officier? dit l'hôte.

— Non; ajoute seulement deux bouteilles de vin de Champagne et la différence sera pour les serviettes.

25 L'hôte ne faisait pas une aussi bonne affaire qu'il l'avait cru d'abord, mais il se rattrapa en glissant aux quatre convives deux bouteilles de vin d'Anjou au lieu de deux bouteilles de vin de Champagne.

— Monsieur de Busigny, dit Athos, voulez-vous bien 30 régler votre montre sur la mienne, ou me permettre de régler la mienne sur la vôtre?

— A merveille, monsieur! dit le chevau-léger en tirant de son gousset une fort belle montre entourée de diamants; sept heures et demie, dit-il.

— Sept heures trente-cinq minutes, dit Athos ; nous saurons que j'avance de cinq minutes sur vous, monsieur.

Et, saluant les assistants ébahis, les quatre jeunes gens prirent le chemin du bastion Saint-Gervais, suivis de
5 Grimaud, qui portait le panier, ignorant où il allait, mais, dans l'obéissance passive dont il avait pris l'habitude avec Athos, ne songeait pas même à le demander.

Tant qu'ils furent dans l'enceinte du camp, les quatre amis n'échangèrent pas une parole ; d'ailleurs ils étaient
10 suivis par les curieux, qui, connaissant le pari engagé, voulaient savoir comment ils s'en tireraient. Mais une fois qu'ils eurent franchi la ligne de circonvallation et qu'ils se trouvèrent en plein air, d'Artagnan, qui ignorait complètement ce dont il s'agissait, crut qu'il était temps
15 de demander une explication.

— Et maintenant, mon cher Athos, dit-il, faites-moi l'amitié de m'apprendre où nous allons ?

— Vous le voyez bien, dit Athos, nous allons au bastion.
20 — Mais qu'y allons-nous faire ?

— Vous le savez bien, nous y allons déjeuner.

— Mais pourquoi n'avons-nous pas déjeuné au Parpaillot ?

— Parce que nous avons des choses fort importantes
25 à nous dire, et qu'il était impossible de causer cinq minutes dans cette auberge avec tous ces importuns qui vont, qui viennent, qui saluent, qui accostent ; ici, du moins, continua Athos en montrant le bastion, on ne viendra pas nous déranger.
30 — Il me semble, dit d'Artagnan avec cette prudence qui s'alliait si bien et si naturellement chez lui à une excessive bravoure, il me semble que nous aurions pu trouver quelque endroit écarté dans les dunes, au bord de la mer.

—Où l'on nous aurez vu conférer tous les quatre ensemble, de sorte qu'au bout d'un quart d'heure le cardinal eût été prévenu par ses espions que nous tenions conseil.

5 —Oui, dit Aramis, Athos a raison.

—Un désert n'aurait pas été mal, dit Porthos, mais il s'agissait de le trouver.

—Il n'y a pas de désert où un oiseau ne puisse passer au-dessus de la tête, où un poisson ne puisse sauter au-
10 dessus de l'eau, où un lapin ne puisse partir de son gîte, et je crois qu'oiseau, poisson, lapin, tout s'est fait espion du cardinal. Mieux vaut donc poursuivre notre entreprise, devant laquelle d'ailleurs nous ne pouvons plus reculer sans honte; nous avons fait un pari, un pari qui ne
15 pouvait être prévu, et dont je défie qui que ce soit de deviner la véritable cause: nous allons, pour le gagner, tenir une heure dans le bastion. Ou nous serons attaqués, ou nous ne le serons pas. Si nous ne le sommes pas, nous aurons tout le temps de causer et personne ne nous
20 entendra, car je réponds que les murs de ce bastion n'ont pas d'oreilles; si nous le sommes, nous causerons de nos affaires tout de même, et de plus, tout en nous défendant, nous nous couvrons de gloire. Vous voyez bien que tout est bénéfice.

25 — Oui, dit d'Artagnan, mais nous attrapons indubitablement une balle.

—Eh! mon cher, dit Athos, vous savez bien que les balles les plus à craindre ne sont pas celles de l'ennemi.

—Mais il me semble que pour une pareille expédition,
30 nous aurions dû au moins emporter nos mousquets.

—Vous êtes un niais, ami Porthos; pourquoi nous charger d'un fardeau inutile?

—Je ne trouve pas inutile en face de l'ennemi un bon mousquet de calibre.

— Oh, bien ! dit Athos, n'avez-vous pas entendu ce qu'a
dit d'Artagnan.

— Qu'a dit d'Artagnan ? demanda Porthos.

— D'Artagnan a dit que dans l'attaque de cette nuit il y
5 avait eu huit ou dix Français de tués et autant de Rochelais.

— Après ?

— On n'a pas eu le temps de les dépouiller, n'est-ce pas ?
attendu qu'on avait autre chose pour le moment de plus
10 pressé à faire.

— Eh bien ?

— Eh bien ! nous allons trouver leurs mousquets et leurs
munitions, et au lieu de quatre mousquetons, nous allons
avoir une quinzaine de fusils et une centaine de coups
15 à tirer.

— O Athos ! dit Aramis, tu es véritablement un grand
homme !

Porthos inclina la tête en signe d'adhésion.

D'Artagnan seul ne paraissait pas convaincu.

20 Sans doute Grimaud partageait les doutes du jeune
homme ; car, voyant que l'on continuait de marcher vers
le bastion, chose dont il avait douté jusqu'alors, il tira
son maître par le pan de son .habit.

— Où allons-nous ? demanda-t-il par geste.

25 Athos lui montra le bastion.

— Mais, dit toujours dans le même dialecte le silen-
cieux Grimaud, nous y laisserons notre peau.

Athos leva les yeux et le doigt vers le ciel.

Grimaud posa son panier à terre et s'assit en secouant
30 la tête.

Athos prit à sa ceinture un pistolet, regarda s'il était bien
amorcé, l'arma et approcha le canon de l'oreille de Grimaud.

Grimaud se retrouva sur ses jambes comme par un
ressort.

Athos alors lui fit signe de prendre le panier et de marcher devant.

Grimaud obéit.

Tout ce qu'avait gagné Grimaud à cette pantomime
5 d'un instant, c'est qu'il était passé de l'arrière-garde à l'avant-garde.

Arrivés au bastion, les quatre amis se retournèrent.

Plus de trois cents soldats de toutes armes étaient assemblés à la porte du camp, et dans un groupe séparé
10 on pouvait distinguer M. de Busigny, le dragon, le Suisse et le quatrième parieur.

Athos ôta son chapeau, le mit au bout de son épée et l'agita en l'air.

Tous les spectateurs lui rendirent son salut, accompa-
15 gnant cette politesse d'un grand hourra qui arriva jusqu'à eux.

Après quoi, ils disparurent tous quatre dans le bastion, où les avait déjà précédés Grimaud.

LE CONSEIL DES MOUSQUETAIRES

COMME l'avait prévu Athos, le bastion n'était occupé
20 que par une douzaine de morts tant Français que Ro-chelais.

— Messieurs, dit Athos, qui avait pris le commandement de l'expédition, tandis que Grimaud va mettre la table, commençons par recueillir les fusils et les cartouches ;
25 nous pouvons d'ailleurs causer tout en accomplissant cette besogne. Ces messieurs, ajouta-t-il en montrant les morts, ne nous écoutent pas.

— Mais nous pourrions toujours les jeter dans le fossé, dit Porthos, après toutefois nous être assurés qu'ils
30 n'ont rien dans leurs poches.

— Oui, dit Athos, c'est l'affaire de Grimaud.

— Ah bien alors, dit d'Artagnan, que Grimaud les fouille et les jette par dessus les murailles.

— Gardons-nous-en bien, dit Athos, ils peuvent nous
5 servir.

— Ces morts peuvent nous servir? dit Porthos. Ah çà! tu deviens fou, cher ami.

— Ne jugez pas témérairement, disent l'évangile et M. le cardinal, répondit Athos; combien de fusils,
10 messieurs?

— Douze, répondit Aramis.

— Combien de coups à tirer?

— Une centaine.

— C'est tout autant qu'il nous en faut; chargeons les
15 armes.

Les quatre mousquetaires se mirent à la besogne. Comme ils achevaient de charger le dernier fusil, Grimaud fit signe que le déjeuner était servi.

Athos répondit, toujours par geste, que c'était bien,
20 et indiqua à Grimaud une espèce de poivrière où celui-ci comprit qu'il se devait tenir en sentinelle. Seulement, pour adoucir l'ennui de la faction, Athos lui permit d'emporter un pain, deux côtelettes et une bouteille de vin.

— Et maintenant, à table, dit Athos.

25 Les quatre amis s'assirent à terre, les jambes croisées comme les Turcs ou comme les tailleurs.

— Ah! maintenant, dit d'Artagnan, que tu n'a plus la crainte d'être entendu, j'espère que tu vas nous faire part de ton secret.

30 — J'espère que je vous procure à la fois de l'agrément et de la gloire, messieurs, dit Athos. Je vous ai fait faire une promenade charmante; voici un déjeuner des plus succulents, et cinq cents personnes là-bas, comme vous pouvez les voir à travers les meurtrières, qui nous

prennent pour des fous ou pour des héros, deux classes d'imbéciles qui se ressemblent assez.

— Mais ce secret? dit d'Artagnan.

— Le secret, dit Athos, c'est que j'ai vu milady hier
5 soir.

D'Artagnan portait son verre à ses lèvres; mais à ce nom de milady, la main lui trembla si fort, qu'il le posa à terre pour ne pas en répandre le contenu.

— Tu a vu ta fem...

10 — Chut donc! interrompit Athos: vous oubliez, mon cher, que ces messieurs ne sont pas initiés comme vous dans le secret de mes affaires de ménage; j'ai vu milady.

— Et où cela? demanda d'Artagnan.

— A deux lieues d'ici à peu près, à l'auberge du Co-
15 lombier-Rouge.

— En ce cas je suis perdu, dit d'Artagnan.

— Non, pas tout à fait encore, reprit Athos; car, à cette heure, elle doit avoir quitté les côtes de France.

D'Artagnan respira.

20 — Mais au bout du compte, demanda Porthos, mais qu'est-ce donc que cette milady?

— Une femme charmante, dit Athos en dégustant un verre de vin mousseux. Canaille d'hôtelier! s'écria-t-il, qui nous donne du vin d'Anjou pour du vin de Champa-
25 gne, et qui croit que nous nous y laisserons prendre! Oui, continua-t-il, une femme charmante qui déteste notre ami d'Artagnan, dont elle a essayé de se venger, il y a un mois, en voulant le faire tuer à coups de mousquet; il y a huit jours en essayant de l'empoisonner, et hier en
30 demandant sa tête au cardinal.

— Comment! en demandant ma tête au cardinal? s'écria d'Artagnan, pâle de terreur.

— Ça, dit Porthos, c'est vrai comme l'Évangile; je l'ai entendu de mes deux oreilles.

— Moi aussi, dit Aramis.

— Alors, dit d'Artagnan en laissant tomber son bras avec découragement, il est inutile de lutter plus longtemps; autant vaut que je me brûle la cervelle et que tout soit fini.

5 — C'est la dernière sottise qu'il faut faire, dit Athos, attendu que c'est la seule à laquelle il n'y ait pas de remède.

— Mais je n'en réchapperai jamais, dit d'Artagnan, avec des ennemis pareils. D'abord mon inconnu de
10 Meung; ensuite de Wardes, à qui j'ai donné trois coups d'épée; puis milady, dont j'ai surpris le secret; enfin le cardinal, dont j'ai fait échouer la vengeance.

— Eh bien! dit Athos, tout cela ne fait que quatre, et nous sommes quatre, un contre un. Pardieu! si nous
15 en croyons les signes que nous fait Grimaud, nous allons avoir affaire à un bien autre nombre de gens. Qu'y a-t-il, Grimaud? dit Athos. Moyennant la gravité de la circonstance, je vous permets de parler, mon ami; mais soyez laconique je vous prie. Que voyez-vous?

20 — Une troupe.

— De combien de personnes?

— De vingt hommes?

— Quels hommes?

— Seize pionniers, quatre soldats.

25 — A combien de pas sont-ils?

— A cinq cents pas.

— Bon, nous avons encore le temps d'achever cette volaille et de boire un verre de vin à ta santé, d'Artagnan!

— A ta santé! répétèrent Porthos et Aramis.

30 — Eh bien donc, à ma santé! quoique je ne croie pas que vos souhaits me servent à grand'chose.

— Bah! dit Athos, Dieu est grand, comme disent les sectateurs de Mahomet, et l'avenir est dans ses mains.

Puis, avalant le contenu de son verre, qu'il reposa près

de lui, Athos se leva nonchalamment, prit un fusil et s'approcha d'une meurtrière.

Porthos, Aramis et d'Artagnan en firent autant. Quant à Grimaud, il reçut l'ordre de se placer derrière les quatre amis afin de recharger les armes.

Au bout d'un instant on vit paraître la troupe ; elle suivait une espèce de boyau de tranchée qui établissait une communication entre le bastion et la ville.

— Pardieu ! dit Athos, c'était bien la peine de nous déranger pour une vingtaine de drôles armés de pioches, de hoyaux et de pelles ! Grimaud n'aurait eu qu'à leur faire signe de s'en aller, et je suis convaincu qu'ils nous eussent laissés tranquilles.

— J'en doute, dit d'Artagnan, car ils avancent fort résolument de ce côté. D'ailleurs, il y a avec les travailleurs quatre soldats et un brigadier armés de mousquets.

— C'est qu'ils ne nous ont pas vus, dit Athos.

— Ma foi ! dit Aramis, j'avoue que j'ai répugnance à tirer sur ces pauvres diables de bourgeois.

— Mauvais prêtre, dit Porthos, qui a pitié des hérétiques !

— En vérité, dit Athos, Aramis a raison, je vais les prévenir.

— Que diable faites-vous donc ? dit d'Artagnan, vous allez vous faire fusiller, mon cher.

Mais Athos ne tint aucun compte de l'avis, et, montant sur la brèche, son fusil d'une main et son chapeau de l'autre :

— Messieurs, dit-il en s'adressant aux soldats et aux travailleurs, qui, étonnés de son apparition, s'arrêtaient à cinquante pas environ du bastion, et en les saluant courtoisement, messieurs, nous sommes, quelques amis et moi, en train de déjeuner dans ce bastion. Or, vous savez que rien n'est désagréable comme d'être dérangé quand on

déjeune, nous vous prions donc, si vous avez absolument
affaire ici, d'attendre que nous ayons fini notre repas, ou
de repasser plus tard ; à moins qu'il ne vous prenne la salutaire envie de quitter le parti de la rébellion et de venir
5 boire avec nous à la santé du roi de France.

— Prends garde, Athos ! s'écria d'Artagnan ; ne vois-tu
pas qu'ils te mettent en joue ?

— Si fait, si fait, dit Athos, mais ce sont des bourgeois
qui tirent fort mal, et qui n'ont garde de me toucher.

10 En effet, au même instant quatre coups de fusil partirent, et les balles vinrent s'aplatir autour d'Athos, mais
sans qu'une seule le touchât.

Quatre coups de fusil leur répondirent presque en même
temps, mais ils étaient mieux dirigés que ceux des agres-
15 seurs, trois soldats tombèrent tués raide, et un des travailleurs fut blessé.

— Grimaud, un autre mousquet ! dit Athos toujours
sur la brèche.

Grimaud obéit aussitôt. De leur côté, les trois amis
20 avaient chargé leurs armes ; une seconde décharge suivit la
première : le brigadier et deux pionniers tombèrent morts,
le reste de la troupe prit la fuite.

— Allons, messieurs, une sortie, dit Athos.

Et les quatre amis, s'élançant hors du fort, parvinrent
25 jusqu'au champ de bataille, ramassèrent les quatre mousquets des soldats et la pique du brigadier ; et, convaincus
que les fuyards ne s'arrêteraient qu'à la ville, reprirent
le chemin du bastion, rapportant les trophées de leur
victoire.

30 — Rechargez les armes, Grimaud, dit Athos, et nous,
messieurs, reprenons notre déjeuner et continuons notre
conversation. Où en étions-nous ?

— Je me le rappelle, dit d'Artagnan, qui se préoccupait
fort de l'itinéraire que devait suivre milady.

— Elle va en Angleterre, répondit Athos.

— Et dans quel but?

— Dans le but d'assassiner ou de faire assassiner Buckingham.

5 D'Artagnan poussa une exclamation de surprise et d'indignation.

— Mais c'est infâme! s'écria-t-il.

— Oh! quant à cela, dit Athos, je vous prie de croire que je m'en inquiète fort peu. Maintenant que vous 10 avez fini, Grimaud, continua Athos, prenez la pique de notre brigadier, attachez-y une serviette et plantez-la au haut de notre bastion, afin que ces rebelles de Rochelais voient qu'ils ont affaire à des braves et loyaux soldats du roi.

15 Grimaud obéit sans répondre. Un instant après le drapeau blanc flottait au-dessus de la tête des quatre amis; un tonnerre d'applaudissements salua son apparition; la moitié du camp était aux barrières.

— Comment! reprit d'Artagnan, tu t'inquiètes fort peu 20 qu'elle tue ou qu'elle fasse tuer Buckingham? Mais le duc est notre ami.

— Le duc est anglais, le duc combat contre nous; qu'elle fasse du duc ce qu'elle voudra, je m'en soucie comme d'une bouteille vide.

25 Et Athos envoya à quinze pas de lui une bouteille qu'il tenait, et dont il venait de transvaser jusqu'à la dernière goutte dans son verre.

— Puis, dit Aramis, Dieu veut la conversion et non la mort du pécheur.

30 — *Amen*, dit Athos, et nous reviendrons là-dessus plus tard, si tel est votre plaisir, mais ce qui, pour le moment, me préoccupait le plus, et je suis sûr que tu me comprendras, d'Artagnan, c'était de reprendre à cette femme une espèce de blanc-seing qu'elle avait extorqué

au cardinal, et à l'aide duquel elle devait impunément se débarrasser de toi et peut-être de nous.

— Mais c'est donc un démon que cette créature? dit Porthos en tendant son assiette à Aramis, qui découpait une volaille.

— Et ce blanc-seing, dit d'Artagnan, ce blanc-seing est-il resté entre ses mains?

— Non, il est passé dans les miennes ; je ne dirai pas que c'est sans peine, par exemple, car je mentirais.

— Mon cher Athos, dit d'Artagnan, je ne compte plus les fois que je vous dois la vie.

— Alors c'était donc pour aller près d'elle que tu nous avais quittés? demanda Aramis.

— Justement.

— Et tu as cette lettre du cardinal? dit d'Artagnan.

— La voici, dit Athos.

Et il tira le précieux papier de la poche de sa casaque.

D'Artagnan le déplia d'une main dont il n'essayait pas même de dissimuler le tremblement et lut :

« *C'est par mon ordre et pour le bien de l'État que le porteur du présent a fait ce qu'il a fait.*

« *3 décembre 1627.*

« RICHELIEU. »

— En effet, dit Aramis, c'est une absolution dans toutes les règles.

— Il faut déchirer ce papier, dit d'Artagnan, qui semblait lire sa sentence de mort.

— Bien au contraire, dit Athos, il faut le conserver précieusement ; et je ne donnerais pas ce papier quand on le couvrirait de pièces d'or.

— Et que va-t-elle faire maintenant? demanda le jeune homme.

— Mais, dit négligemment Athos, elle va probablement

écrire au cardinal qu'un mousquetaire, nommé Athos, lui a arraché de force son sauf-conduit; elle lui donnera dans la même lettre le conseil de se débarrasser, en même temps que lui, de ses deux amis, Porthos et Aramis; le
5 cardinal se rappellera que ce sont les mêmes hommes qu'il rencontre toujours sur son chemin; alors, un beau matin, il fera arrêter d'Artagnan, et, pour qu'il ne s'ennuie pas tout seul, il nous enverra lui tenir compagnie à la Bastille.

10 — Ah çà mais! dit Porthos, il me semble que tu fais là de tristes plaisanteries, mon cher.

— Je ne plaisante pas, dit Athos.

— Sais-tu, dit Porthos, que tordre le cou à cette horrible femme serait un péché moins grand que de le tordre
15 à ces pauvres diables de huguenots, qui n'ont jamais commis d'autres crimes que de chanter en français des psaumes que nous chantons en latin?

— Qu'en dit l'abbé? demanda tranquillement Athos?

— Je dis que je suis de l'avis de Porthos, répondit
20 Aramis.

— Et moi donc! dit d'Artagnan.

— Heureusement qu'elle est loin, dit Porthos, car j'avoue qu'elle me gênerait fort ici.

— Elle me gêne en Angleterre, aussi bien qu'en France,
25 dit Athos.

— Elle me gêne partout, dit d'Artagnan.

— Mais puisque tu la tenais, dit Porthos, que ne l'as-tu noyée, étranglée, pendue? il n'y a que les morts qui ne reviennent pas.

30 — Vous croyez cela, Porthos? répondit le mousquetaire avec un sombre sourire que d'Artagnan comprit seul.

— J'ai une idée, dit d'Artagnan.

— Voyons, dirent les mousquetaires.

— Aux armes! cria Grimaud.

Les jeunes gens se levèrent vivement et coururent aux fusils.

Cette fois, une petite troupe s'avançait composée de vingt ou vingt-cinq hommes ; mais ce n'était plus des travailleurs, c'étaient des soldats de la garnison.

— Si nous retournions au camp ? dit Porthos, il me semble que la partie n'est pas égale.

— Impossible pour trois raisons, répondit Athos : la première, c'est que nous n'avons pas fini de déjeuner ; la seconde, c'est que nous avons encore des choses d'importance à dire ; la troisième, c'est qu'il s'en manque encore de dix minutes que l'heure ne soit écoulée.

— Voyons, dit Aramis, il faut cependant arrêter un plan de bataille.

— Il est bien simple, dit Athos : aussitôt que l'ennemi est à portée de mousquet, nous faisons feu ; s'il continue d'avancer, nous faisons feu encore, nous faisons feu tant que nous avons des fusils chargés ; si ce qui reste de la troupe veut alors monter à l'assaut, nous laissons les assiégeants descendre jusque dans le fossé, et alors nous leur poussons sur la tête un pan de mur qui ne tient plus que par un miracle d'équilibre.

— Bravo ! dit Porthos ; décidément, Athos, tu étais né pour être général, et le cardinal, qui se croit un grand homme de guerre, est bien peu de chose auprès de toi.

— Messieurs, dit Athos, visez bien chacun votre homme.

— Je tiens le mien, dit d'Artagnan.

— Et moi le mien, dit Porthos.

— Et moi idem, dit Aramis.

— Alors feu ! dit Athos.

Les quatre coups de fusil ne firent qu'une détonation, mais quatre hommes tombèrent.

Aussitôt le tambour battit, et la petite troupe s'avança au pas de charge.

Alors les coups de fusil se succédèrent sans régularité, mais toujours envoyés avec la même justesse. Cependant, comme s'ils eussent connu la faiblesse numérique des amis, les Rochelais continuaient d'avancer au pas de
5 course.

Sur trois coups de fusil, deux hommes tombèrent; mais cependant la marche de ceux qui restaient debout ne se ralentissait pas.

Arrivés au bas du bastion, les ennemis étaient encore
10 douze ou quinze; une dernière décharge les accueillit, mais ne les arrêta point: ils sautèrent dans le fossé et s'apprêtèrent à escalader la brèche.

— Allons, mes amis, dit Athos, finissons-en d'un coup: à la muraille! à la muraille!

15 Et les quatre amis, secondés par Grimaud, se mirent à pousser avec le canon de leurs fusils un énorme pan de mur, qui s'inclina comme si le vent le poussait, et, se détachant de sa base, tomba avec un bruit horrible dans le fossé: puis on entendit un grand cri, un nuage de pous-
20 sière monta vers le ciel, et tout fut dit.

— Les aurions-nous écrasés depuis le premier jusqu'au dernier? dit Athos.

— Ma foi, cela m'en a l'air, dit d'Artagnan.

— Non, dit Porthos, en voilà deux ou trois qui se
25 sauvent tout éclopés.

En effet, trois ou quatre de ces malheureux, couverts de boue et de sang, fuyaient dans le chemin creux et regagnaient la ville: c'était tout ce qui restait de la petite troupe.

30 Athos regarda à sa montre.

— Messieurs, dit-il, il y a une heure que nous sommes ici, et maintenant le pari est gagné; mais il faut être beaux joueurs: d'ailleurs d'Artagnan ne nous a pas dit son idée.

Et le mousquetaire, avec son sang-froid habituel, alla
s'asseoir devant les restes du déjeuner.

— Mon idée? dit d'Artagnan.

— Oui, vous disiez que vous aviez une idée, dit Athos.

5 — Ah! j'y suis, reprit d'Artagnan: je passe en Angleterre une seconde fois, je vais trouver M. de Buckingham.

— Vous ne ferez pas cela, d'Artagnan, dit froidement
Athos.

— Et pourquoi cela? ne l'ai-je pas fait déjà?

10 — Oui, mais à cette époque nous n'étions pas en guerre;
à cette époque, M. de Buckingham était un allié et non
un ennemi: ce que vous voulez faire serait taxé de
trahison.

D'Artagnan comprit la force de ce raisonnement et
15 se tut.

— Mais, dit Porthos, il me semble que j'ai une idée
à mon tour.

— Silence pour l'idée de M. Porthos! dit Aramis.

— Je demande un congé à M. de Tréville, sous un
20 prétexte quelconque que vous trouverez: je ne suis pas
fort sur les prétextes, moi. Milady ne me connaît pas,
je m'approche d'elle sans qu'elle me redoute, et lorsque
je trouve ma belle, je l'étrangle.

— Eh bien! dit Athos, je ne suis pas très éloigné
25 d'adopter l'idée de Porthos.

— Fi donc! dit Aramis, tuer une femme! Non, tenez,
moi, j'ai la véritable idée.

— Voyons votre idée, Aramis! dit Athos, qui avait
beaucoup de déférence pour le jeune mousquetaire.

30 — Il faut prévenir la reine.

— Ah! ma foi, oui, dirent ensemble Porthos et d'Artagnan; je crois que nous touchons au moyen.

— Prévenir la reine! dit Athos, et comment cela?

5 *j'y suis = je comprends.*

Avons-nous des relations à la cour ? Pouvons-nous envoyer quelqu'un à Paris sans qu'on le sache au camp ? D'ici à Paris, il y a cent quarante lieues ; notre lettre ne sera pas à Angers que nous serons au cachot, nous.

5 — Quant à ce qui est de faire remettre sûrement une lettre à Sa Majesté, dit Aramis, je m'en charge.

— Eh bien ! vous n'adoptez pas ce moyen, Athos ! dit d'Artagnan.

— Je ne le repousse pas tout à fait, dit Athos, mais je 10 voulais seulement faire observer à Aramis qu'il ne peut quitter le camp ; que tout autre qu'un de nous n'est pas sûr ; que, deux heures après que le messager sera parti, tous les capucins, tous les alguazils du cardinal sauront votre lettre par cœur, et qu'on nous arrêtera tous.

15 — Sans compter, dit Porthos, que la reine sauvera M. de Buckingham, mais ne nous sauvera pas du tout, nous autres.

— Messieurs, dit d'Artagnan, ce que dit Porthos est plein de sens.

20 — Ah ! ah ! que se passe-t-il donc dans la ville ? dit Athos.

— On bat la générale.

Les quatre amis écoutèrent, et le bruit du tambour parvint effectivement jusqu'à eux.

25 — Vous allez voir qu'ils vont nous envoyer un régiment tout entier, dit Athos.

— Vous ne comptez pas tenir contre un régiment tout entier ? dit Porthos.

— Pourquoi pas ? dit le mousquetaire, je me sens en 30 train, et je tiendrais devant une armée, si nous avions seulement eu la précaution de prendre une douzaine de bouteilles de plus.

— Sur ma parole, le tambour se rapproche, dit d'Artagnan.

— Laissez-le se rapprocher, dit Athos; il y a pour un quart d'heure de chemin d'ici à la ville, et par conséquent de la ville ici. C'est plus de temps qu'il nous en faut pour arrêter notre plan; si nous nous en allons d'ici, nous ne
5 retrouverons jamais un endroit aussi convenable. Et tenez, justement, messieurs, voilà la vraie idée qui me vient.

— Dites alors.

— Permettez que je donne à Grimaud quelques ordres indispensables.

10 Athos fit signe à son valet d'approcher.

— Grimaud, dit Athos, en montrant les morts qui gisaient dans le bastion, vous allez prendre ces messieurs, vous allez les dresser contre la muraille, vous leur mettrez leur chapeau sur la tête et leur fusil à la main.

15 — O grand homme! dit d'Artagnan, je te comprends.

— Vous comprenez? dit Porthos.

— Et toi, comprends-tu, Grimaud? dit Aramis.

Grimaud fit signe que oui.

— C'est tout ce qu'il faut, dit Athos, revenons à mon
20 idée.

— Je voudrais pourtant bien comprendre, dit Porthos.

— C'est inutile.

— Oui, oui, l'idée d'Athos, dirent en même temps d'Artagnan et Aramis.

25 — Cette milady, cette femme, cette créature, ce démon, a un beau-frère, à ce que vous m'avez dit, je crois, d'Artagnan.

— Oui, je le connais beaucoup même, et je crois aussi qu'il n'a pas une grande sympathie pour sa belle-sœur.

30 — Il n'y a pas de mal à cela, répondit Athos, et il ·la détesterait que cela n'en vaudrait que mieux.

— En ce cas nous sommes servis à souhait.

— Cependant, dit Porthos, je voudrais bien comprendre ce que fait Grimaud.

— Silence, Porthos! dit Aramis.

— Comment se nomme ce beau-frère?

— Lord de Winter.

— Où est-il maintenant?

5 — Il est retourné à Londres au premier bruit de guerre.

— Eh bien! voilà justement l'homme qu'il nous faut, dit Athos, c'est celui qu'il nous convient de prévenir; nous lui ferons savoir que sa belle-sœur est sur le point d'assassiner quelqu'un, et nous le prierons de ne pas la 10 perdre de vue. Il la fera arrêter et loger en prison à son arrivée et nous serons tranquilles.

— Oui, dit d'Artagnan, jusqu'à ce qu'elle en sorte.

— Ah! ma foi, dit Athos, vous en demandez trop, d'Artagnan, je vous ai donné tout ce que j'avais et je vous 15 préviens que c'est le fond de mon sac.

— Moi, je trouve que c'est ce qu'il y a de mieux, dit Aramis; nous prévenons à la fois la reine et lord de Winter.

— Oui, mais par qui ferons-nous porter la lettre à 20 Paris et la lettre à Londres?

— Je réponds de Bazin, dit Aramis.

— Et moi de Planchet, dit d'Artagnan.

— En effet, dit Porthos, si nous ne pouvons quitter le camp, nos laquais peuvent le quitter.

25 — Sans doute, dit Aramis, et dès aujourd'hui nous écrivons les lettres, nous leur donnons de l'argent, et ils partent.

— Alerte! cria d'Artagnan, je vois des points noirs et des points rouges qui s'agitent là-bas; que disiez-vous 30 donc d'un régiment, Athos! c'est une véritable armée.

— Ma foi, oui, dit Athos, les voilà. Voyez-vous les sournois qui venaient sans tambours ni trompettes. Ah! ah! tu as fini, Grimaud?

Grimaud fit signe que oui, et montra une douzaine de

morts qu'il avait placés dans les attitudes les plus pit-
toresques : les uns au port d'armes, les autres ayant l'air
de mettre en joue, les autres l'épée à la main.

— Bravo! dit Athos, voilà qui fait honneur à ton ima-
5 gination.

— Décampons maintenant, dit d'Artagnan.

— Un instant, messieurs, un instant! donnons le temps
à Grimaud de desservir.

— Ah! dit Aramis, voici les points noirs et les points
10 rouges qui grandissent fort visiblement et je suis de
l'avis de d'Artagnan; je crois que nous n'avons pas de
temps à perdre pour regagner notre camp.

— Ma foi, dit Athos, je n'ai plus rien contre la retraite :
nous avions parié pour une heure, nous sommes restés
15 une heure et demie; il n'y a rien à dire; partons, messieurs,
partons.

Grimaud avait déjà pris les devants avec le panier.

Les quatre amis sortirent derrière lui et firent une
dizaine de pas.

20 — Eh! s'écria Athos, que diable faisons-nous, messieurs?

— As-tu oublié quelque chose? demanda Aramis.

— Et le drapeau, morbleu! Il ne faut pas laisser un
drapeau aux mains de l'ennemi, même quand ce drapeau
25 ne serait qu'une serviette.

Et Athos s'élança dans le bastion, monta sur la plate-
forme, et enleva le drapeau; seulement comme les Rochelais étaient arrivés à portée de mousquet, ils firent un feu
terrible sur cet homme, qui, comme par plaisir, allait s'ex-
30 poser aux coups.

Mais on eût dit qu'Athos avait un charme attaché à
sa personne, les balles passèrent en sifflant tout autour
de lui, pas une ne le toucha.

Athos agita son drapeau en tournant le dos aux gardes

de la ville et en saluant ceux du camp. Des deux côtés de grands cris retentirent, d'un côté des cris de colère, de l'autre des cris d'enthousiasme.

Une seconde décharge suivit la première, et trois balles,
5 en la trouant, firent réellement de la serviette un drapeau. On entendit les cris de tout le camp qui criaient:

— Descendez, descendez!

Athos descendit; ses camarades, qui l'attendaient avec anxiété, le virent paraître avec joie.

10 — Allons, Athos, allons, dit d'Artagnan, allongeons, allongeons; maintenant que tout est arrangé, il serait stupide d'être tués.

Mais Athos continua de marcher majestueusement, quelque observation que pussent lui faire ses compagnons,
15 qui, voyant toute observation inutile, réglèrent leur pas sur le sien.

Grimaud et son panier avaient pris les devants et se trouvaient tous deux hors de la portée des balles.

Au bout d'un instant on entendit le bruit d'une fusillade
20 enragée.

— Qu'est-ce que cela? demanda Porthos, et sur quoi tirent-ils? je n'entends pas siffler les balles et je ne vois personne.

— Ils tirent sur nos morts, répondit Athos.

25 — Mais nos morts ne répondront pas.

— Justement; alors ils croiront à une embuscade, ils délibéreront; ils enverront un parlementaire, et quand ils s'apercevront de la plaisanterie, nous serons hors de la portée des balles. Voilà pourquoi il est inutile de gagner
30 une pleurésie en nous pressant.

De leur côté, les Français, en voyant revenir les quatre amis au pas, poussaient des cris d'enthousiasme.

Enfin une nouvelle mousquetade se fit entendre, et cette fois les balles vinrent s'aplatir sur les cailloux autour des quatre amis et siffler lugubrement à leurs oreilles. Les Rochelais venaient enfin de s'emparer du bastion.

— Voici des gens bien maladroits, dit Athos ; combien en avons-nous tué ? douze ?

5 — Ou quinze.

— Combien en avons-nous écrasé ?

— Huit ou dix.

— Et en échange de tout cela pas une égratignure.

La fusillade continuait, mais les amis étaient hors de
10 portée, et les Rochelais ne tiraient plus que pour l'acquit de leur conscience.

— Nous voici au camp, messieurs, dit Athos, pas un mot de plus sur toute cette affaire. On nous observe, on vient à notre rencontre, nous allons être portés en
15 triomphe.

En effet, comme nous l'avons dit, tout le camp était en émoi ; plus de deux mille personnes avaient assisté, comme à un spectacle, à l'heureuse forfanterie des quatre amis, forfanterie dont on était bien loin de soupçonner
20 le véritable motif. On n'entendait que le cri de : Vive les gardes ! Vive les mousquetaires ! M. de Busigny était venu le premier serrer la main à Athos et reconnaître que le pari était perdu. Le dragon et le Suisse l'avaient suivi, tous les camarades avaient suivi le dragon
25 et le Suisse. C'étaient des félicitations, des poignées de main, des rires inextinguibles à l'endroit des Rochelais ; enfin, un tumulte si grand, que M. le cardinal crut qu'il y avait émeute et envoya La Houdinière, son capitaine des gardes, s'informer de ce qui se passait.

30 La chose fut racontée au messager avec toute l'efflorescence de l'enthousiasme.

— Eh bien ? demanda le cardinal en voyant La Houdinière.

— Eh bien ! Monseigneur, dit celui-ci, ce sont trois

mousquetaires et un garde qui ont fait le pari avec M. de Busigny d'aller déjeuner au bastion Saint-Gervais, et qui, tout en déjeunant, ont tenu là deux heures contre l'ennemi, et ont tué je ne sais combien de Rochelais.

5 — Vous êtes-vous informé du nom de ces trois mousquetaires?

— Oui, monseigneur.

— Comment les appelle-t-on?

— Ce sont MM. Athos, Porthos et Aramis.

10 — Toujours mes trois braves! murmura le cardinal. Et le garde?

— M. d'Artagnan.

— Toujours mon jeune drôle! Décidément il faut que ces quatre hommes soient à moi.

15 Le soir même, le cardinal parla à M. de Tréville de l'exploit du matin, qui faisait la conversation de tout le camp. M. de Tréville, qui tenait le récit de l'aventure de la bouche même de ceux qui en étaient les héros, la raconta dans tous ses détails à son Éminence, sans oublier 20 l'épisode de la serviette.

— C'est bien, monsieur de Tréville, dit le cardinal, faites-moi tenir cette serviette, je vous prie. J'y ferai broder trois fleurs de lis d'or, et je la donnerai pour guidon à votre compagnie.

25 — Monseigneur, dit M. de Tréville, il y aura injustice pour les gardes: M. d'Artagnan n'est pas à moi, mais à M. des Essarts.

— Et bien! prenez-le, dit le cardinal; il n'est pas juste que, puisque ces quatre braves militaires s'aiment tant, 30 ils ne servent pas dans la même compagnie.

Le même soir, M. de Tréville annonça cette bonne nouvelle aux trois mousquetaires et à d'Artagnan, en les invitant tous les quatre à déjeuner le lendemain.

22 *faites-moi tenir = envoyez-moi.*

D'Artagnan ne se possédait pas de joie. On le sait,
le rêve de toute sa vie avait été d'être mousquetaire.

Les trois amis aussi étaient fort joyeux.

— Ma foi! dit d'Artagnan à Athos, tu as eu une triom-
5 phante idée, et, comme tu l'as dit, nous y avons acquis de
la gloire, et nous avons pu lier une conversation de la
plus haute importance.

— Que nous pourrons reprendre maintenant, sans que
personne nous soupçonne; car, avec l'aide de Dieu, nous
10 allons passer désormais pour des cardinalistes.

Le même soir, d'Artagnan alla présenter ses hommages
à M. des Essarts, et lui faire part de l'avancement qu'il
avait obtenu.

M. des Essarts qui aimait beaucoup d'Artagnan, lui
15 fit ses compliments qu'il accompagna d'une large gratification.

According to what had been decided during their conversation in
the bastion Saint-Gervais, Planchet, d'Artagnan's valet, was sent to
London to inform Lord Winter of Milady's mission to England.

He arrived there first and when the astute woman set her foot on
British soil she was arrested and sent to prison under the guard of an
officer named Felton.

Milady, however, although deprived of her liberty, had not given
up all hope of success.

While in prison, she discovered that Felton, her warden, was fanat-
ically religious. She then played on his devout sentiments, made
herself out a persecuted Protestant, and he not only provided her with
the means of escape but, at her instigation, went to Portsmouth and
assassinated the Duke of Buckingham, who was then considered a
bitter enemy of the reformed religion.

EN FRANCE

LA première crainte du roi d'Angleterre, Charles Ier, en apprenant la mort de Buckingham, fut qu'une si terrible nouvelle ne décourageât les Rochelais; il essaya de la leur cacher le plus longtemps possible, faisant fermer les ports
5 par tout son royaume, et prenant soigneusement garde qu'aucun vaisseau ne sortît jusqu'à ce que l'armée que le duc apprêtait fût partie, se chargeant de surveiller lui-même le départ.

Mais comme il ne songea a donner cet ordre que cinq
10 heures après l'événement, c'est à dire à deux heures de l'après-midi, deux navires étaient déjà sortis des ports : l'un emmenant milady qui devait aussitôt rentrée en France se rendre dans un couvent, à Béthune, pour la supérieure duquel elle avait un ordre signé du cardinal
15 et où elle devait attendre les ordres de ce dernier. Quant au second bâtiment, nous dirons plus tard qui il portait et comment il partit.

Pendant ce temps, du reste, rien de nouveau au camp de la Rochelle; seulement le roi, qui s'ennuyait fort,
20 comme toujours, mais peut-être encore plus au camp qu'ailleurs, résolut d'aller incognito passer les fêtes de Saint Louis à Saint-Germain, et demanda au cardinal de lui faire préparer une escorte de vingt mousquetaires seulement. Le cardinal que l'ennui du roi gagnait quel-

21 *les fêtes de Saint-Louis:* in the Roman Catholic church, the 25th day of June is devoted to the memory of Louis IX. (Saint Louis, 1215-1270), and the French kings always observed that day as a holiday.—22 *Saint-Germain:* a city on the Seine river, famous for a beautiful Renaissance château.

quefois, accorda avec empressement ce qu'on lui demandait.

Monsieur de Tréville savait que ses protégés Porthos,
Athos, Aramis et d'Artagnan seraient heureux de faire
5 partie de l'expédition, et il les désigna, tout naturellement, pour accompagner le roi.

Comme ils avaient découvert par l'intermédiare d'Aramis que Madame Bonacieux avait été placée dans un couvent à Béthune, et comme ils avaient obtenu de la reine
10 une lettre leur permettant de l'emmener, ils se décidèrent
à demander un congé dès leur arrivée à Paris, afin de
mettre leur projet à exécution.

L'escorte traversa Paris le 23 juin dans la nuit; le roi
remercia M. de Tréville, et lui permit de distribuer des
15 congés pour quatre jours.

Les quatre premiers congés accordés, comme on le
pense bien, furent à nos quatre amis. Il y a plus, Athos
obtint de M. de Tréville six jours au lieu de quatre et
fit mettre dans ces six jours deux nuits de plus, car
20 ils partirent le 24, à cinq heures du soir, et par complaisance, M. de Tréville postdata le congé du 25 au matin.

— Eh, mon Dieu, disait d'Artagnan, qui, comme on le
sait, ne doutait jamais de rien, il me semble que nous
faisons bien de l'embarras pour une chose bien simple:
25 en deux jours, et en crevant deux ou trois chevaux (peu
m'importe; j'ai de l'argent), je suis à Béthune, je remets
la lettre de la reine à la supérieure, et je ramène le cher
trésor que je vais chercher, non pas en Belgique, mais
à Paris, où il sera mieux caché, surtout tant que M. le
30 cardinal sera à la Rochelle. Restez donc ici, ne vous
épuisez pas de fatigue inutilement; moi et Planchet, c'est
tout ce qu'il faut pour une expédition aussi simple.

A ceci Athos répondit tranquillement:

— Nous aussi, nous avons de l'argent et nous crèverons

donc aussi bien quatre chevaux qu'un. Mais songez, d'Artagnan, ajouta-t-il d'une voix si sombre, que son accent donna le frisson au jeune homme, songez que Béthune est une ville où le cardinal a donné rendez-vous
5 à milady, une femme, qui, partout où elle va, mène le malheur après elle. Si vous n'aviez affaire qu'à quatre hommes, d'Artagnan, je vous laisserais aller seul; vous avez affaire à cette femme, allons-y quatre, et plaise à Dieu qu'avec nos quatre valets nous soyons en nombre
10 suffisant!

— Vous m'épouvantez, Athos, s'écria d'Artagnan; que craignez-vous donc, mon Dieu?

— Tout! répondit Athos.

D'Artagnan examina les visages de ses compagnons,
15 qui, comme celui d'Athos, portaient l'empreinte d'une inquiétude profonde, et l'on continua la route au plus grand pas des chevaux, mais sans ajouter une seule parole.

Le 25 au soir, comme ils entraient à Arras, et comme
20 d'Artagnan venait de mettre pied à terre à l'auberge de la Herse d'Or pour boire un verre de vin, un cavalier sortit de la cour de la poste, où il venait de relayer, prenant au grand galop, et avec un cheval frais, le chemin de Paris. Au moment où il passait de la grande porte
25 dans la rue, le vent entr'ouvrit le manteau dont il était enveloppé, quoiqu'on fût au mois d'août, et enleva son chapeau, que le voyageur retint de sa main, au moment où il avait déjà quitté sa tête, et l'enfonça vivement sur ses yeux.

30 D'Artagnan, qui avait les yeux fixés sur cet homme, devint fort pâle et laissa tomber son verre.

19 *Arras:* the former capital of the old province of Artois and now the chef-lieu of department of Pas-de-Calais, is situated about 108 miles north of Paris.

— Qu'avez-vous, monsieur? dit Planchet... Oh! là, accourez, messieurs, voilà mon maître qui se trouve mal!

Les trois amis accoururent et trouvèrent d'Artagnan qui au lieu de se trouver mal, courait à son cheval. Ils
5 l'arrêtèrent sur le seuil de la porte.

— Eh bien! où diable vas-tu donc ainsi? lui cria Athos.

— C'est lui! s'écria d'Artagnan, pâle de colère et la sueur au front, c'est lui! laissez-moi le rejoindre!

— Mais qui, lui? demanda Athos.

10 — Lui, cet homme!

— Quel homme?

— Cet homme maudit, mon mauvais génie, que j'ai toujours vu lorsque j'étais menacé de quelque malheur: celui qui accompagnait l'horrible femme lorsque je la
15 rencontrai pour la première fois, je l'ai vu, c'est lui! Je l'ai reconnu quand le vent a entr'ouvert son manteau.

— Diable! dit Athos rêveur.

— En selle, messieurs, en selle; poursuivons-le, et nous le rattraperons.

20 — Mon cher, dit Aramis, songez qu'il va du côté opposé à celui où nous allons, nous; qu'il a un cheval frais et nous des chevaux fatigués; que par conséquent nous crèverons nos chevaux sans même avoir la chance de le rejoindre. Laissons l'homme, d'Artagnan, sauvons
25 la femme.

— Eh! monsieur! s'écria un garçon d'écurie courant après l'inconnu, eh! monsieur! voilà un papier qui s'est échappé de votre chapeau! Eh! monsieur! eh!

— Mon ami, dit d'Artagnan, une demi-pistole pour
30 ce papier!

— Ma foi, monsieur, avec grand plaisir! le voici!

Le garçon d'écurie, enchanté de la bonne journée qu'il avait faite, rentra dans la cour de l'hôtel; d'Artagnan déplia le papier.

— Eh bien? demandèrent ses amis en l'entourant.

— Rien qu'un mot! dit d'Artagnan.

— Oui, dit Aramis, mais ce nom est un nom de ville ou de village.

5 « — *Armentières,*» lut Porthos. Armentières, je ne connais pas cela!

— Et ce nom de ville ou de village est écrit de sa main! s'écria Athos.

— Allons, allons, gardons soigneusement ce papier, 10 dit d'Artagnan, peut-être n'ai-je pas perdu mon argent. A cheval, mes amis, à cheval!

Et les quatre compagnons s'élancèrent au galop sur la route de Béthune.

LE COUVENT DES CARMÉLITES DE BÉTHUNE

Les grands criminels portent avec eux une espèce de 15 prédestination qui leur fait surmonter tous les obstacles, qui les fait échapper à tous les dangers, jusqu'au moment que la Providence, lassée, a marqué pour l'écueil de leur fortune impie.

Il en était ainsi de milady: elle passa au travers des 20 croiseurs des deux nations, et arriva à Boulogne sans aucun accident.

En débarquant à Portsmouth, milady était une Anglaise que les persécutions de la France chassaient de La Rochelle; débarquée à Boulogne, après deux jours de tra-25 versée, elle se fit passer pour une Française que les Anglais inquiétaient à Portsmouth, dans la haine qu'ils avaient conçue contre la France.

5 *Armentières:* a manufacturing town, near the Belgian frontier, on the river Lys. — 24 *Boulogne:* an important seaport on the English channel.

Milady avait d'ailleurs le plus efficace des passeports :
sa beauté, sa grande mine et la générosité avec laquelle
elle répandait les pistoles. Affranchie des formalités
d'usage par le sourire affable et les manières galantes
5 d'un vieux gouverneur du port, qui lui baisa la main,
elle ne resta à Boulogne que le temps de mettre à la poste
une lettre ainsi conçue :

« A Son Éminence monseigneur le cardinal de Richelieu,
en son camp devant la Rochelle.

10   « Monseigneur, que Votre Éminence se rassure ; Sa
Grâce le duc de Buckingham ne *partira point* pour la
France.

    « Boulogne, 25 au soir.

                 « MILADY DE ***.»

15   « *P.-S.* — Selon les désirs de Votre Éminence, je me
rends au couvent des carmélites de Béthune où j'attendrai
ses ordres.»

Effectivement, le même soir, milady se mit en route ;
la nuit la prit : elle s'arrêta et coucha dans une auberge ;
20 puis le lendemain, à cinq heures du matin, elle partit, et
trois heures après, elle entra à Béthune.

Elle se fit indiquer le couvent des carmélites, et y
entra aussitôt.

La supérieure vint au-devant d'elle ; milady lui montra
25 l'ordre du cardinal ; l'abbesse lui fit donner une chambre
et servir à déjeuner.

Tout le passé s'était déjà effacé aux yeux de cette
femme, et, le regard fixé sur l'avenir, elle ne voyait que
la haute fortune que lui réservait le cardinal, qu'elle avait
30 si heureusement servi, sans que son nom fût mêlé en rien
à toute cette sanglante affaire.

Après le déjeuner, l'abbesse vint lui faire sa visite ; il

y a peu de distraction au cloître, et la bonne supérieure
avait hâte de faire connaissance avec sa nouvelle pensionnaire.

Milady voulait plaire à l'abbesse ; or, c'était chose facile
à cette femme si réellement supérieure ; elle essaya d'être
aimable : elle fut charmante et séduisit la bonne supérieure
par sa conversation si variée, et par les grâces répandues
dans toute sa personne.

L'abbesse, qui était une fille de noblesse, aimait surtout les histoires de cour, qui parviennent si rarement
jusqu'aux extrémités du royaume, et qui, surtout, ont
tant de peine à franchir les murs des couvents, au seuil
desquels viennent expirer les bruits du monde.

Milady, au contraire, était fort au courant de toutes les
intrigues aristocratiques, au milieu desquelles, depuis cinq
ou six ans, elle avait constamment vécu ; elle se mit donc à
entretenir la bonne abbesse des pratiques mondaines de
la cour de France, mêlées aux dévotions outrées du roi ;
elle lui fit la chronique des seigneurs et des dames de la
cour que l'abbesse connaissait parfaitement de nom,
toucha légèrement les amours de la reine et de Buckingham, parlant beaucoup pour qu'on parlât un peu.

Mais l'abbesse se contenta d'écouter et de sourire, le
tout sans répondre. Cependant, comme milady vit que
ce genre de récit l'amusait fort, elle continua ; seulement,
elle fit tomber la conversation sur le cardinal.

Mais elle était fort embarrassée ; elle ignorait si l'abbesse
était royaliste ou cardinaliste : elle se tint dans un milieu
prudent ; mais l'abbesse, de son côté, se tint dans une
réserve plus prudente encore, se contentant de faire une
profonde inclination de tête toutes les fois que la voya-
geuse prononçait le nom de Son Éminence.

Milady commença à croire qu'elle s'ennuierait fort dans
le couvent ; elle résolut donc de risquer quelque chose

pour savoir de suite à quoi s'en tenir. Voulant voir jusqu'où irait la discrétion de cette bonne abbesse, elle se mit à dire un mal, très dissimulé d'abord, puis très circonstancié du cardinal.

5 L'abbesse écouta plus attentivement, s'anima peu à peu et sourit.

— Bon, dit milady, elle prend goût à mon discours; si elle est cardinaliste, elle n'y met pas de fanatisme au moins.

10 Alors elle passa aux persécutions exercées par le cardinal sur ses ennemis. L'abbesse se contenta de se signer, sans approuver ni désapprouver.

Cela confirma milady dans son opinion, que la religieuse était plutôt royaliste que cardinaliste. Milady 15 continua renchérissant de plus en plus.

— Je suis fort ignorante de toutes ces matières-là, dit enfin l'abbesse; mait tout éloignées que nous sommes de la cour, tout en dehors des intérêts du monde que nous nous trouvons placées, nous avons des exemples fort tristes 20 de ce que vous nous racontez là; et l'une de nos pensionnaires a bien souffert des vengeances et des persécutions de M. le cardinal.

— Une de vos pensionnaires, dit milady; oh! mon Dieu! pauvre femme, je la plains alors.

25 — Et vous avez raison, car elle est bien à plaindre: prison, menaces, mauvais traitements, elle a tout souffert. Mais, après tout, reprit l'abbesse, M. le cardinal avait peut-être des motifs plausibles pour agir ainsi, et quoiqu'elle ait l'air d'un ange, il ne faut pas toujours juger 30 les gens sur la mine.

— Bon! dit milady à elle-même, qui sait! je vais peut-être découvrir quelque chose ici, je suis en veine.

Et elle s'appliqua à donner à son visage une expression de candeur parfaite.

—Hélas! dit milady, je le sais; on dit cela, qu'il ne faut pas croire aux physionomies; mais à quoi croira-t-on cependant si ce n'est au plus bel ouvrage du Seigneur! Quant à moi, je serai trompée toute ma vie peut-être;
5 mais je me fierai toujours à une personne dont le visage m'inspirera de la sympathie.

—Vous seriez donc tentée de croire, dit l'abbesse, que cette jeune femme est innocente?

—M. le cardinal ne poursuit pas que les crimes, dit-elle;
10 il y a certaines vertus qu'il poursuit plus sévèrement que certains forfaits.

—Permettez-moi, madame, de vous exprimer ma surprise, dit l'abbesse.

—Et sur quoi? demanda milady avec naïveté.
15 —Mais sur le langage que vous tenez.

—Que trouvez-vous d'étonnant à ce langage? demanda en souriant milady.

—Vous êtes l'amie du cardinal, puisqu'il vous envoie ici, et cependant...
20 —Et cependant j'en dis du mal, reprit milady achevant la pensée de la supérieure.

—Au moins n'en dites-vous pas de bien.

—C'est que je ne suis pas son amie, dit-elle en soupirant, mais sa victime.
25 —Mais cependant cette lettre par laquelle il vous recommande à moi?...

—Est un ordre à moi de me tenir dans une espèce de prison dont il me fera tirer par quelques-uns de ses satellites.
30 —Mais pourquoi n'avez-vous pas fui?

—Où irai-je? croyez-vous qu'il y ait un endroit de la terre où ne puisse atteindre le cardinal, s'il veut se donner la peine de tendre la main! Si j'étais un homme, à la rigueur cela serait possible encore; mais une femme, que

voulez-vous que fasse une femme? Cette jeune pensionnaire que vous avez ici a-t-elle essayé de fuir, elle?

— Non, c'est vrai ; mais elle, c'est autre chose, je la crois
retenue en France par quelque amour.

5   — Alors, dit milady avec un soupir, si elle aime, elle
n'est pas tout à fait malheureuse.

— Ainsi, dit l'abbesse en regardant milady avec un intérêt croissant, c'est encore une pauvre persécutée que je vois?

— Hélas, oui! dit milady.

10 L'abbesse regarda un instant milady avec inquiétude,
comme si une nouvelle pensée surgissait dans son esprit.

— Vous n'êtes pas ennemie de notre sainte foi? dit-elle
en balbutiant.

— Moi, s'écria milady, moi, protestante! Oh! non,
15 j'atteste le Dieu qui nous entend que je suis au contraire
fervente catholique.

— Alors, madame, dit l'abbesse en souriant, rassurez-
vous ; la maison où vous êtes ne sera pas une prison bien
dure, et nous ferons tout ce qu'il faudra pour vous faire
20 chérir la captivité. Il y a plus, vous trouverez ici cette
jeune femme persécutée sans doute par suite de quelque
intrigue de cour. Elle est aimable, gracieuse.

— Comment la nommez-vous?

— Elle m'a été recommandée par quelqu'un de très
25 haut placé, sous le nom de Ketty. Je n'ai pas cherché à
savoir son autre nom.

— Et quand pourrai-je voir cette jeune dame, pour
laquelle je me sens déjà une si grande sympathie? demanda milady.

30 — Mais, ce soir, dit l'abbesse, dans la journée même.
Mais vous voyagez depuis quatre jours, m'avez-vous dit
vous-même ; ce matin vous vous êtes levée à cinq heures,
vous devez avoir besoin de repos. Couchez-vous et dor-
mez, à l'heure du dîner nous vous réveillerons.

Quoique milady eût très bien pu se passer de sommeil, soutenue qu'elle était par toutes les excitations qu'une aventure nouvelle faisait éprouver à son cœur avide d'intrigues, elle n'en accepta pas moins l'offre de la supé-
5 rieure : depuis douze ou quinze jours elle avait passé par tant d'émotions diverses, que, si son corps de fer pouvait encore soutenir la fatigue, son âme avait besoin de repos.

Elle prit donc congé de l'abbesse et se coucha, doucement bercée par ses idées de vengeance. Elle se rappelait cette
10 promesse presque illimitée que lui avait faite le cardinal, si elle réussissait dans son entreprise. Elle avait réussi, d'Artagnan était donc à elle !

Une seule chose l'épouvantait, c'était le souvenir de son mari ; c'était le comte de la Fère, qu'elle avait cru mort
15 ou du moins expatrié, et qu'elle retrouvait dans Athos, le meilleur ami de d'Artagnan.

Mais aussi, s'il était l'ami de d'Artagnan, il était l'ennemi du cardinal ; et sans doute elle parviendrait à l'envelopper dans la vengeance dans laquelle elle espérait
20 étouffer le jeune mousquetaire.

Toutes ces espérances étaient de douces pensées pour milady ; aussi, bercée par elles, s'endormit-elle bientôt.

Elle fut réveillée par une voix douce qui retentit au pied de son lit. Elle ouvrit les yeux, et vit l'abbesse ac-
25 compagnée d'une jeune femme aux cheveux blonds, au teint délicat qui fixait sur elle un regard plein d'une bienveillante curiosité.

La figure de cette jeune femme lui était complètement inconnue ; toutes deux s'examinèrent avec une scrupuleuse
30 attention, tout en échangeant les compliments d'usage : toutes deux étaient fort belles, mais de beautés tout à fait différentes. Cependant milady sourit en reconnaissant qu'elle l'emportait de beaucoup sur la jeune femme en grand air et en façons aristocratiques. Il est vrai

que l'habit de novice que portait la jeune femme n'était pas très avantageux pour soutenir une lutte de ce genre.

L'abbesse les présenta l'une à l'autre; puis, lorsque cette formalité fut remplie, comme ses devoirs l'appelaient 5 à l'église, elle laissa les deux jeunes femmes seules.

La novice, voyant milady couchée, voulait suivre la supérieure, mais milady la retint.

— Comment, madame, lui dit-elle, à peine vous ai-je aperçue et vous voulez déjà me priver de votre présence, 10 sur laquelle je comptais cependant un peu, je vous l'avoue, pour le temps que j'ai à passer ici?

— Non, madame, répondit la novice, seulement je craignais d'avoir mal choisi mon temps : vous dormiez, vous êtes fatiguée.

15 — Eh bien! dit milady, que peuvent demander les gens qui dorment? un bon réveil. Ce réveil, vous me l'avez donné; laissez-moi en jouir tout à mon aise.

Et lui prenant la main, elle l'attira sur un fauteuil qui était près de son lit.

20 La novice s'assit.

— Mon Dieu! dit-elle, que je suis malheureuse! voilà six mois que je suis ici, sans l'ombre d'une distraction, vous arrivez, votre présence allait être pour moi une compagnie charmante, et voilà que, selon toute probabi-25 lité, d'un moment à l'autre je vais quitter le couvent!

— Comment! did milady, vous partez bientôt?

— Du moins je l'espère, dit la novice avec une expression de joie qu'elle ne cherchait pas le moins du monde à déguiser.

30 — Je crois avoir appris que vous aviez souffert de la part du cardinal, continua milady; c'eût été un motif de plus de sympathie entre nous.

— Ce que m'a dit notre bonne mère est donc la vérité, que vous étiez aussi une victime de ce méchant prêtre?

— Chut ! dit milady, même ici ne parlons pas ainsi de lui ; tous mes malheurs viennent d'avoir dit à peu près ce que vous venez de dire, devant une femme que je croyais mon amie et qui m'a trahie. Et vous êtes aussi, vous, la victime d'une trahison ?

— Non, dit la novice, mais de mon dévouement : d'un dévouement à une femme que j'aimais, pour qui j'eusse donné ma vie, pour qui je la donnerais encore.

— Et qui vous a abandonnée, c'est cela !

— J'ai été assez injuste pour le croire, mais depuis deux ou trois jours j'ai acquis la preuve du contraire, et j'en remercie Dieu ; il m'aurait coûté de croire qu'elle m'avait oubliée. Mais vous, madame, continua la novice, il me semble que vous êtes libre, et que si vous vouliez fuir, il ne tiendrait qu'à vous.

— Où voulez-vous que j'aille, sans amis, sans argent, dans une partie de la France que je ne connais pas, où je ne suis jamais venue ?...

— Oh ! s'écria la novice, quant à des amis, vous en aurez partout où vous vous montrerez, vous paraissez si bonne et vous êtes si belle !

— Cela n'empêche pas, reprit milady en adoucissant son sourire de manière à lui donner une expression angélique, que je suis seule et persécutée.

— Écoutez, dit la novice, il faut avoir bon espoir dans le ciel, voyez-vous ; il vient toujours un moment où le bien que l'on a fait plaide votre cause devant Dieu, et, tenez, peut-être est-ce un bonheur pour vous, tout humble et sans pouvoir que je suis, que vous m'ayez rencontrée : car, si je sors d'ici, eh bien ! j'aurai quelques amis puissants, qui, après s'être mis en campagne pour moi, pourront aussi se mettre en campagne pour vous.

— Oh ! quand j'ai dit que j'étais seule, dit milady espérant faire parler la novice en parlant d'elle-même,

ce n'est pas faute d'avoir aussi quelques connaissances
haut placées; mais ces connaissances tremblent elles-
mêmes devant le cardinal: la reine elle-même n'ose pas
lutter contre le terrible ministre; j'ai la preuve que Sa
5 Majesté, malgré son excellent cœur, a plus d'une fois
été obligée d'abandonner à la colère de Son Éminence
les personnes qui l'avaient servie.

— Croyez-moi, madame, la reine peut avoir l'air d'avoir
abandonné ces personnes-là; mais il ne faut pas en croire
10 l'apparence: plus elles sont persécutées, plus elle pense à
elles; et souvent, au moment où elles y pensent le moins,
elles ont la preuve d'un bon souvenir.

— Hélas! dit milady, je le crois: la reine est si bonne.

— Oh! vous la connaissez donc, cette belle et noble
15 reine, que vous parlez d'elle ainsi! s'écria la novice avec
enthousiasme.

— C'est à dire, reprit milady poussée dans ses retran-
chements, qu'elle, personnellement, je n'ai pas l'honneur
de la connaître; mais je connais bon nombre de ses amis
20 les plus intimes: je connais M. de Tréville, par exemple.

— M. de Tréville! s'écria la novice, vous connaissez
M. de Tréville.

— Oui, parfaitement, beaucoup même.

— Le capitaine des mousquetaires du roi?

25 — Le capitaine des mousquetaires du roi.

— Oh! mais vous allez voir, s'écria la novice, que tout
à l'heure nous allons être des connaissances achevées,
presque des amies; si vous connaissez M. de Tréville,
vous avez dû aller chez lui?

30 — Souvent! dit milady, qui, entrée dans cette voie, et
s'apercevant que le mensonge réussissait voulait le pousser
jusqu'au bout.

— Chez lui, vous avez dû voir quelques-uns de ses
mousquetaires?

— Tous ceux qu'il reçoit habituellement! répondit milady pour laquelle cette conversation commençait à prendre un intérêt réel.

— Nommez-moi quelques-uns de ceux que vous con-
5 naissez, et vous verrez qu'ils seront de mes amis.

— Mais, dit milady embarrassée, je connais M. de
Souvigny, M. de Courtivron, M. de Férussac.

La novice laissa dire; puis voyant qu'elle s'arrêtait:

— Vous ne connaissez pas, dit-elle, un gentilhomme
10 nommé Athos?

Milady devint aussi pâle que les draps dans lesquels elle
était couchée, et, si maîtresse qu'elle fût d'elle-même, ne
put s'empêcher de pousser un cri en saisissant la main
de son interlocutrice et en la dévorant du regard.

15 — Quoi! qu'avez-vous? Oh! mon Dieu! demanda
cette pauvre femme, ai-je donc dit quelque chose qui vous
ait blessée?

— Non; mais ce nom m'a frappée, parce que, moi
aussi, j'ai connu ce gentilhomme, et qu'il m'a paru étrange
20 de trouver quelqu'un qui paraisse le connaître beaucoup.

— Oh! oui! beaucoup! beaucoup! non seulement lui,
mais encore ses amis: MM. Porthos et Aramis!

— En vérité! eux aussi je les connais! s'écria milady,
qui sentit le froid pénétrer jusqu'à son cœur.

25 — Eh bien! si vous les connaissez, vous devez savoir
qu'ils sont bons et francs compagnons; que ne vous
adressez-vous à eux, si vous avez besoin d'appui?

— C'est à dire, balbutia milady, je ne suis liée réellement avec aucun d'eux; je les connais pour en avoir
30 entendu beaucoup parler par un de leurs amis, M. d'Artagnan.

— Vous connaissez M. d'Artagnan! s'écria la novice
à son tour, en saisissant la main de milady et en la dévorant des yeux.

Puis, remarquant l'étrange expression du regard de milady :

— Pardon, madame, dit-elle, vous le connaissez, à quel titre ?

5 — Mais, reprit milady embarrassée, mais à titre d'ami, et je sais qui vous êtes maintenant : vous êtes madame Bonacieux.

La jeune femme se recula pleine de surprise et de terreur.

— Oh ! ne niez pas ! répondez, reprit milady.

10 — Eh bien ! oui, madame ! dit la novice, c'est vrai, mais comment avez-vous deviné . . . ?

— Vous ne comprenez pas, continua milady, que M. d'Artagnan étant mon ami, il m'avait prise pour confidente ?

15 — Vraiment !

— Vous ne comprenez pas que je sais tout, votre enlèvement, son désespoir et celui de ses amis. Et voici que je me trouve en face de vous, de vous dont nous avons parlé si souvent ensemble, de vous qu'il aime de 20 toute la force de son âme, de vous qu'il m'avait fait aimer avant que je vous eusse vue ? Ah ! chère Constance, je vous trouve donc, je vous vois donc enfin !

Et milady tendit ses bras à madame Bonacieux, qui, convaincue par ce qu'elle venait de lui dire, ne vit dans 25 cette femme qu'une amie sincère et dévouée.

Ces deux femmes se tinrent un instant embrassées. Certes, si les forces de milady eussent été à la hauteur de sa haine, madame Bonacieux ne fût sortie que morte de cet embrassement. Mais, ne pouvant pas l'étouffer, 30 elle lui sourit.

— O chère belle ! chère bonne petite ! dit milady, que je suis heureuse de vous voir ! Laissez-moi vous regarder. Et, en disant ces mots, elle la dévorait effectivement du regard. Oui, c'est bien vous. Ah ! d'après ce qu'il m'a dit, je vous reconnais à cette heure, je vous reconnais parfaitement.

La pauvre jeune femme ne pouvait se douter de ce qui se passait d'affreusement cruel derrière le rempart de
5 ce front pur, derrière ces yeux si brillants où elle ne lisait que de l'intérêt et de la compassion.

— Alors vous savez ce que j'ai souffert, dit madame Bonacieux, puisqu'il vous a dit ce qu'il souffrait; mais souffrir pour lui, c'est du bonheur.

10 Milady reprit machinalement:

— Oui, c'est du bonheur.

Elle pensait à autre chose.

— Et puis, continua madame Bonacieux, mon supplice touche à son terme; demain, ce soir peut-être, je le
15 reverrai, et alors le passé n'existera plus.

— Ce soir? demain? s'écria milady tirée de sa rêverie par ces paroles, que voulez-vous dire? attendez-vous quelque nouvelle de lui?

— Je l'attends lui-même.

20 — Lui-même; d'Artagnan, ici!

— Lui-même.

— Mais, c'est impossible! il est au siège de La Rochelle avec le cardinal; il ne reviendra qu'après la prise de la ville.

25 — Vous le croyez ainsi, mais est-ce qu'il y a quelque chose d'impossible à mon d'Artagnan, le noble et loyal gentilhomme!

— Oh! je ne puis vous croire!

— Eh bien! lisez donc! dit, dans l'excès de son orgueil
30 et de sa joie, la malheureuse jeune femme en présentant une lettre à milady.

— L'écriture de madame de Chevreuse! se dit en elle-même milady. Ah! j'étais bien sûre qu'ils avaient des intelligences de ce côté-là!

Et elle lut avidement ces quelques lignes:

« Ma chère enfant, tenez-vous prête; *notre ami* vous verra bientôt, et il ne vous verra que pour vous arracher de la prison où votre sûreté exigeait que vous fussiez
5 cachée: préparez-vous donc au départ et ne désespérez jamais de nous.»

En ce moment on entendit le galop d'un cheval.

—Oh! s'écria madame Bonacieux en s'élançant à la fenêtre, serait-ce déjà lui?

10 Milady était restée dans son lit, pétrifiée par la surprise; tant de choses inattendues lui arrivaient tout à coup, que pour la première fois la tête lui manquait.

—Lui! lui! murmura-t-elle, serait-ce lui?

Et elle demeurait dans son lit les yeux fixes.

15 —Hélas, non! dit madame Bonacieux, c'est un homme que je ne connais pas, et qui cependant a l'air de venir ici; oui, il ralentit sa course, il s'arrête à la porte, il sonne.

Milady sauta hors de son lit.

20 —Vous êtes bien sûre que ce n'est pas lui? dit-elle.

—Oh! oui, bien sûre!

—Vous avez peut-être mal vu.

—Oh! je verrais la plume de son feutre, le bout de son manteau, que je le reconnaîtrais, lui!

25 Milady s'habillait toujours.

—N'importe! cet homme vient ici, dites-vous?

—Oui, il est entré.

—C'est ou pour vous ou pour moi.

—Oh! mon Dieu! comme vous semblez agitée!

30 —Oui, je l'avoue, je n'ai pas votre confiance, je crains tout du cardinal.

—Chut! dit madame Bonacieux, on vient!

Effectivement, la porte s'ouvrit, et la supérieure entra.

— Est-ce vous qui arrivez de Boulogne? demanda-t-elle à milady.

— Oui, c'est moi, répondit celle-ci, et tâchant de ressaisir son sang-froid, qui me demande?

5 — Un homme qui ne veut pas dire son nom, mais qui vient de la part du cardinal.

— Et qui veut me parler? demanda milady.

— Qui veut parler à une dame arrivant de Boulogne.

— Alors faites entrer, madame, je vous prie.

10 — Oh! mon Dieu! mon Dieu! dit madame Bonacieux, serait-ce quelque mauvaise nouvelle!

— J'en ai peur.

— Je vous laisse avec cet étranger, mais aussitôt son départ, si vous le permettez, je reviens.

15 — Comment donc! je vous en prie.

La supérieure et madame Bonacieux sortirent.

Milady resta seule, les yeux fixés sur la porte; un instant après on entendit le bruit d'éperons qui retentissaient sur les escaliers, puis les pas se rapprochèrent, 20 puis la porte s'ouvrit, et un homme parut.

Milady jeta un cri de joie: cet homme c'était le comte de Rochefort, l'âme damnée de Son Éminence.

DEUX VARIÉTÉS DE DÉMONS

— Ah! s'écrièrent ensemble Rochefort et milady, c'est vous!

25 — Oui, c'est moi.

— Et vous arrivez?... demanda milady.

— De La Rochelle, et vous?

— D'Angleterre.

— Buckingham?

—Mort ou blessé dangereusement; comme je partais sans avoir rien pu obtenir de lui, un fanatique venait de l'assassiner.

—Ah! fit Rochefort avec un sourire, voilà un hasard 5 bien heureux! et qui satisfera fort Son Éminence! L'avez-vous prévenue?

—Je lui ai écrit de Boulogne. Mais comment êtes-vous ici?

—Son Éminence, inquiète, m'a envoyé à votre re- 10 cherche.

—Je suis arrivée d'hier seulement.

—Et qu'avez-vous fait depuis hier?

—Je n'ai pas perdu mon temps.

—Oh! je m'en doute bien!

15 —Savez-vous qui j'ai rencontré ici?

—Non.

—Devinez.

—Comment voulez-vous?...

—Cette jeune femme que la reine a tirée de prison.

20 —L'amie de ce petit d'Artagnan?

—Oui, madame Bonacieux, dont le cardinal ignorait la retraite.

—Eh bien! dit Rochefort, voilà encore un hasard qui peut aller de pair avec l'autre; M. le cardinal est en 25 vérité un homme privilégié!

—Comprenez-vous mon étonnement, continua milady, quand je me suis trouvée face à face avec cette femme?

—Vous connaît-elle?

—Non.

30 —Alors elle vous regarde comme une étrangère? Milady sourit.

—Je suis sa meilleure amie!

—Sur mon honneur, dit Rochefort, il n'y a que vous, ma chère comtesse, pour faire de ces miracles-là.

— Et bien m'en a pris, chevalier, dit milady, car savez-vous ce qui se passe?

— Non.

— On va la venir chercher demain ou après-demain
5 avec un ordre de la reine.

— Vraiment! et qui cela?

— D'Artagnan et ses amis.

— En vérité ils en feront tant, que nous serons obligés de les envoyer à la Bastille.

10 — Pourquoi n'est-ce point déjà fait?

— Que voulez-vous! parce que M. le cardinal a pour ces hommes une faiblesse que je ne comprends pas.

— Vraiment?

— Oui.

15 — Eh bien! dites-lui ceci, Rochefort: dites-lui que notre conversation à l'auberge du Colombier-Rouge a été entendue par ces quatre hommes; dites-lui qu'après son départ l'un d'eux est monté et m'a arraché par violence le sauf-conduit qu'il m'avait donné; dites-lui qu'ils
20 avaient fait prévenir lord de Winter de mon passage en Angleterre; que, cette fois encore, ils ont failli faire échouer ma mission, comme ils ont fait échouer celle des ferrets; dites-lui que, parmi ces quatre hommes, deux seulement sont à craindre, d'Artagnan et Athos; dites-
25 lui que le troisième, Aramis, est l'ami de madame de Chevreuse: il faut laisser vivre celui-là, on sait son secret, il peut être utile; quant au quatrième, Porthos, c'est un sot, un fat et un niais, qu'il ne s'en occupe même pas.

30 — Mais ces quatre hommes doivent être à cette heure au siège de La Rochelle.

— Je le croyais comme vous; mais une lettre que madame Bonacieux a reçue, et qu'elle a eu l'imprudence de me communiquer, me porte à croire que ces quatre

hommes au contraire sont en campagne pour la venir
enlever.

— Diable! comment faire?

— Que vous a dit le cardinal à mon égard?

5   — De prendre vos dépêches écrites ou verbales, de
revenir en poste, et, quand il saura ce que vous avez
fait, il avisera ce que vous devez faire.

— Je dois donc rester ici?

— Ici ou dans les environs.

10   — Vous ne pouvez m'emmener avec vous?

— Non, l'ordre est formel: aux environs du camp,
vous pourriez être reconnue, et votre présence, vous le
comprenez, compromettrait Son Éminence.

— Allons, je dois attendre ici ou dans les environs.

15   — Seulement, dites-moi d'avance où vous attendrez
des nouvelles du cardinal, que je sache toujours où vous
retrouver.

— Écoutez, il est probable que je ne pourrai rester ici.

— Pourquoi?

20   — Vous oubliez que mes ennemis peuvent arriver d'un
moment à l'autre.

— C'est vrai; mais alors cette petite femme va échapper
à Son Éminence?

— Bah! dit milady avec un sourire qui n'appartenait
25 qu'à elle, vous oubliez que je suis sa meilleure amie.

— Ah! c'est vrai! je puis donc dire au cardinal, à
l'endroit de cette femme ...

— Qu'il soit tranquille.

— Voilà tout?

30   — Il saura ce que cela veut dire.

— Il le devinera. Maintenant, voyons, que dois-je faire?

— Repartir à l'instant même; il me semble que les
nouvelles que vous reportez valent bien la peine que l'on
fasse diligence.

— Ma chaise s'est cassée en entrant à Lilliers.

— A merveille !

— Comment, à merveille ?

— Oui, j'ai besoin de votre chaise, moi.

5 — Et comment partirai-je alors ?

— A franc étrier.

— Vous en parlez bien à votre aise, cent quatre-vingts lieues.

— Qu'est-ce que cela ?

10 — On les fera. Après ?

— Après : en passant à Lilliers, vous me renvoyez la chaise avec ordre à votre domestique de se mettre à ma disposition.

— Bien.

15 — Vous avez sans doute sur vous quelque ordre du cardinal ?

— J'ai mon plein pouvoir.

— Vous le montrez à l'abbesse, et vous dites qu'on viendra me chercher, soit aujourd'hui, soit demain, et

20 que j'aurai à suivre la personne qui se présentera en votre nom.

— Très bien !

— N'oubliez pas de me traiter durement en parlant de moi à l'abbesse.

25 — A quoi bon ?

— Je suis une victime du cardinal. Il faut bien que j'inspire de la confiance à cette pauvre madame Bonacieux.

— C'est juste. Maintenant voulez-vous me faire un

30 rapport de tout ce qui est arrivé ?

— Mais je vous ai raconté les événements, vous avez bonne mémoire, répétez les choses comme je vous les ai dites, un papier se perd.

— Vous avez raison ; seulement que je sache où vous

retrouver, que je n'aille pas courir inutilement dans les
environs.

— C'est juste, attendez.

— Voulez-vous une carte?

5   — Oh! je connais ce pays à merveille.

— Vous? quand donc y êtes-vous venue?

— J'y ai été élevée.

— Vraiment?

— C'est bon à quelque chose, vous le voyez, que d'avoir
10 été élevée quelque part.

— Vous m'attendrez donc?...

— Laissez-moi réfléchir un instant; eh! tenez, à Armentières.

— Qu'est-ce que cela, Armentières?

15   — Une petite ville sur la Lys; je n'aurai qu'à traverser
la rivière et je suis en pays étranger.

— A merveille! mais il est bien entendu que vous ne
traverserez la rivière qu'en cas de danger.

— C'est bien entendu.

20   — Et, dans ce cas, comment saurai-je où vous êtes?

— Vous n'avez pas besoin de votre laquais?

— Non.

— C'est un homme sûr?

— A l'épreuve.

25   — Donnez-le-moi; personne ne le connaît, je le laisse
à l'endroit que je quitte, et il vous conduit où je
suis.

— Et vous dites que vous m'attendez à Armentières?

— A Armentières.

30   — Écrivez-moi ce nom-là sur un morceau de papier, de
peur que je l'oublie; ce n'est pas compromettant, un nom
de ville, n'est-ce pas?

---

17 *pays étranger:* i.e., Belgium, then belonging to Spain.

— Eh, qui sait? N'importe, dit milady en écrivant le nom sur une demi-feuille de papier, je me compromets.

— Bien! dit Rochefort en prenant des mains de milady le papier, qu'il plia et qu'il enfonça dans la coiffe de son 5 feutre; d'ailleurs, soyez tranquille, je vais faire comme les enfants, et, dans le cas où je perdrais ce papier, répéter le nom tout le long de la route. Maintenant, est-ce tout?

— Je le crois.

— Cherchons bien: Buckingham mort ou grièvement 10 blessé; votre entretien avec le cardinal entendu des quatre mousquetaires; lord de Winter prévenu de votre arrivée à Portsmouth; d'Artagnan et Athos à la Bastille; Aramis l'ami de madame de Chevreuse; Porthos un fat; madame Bonacieux retrouvée; vous envoyer la chaise le plus tôt 15 possible; mettre mon laquais à votre disposition; faire de vous une victime du cardinal, pour que l'abbesse ne prenne aucun soupçon; Armentières sur les bords de la Lys. Est-ce cela?

— En vérité, mon cher chevalier, vous êtes un miracle 20 de mémoire. A propos, ajoutez une chose...

— Laquelle?

— J'ai vu de très jolis bois qui doivent toucher au jardin du couvent, dites qu'il m'est permis de me promener dans ces bois; qui sait? j'aurai peut-être besoin de 25 sortir par une porte de derrière.

— Vous pensez à tout.

— Et vous oubliez une chose...

— Laquelle?

— C'est de me demander si j'ai besoin d'argent.

30 — C'est juste, combien voulez-vous?

— Tout ce que vous aurez d'or.

— J'ai cinq cents pistoles à peu près.

— J'en ai autant: avec mille pistoles on fait face à tout; videz vos poches.

— Voilà.

— Bien! et vous partez?

— Dans une heure; le temps de manger un morceau, pendant lequel j'enverrai chercher un cheval de poste.

5 — A merveille! Adieu, chevalier!

— Adieu, comtesse!

— Recommandez-moi au cardinal.

— Recommandez-moi à Satan.

Milady et Rochefort échangèrent un sourire et se 10 séparèrent.

Une heure après, Rochefort partit au grand galop de son cheval; cinq heures après il passait à Arras.

Nos lecteurs savent déjà comment il avait été reconnu par d'Artagnan, et comment cette reconnaissance, en 15 inspirant des craintes aux quatre mousquetaires, avait donné une nouvelle activité à leur voyage.

———

LA GOUTTE D'EAU.

A PEINE Rochefort fut-il sorti, que madame Bonacieux rentra. Elle trouva milady le visage riant.

— Eh bien! dit la jeune femme, ce que vous craigniez 20 est donc arrivé; ce soir ou demain le cardinal vous envoie prendre?

— Qui vous a dit cela, mon enfant? demanda milady.

— Je l'ai entendu de la bouche même du messager.

— Venez vous asseoir ici près de moi, dit milady.

25 — Me voici.

— Attendez que je m'assure si personne ne nous écoute.

— Pourquoi toutes ces précautions?

— Vous allez le savoir.

Milady se leva et alla à la porte, l'ouvrit, regarda dans le corridor, et revint se rasseoir près de madame Bonacieux.

— Alors, dit-elle, il a bien joué son rôle.

5 — Qui cela? celui qui s'est présenté à l'abbesse comme l'envoyé du cardinal.

— C'était donc un rôle qu'il jouait?

— Oui, mon enfant.

— Cet homme n'est donc pas...

10 — Cet homme, dit milady en baissant la voix, c'est mon frère.

— Votre frère! s'écria madame Bonacieux.

— Eh bien! il n'y a que vous qui sachiez ce secret, mon enfant; si vous le confiez à qui que ce soit au monde, 15 je serai perdue, et vous aussi peut-être.

— Oh! mon Dieu!

— Écoutez, voici ce qui se passe: mon frère, qui venait à mon secours pour m'enlever ici de force, s'il le fallait, a rencontré l'émissaire du cardinal qui venait me cher- 20 cher; il l'a suivi. Arrivé à un endroit du chemin solitaire et écarté, il a mis l'épée à la main en sommant le messager de lui remettre les papiers dont il était porteur; le mes- sager a voulu se défendre, mon frère l'a tué.

— Oh! fit madame Bonacieux en frissonnant.

25 — C'était le seul moyen, songez-y. Alors mon frère a résolu de substituer la ruse à la force: il a pris les pa- piers, il s'est présenté ici comme l'émissaire du cardinal lui-même, et dans une heure ou deux, une voiture doit venir me prendre de la part de Son Éminence.

30 — Je comprends; cette voiture, c'est votre frère qui vous l'envoie.

— Justement; mais ce n'est pas tout: cette lettre que vous avez reçue, et que vous croyez de madame de Che- vreuse...

— Eh bien?

— Elle est fausse.

— Comment cela?

— Oui, fausse: c'est un piège pour que vous ne fassiez
5 pas de résistance quand on viendra vous chercher.

— Mais c'est d'Artagnan qui viendra.

— Détrompez-vous, d'Artagnan et ses amis sont rete-
nus au siège de La Rochelle.

— Comment savez-vous cela?

10 — Mon frère a rencontré des émissaires du cardinal
en habits de mousquetaires. On vous aurait appelée à
la porte, vous auriez cru avoir affaire à des amis, on vous
enlevait et on vous ramenait à Paris.

— Oh! mon Dieu! ma tête se perd au milieu de ce chaos
15 d'iniquités. Je sens que si cela durait, continua madame
Bonacieux en portant ses mains à son front, je devien-
drais folle!

— Attendez ...

— Quoi?

20 — J'entends le pas d'un cheval, c'est celui de mon
frère qui repart; je veux lui dire un dernier adieu,
venez.

Milady ouvrit la fenêtre et fit signe à madame Bonacieux de l'y venir rejoindre. La jeune femme y alla.

25 Rochefort passait au galop.

— Adieu, frère, s'écria milady.

Le chevalier leva la tête, vit les deux jeunes femmes,
et, tout courant, fit à milady un signe amical de la main.

— Ce bon Georges! dit-elle en refermant la fenêtre
30 avec une expression de visage pleine d'affection et de
mélancolie.

Et elle revint s'asseoir à sa place, comme si elle eût
été plongée dans des réflexions toutes personnelles.

— Chère dame! dit madame Bonacieux, pardon de vous

interrompre! mais que me conseillez-vous de faire? mon Dieu! Vous avez plus d'expérience que moi, parlez, je vous écoute.

— D'abord, dit milady, il se peut que je me trompe et que d'Artagnan et ses amis viennent véritablement à votre secours.

— Oh! c'eût été trop beau! s'écria madame Bonacieux, et tant de bonheur n'est pas fait pour moi!

— Alors, vous comprenez; ce serait tout simplement une question de temps, une espèce de course à qui arrivera le premier. Si ce sont vos amis qui l'emportent en rapidité, vous êtes sauvée; si ce sont les satellites du cardinal, vous êtes perdue.

— Oh! oui, oui, perdue sans miséricorde! Que faire donc? que faire?

— Il y aurait un moyen bien simple, bien naturel...

— Lequel, dites?

— Ce serait d'attendre, cachée dans les environs, et de s'assurer ainsi quels sont les hommes qui viendront vous demander.

— Mais où attendre?

— Oh! ceci n'est point une question; moi-même je m'arrête et je me cache à quelques lieues d'ici en attendant que mon frère vienne me rejoindre; eh bien! je vous emmène avec moi, nous nous cachons et nous attendons ensemble.

— Mais on ne me laissera pas partir, je suis ici presque prisonnière.

— Comme on croit que je pars sur un ordre du cardinal, on ne vous croira pas très pressée de me suivre.

— Eh bien?

— Eh bien! la voiture est à la porte, vous me dites adieu, vous montez sur le marchepied pour me serrer dans vos bras une dernière fois; le domestique de mon frère qui vient me prendre est prévenu, il fait un signe au postillon, et nous partons au galop.

— Mais d'Artagnan, d'Artagnan, s'il vient?

— Ne le saurons-nous pas?

5   — Comment?

— Rien de plus facile. Nous renvoyons à Béthune ce domestique de mon frère, à qui, je vous l'ai dit, nous pouvons nous fier ; il prend un déguisement et se loge en face du couvent : si ce sont les émissaires du cardinal

10 qui viennent, il ne bouge pas ; si c'est M. d'Artagnan et ses amis, il les amène où nous sommes.

— Il les connaît donc?

— Sans doute, n'a-t-il pas vu M. d'Artagnan chez moi?

15 — Oh! oui, oui, vous avez raison ; ainsi, tout va bien, tout est pour le mieux ; mais ne nous éloignons pas d'ici?

— A sept ou huit lieues tout au plus ; nous nous tenons sur la frontière par exemple, et à la première alerte, nous sortons de France.

20 — Et d'ici là, que faire?

— Attendre.

— Mais s'ils arrivent?

— La voiture de mon frère arrivera devant eux.

— Si je suis loin de vous quand on viendra vous

25 prendre ; à dîner ou à souper, par exemple?

— Faites une chose.

— Laquelle?

— Dites à votre bonne supérieure que, pour nous quitter le moins possible, vous lui demanderez la permis-

30 sion de partager mon repas.

— Le permettra-t-elle?

— Quel inconvénient y a-t-il à cela?

— Oh! très bien, de cette façon nous ne nous quitterons pas un instant!

—Eh bien! descendez chez elle pour lui faire votre
demande! je me sens la tête lourde, je vais faire un tour
au jardin.

—Allez, et où vous trouverai-je?

5 —Ici, dans une heure.

—Ici, dans une heure; oh! vous êtes bonne et je vous
remercie.

—Comment ne m'intéresserais-je pas à vous? Quand
vous ne seriez pas belle et charmante, n'êtes-vous pas
10 l'amie d'un de mes meilleurs amis!

—Cher d'Artagnan, oh! comme il vous remerciera!

—Je l'espère bien. Allons! tout est convenu, descendons.

—Vous allez au jardin?

—Oui.

15 —Suivez ce corridor, un petit escalier vous y conduit.

—A merveille! merci.

Et les deux femmes se quittèrent en échangeant un charmant sourire.

Milady avait dit la vérité, elle avait la tête lourde; car
20 ses projets mal classés s'y heurtaient encore comme un
chaos. Elle avait besoin d'être seule pour mettre un peu
d'ordre dans ses pensées. Elle voyait vaguement dans
l'avenir; mais il lui fallait un peu de silence et de quiétude pour donner à toutes ses idées, encore confuses, une
25 forme distincte, un plan arrêté.

Ce qu'il y avait de plus pressé, c'était d'enlever madame
Bonacieux, de la mettre en lieu de sûreté, et là, le cas
échéant, de s'en faire un otage. Milady commençait à
redouter l'issue de ce duel terrible, où ses ennemis met-
30 taient autant de persévérance qu'elle mettait, elle, d'acharnement.

D'ailleurs elle sentait, comme on sent venir un orage,
que cette issue était proche et ne pouvait manquer d'être
terrible.

Le principal pour elle, comme nous l'avons dit, était
donc de tenir madame Bonacieux entre ses mains. Madame Bonacieux, c'était la vie de d'Artagnan; c'était plus
que sa vie, c'était celle de la femme qu'il aimait; c'était,
en cas de mauvaise fortune, un moyen de traiter et d'obtenir sûrement de bonnes conditions.

Or, ce point était arrêté: madame Bonacieux, sans défiance, la suivait; une fois cachée avec elle à Armentières, il était facile de lui faire croire que d'Artagnan
n'était pas venu à Béthune. Dans quinze jours au plus,
Rochefort serait de retour; pendant ces quinze jours,
d'ailleurs, elle aviserait à ce qu'elle avait à faire pour se
venger des quatre amis. Elle ne s'ennuierait pas, Dieu
merci, car elle aurait le plus doux passe-temps que les
événements pussent accorder à une femme de son carac
tère: une bonne vengeance à perfectionner.

Tout en rêvant, elle jetait les yeux autour d'elle et
classait dans sa tête la topographie du jardin. Milady
était comme un bon général, qui prévoit tout ensemble
la victoire et la défaite, et qui est tout prêt, selon les
chances de la bataille, à marcher en avant où à battre
en retraite.

Au bout d'une heure, elle entendit une douce voix qui
l'appelait; c'était celle de madame Bonacieux. La bonne
abbesse avait naturellement consenti à tout, et, pour commencer, elles allaient souper ensemble.

En arrivant dans la cour, elles entendirent le bruit
d'une voiture qui s'arrêtait à la porte.

Milady écouta.

— Entendez-vous? dit-elle.

— Oui, le roulement d'une voiture.

— C'est celle que mon frère nous envoie.

— Oh! mon Dieu!

— Voyons, du courage!

On sonna à la porte du couvent, milady ne s'était pas trompée.

— Montez dans votre chambre, dit-elle à madame Bonacieux, vous avez bien quelques bijoux que vous désirez
5 emporter.

— J'ai ses lettres, dit-elle.

— Eh bien! allez les chercher et venez me rejoindre chez moi, nous souperons à la hâte; peut-être voyagerons-nous une partie de la nuit, il faut prendre des forces.

10 — Grand Dieu! dit madame Bonacieux en mettant la main sur sa poitrine, mon cœur m'étouffe, je ne puis marcher.

— Du courage, allons, du courage! pensez que dans un quart d'heure vous êtes sauvée, et songez que ce que
15 vous allez faire, c'est pour lui que vous le faites.

— Oh! oui, tout pour lui. Vous m'avez rendu mon courage par un seul mot; allez, je vous rejoins.

Milady monta vivement chez elle, elle y trouva le laquais de Rochefort, et lui donna ses instructions.

20 Il devait attendre à la porte; si par hasard les mousquetaires paraissaient, la voiture partait au galop, faisait le tour du couvent, et allait attendre milady à un petit village qui était situé de l'autre côté du bois. Dans ce cas, milady traversait le jardin et gagnait le village à
25 pied; nous l'avons dit déjà, milady connaissait à merveille cette partie de la France.

Si les mousquetaires ne paraissaient pas, les choses allaient comme il était convenu: madame Bonacieux montait dans la voiture sous prétexte de lui dire adieu, et
30 elle enlevait madame Bonacieux.

Madame Bonacieux entra, et pour lui ôter tout soupçon, si elle en avait, milady répéta devant elle au laquais toute la dernière partie de ses instructions.

Milady fit quelques questions sur la voiture: c'était

une chaise attelée de trois chevaux, conduite par un postillon; le laquais de Rochefort devait le précéder en courrier.

C'était à tort que milady craignait que madame Bona-
5 cieux eût des soupçons: la pauvre jeune femme était trop pure pour soupçonner dans une femme une telle perfidie; d'ailleurs le nom de la comtesse de Winter, qu'elle avait entendu prononcer par l'abbesse, lui était parfaitement inconnu, et elle ignorait même qu'une femme
10 eût eu une part si grande et si fatale aux malheurs de sa vie.

— Vous le voyez, dit milady, lorsque le laquais fut sorti, tout est prêt. L'abbesse ne se doute de rien et croit qu'on me vient chercher de la part du cardinal.
15 Cet homme va donner les derniers ordres; prenez la moindre chose, buvez un doigt de vin et partons.

— Oui, dit machinalement madame Bonacieux, oui, partons.

Milady lui fit signe de s'asseoir devant elle, lui versa
20 un petit verre de vin d'Espagne et lui servit un blanc de poulet.

— Voyez, lui dit-elle, si tout ne nous seconde pas: voici la nuit qui vient; au point du jour nous serons arrivées dans notre retraite, et nul ne pourra se douter
25 où nous sommes. Voyons, du courage, prenez quelque chose.

Madame Bonacieux mangea machinalement quelques bouchées et trempa ses lèvres dans son verre.

— Allons donc, allons donc, dit milady portant le sien
30 à ses lèvres, faites comme moi.

Mais au moment où elle l'approchait de sa bouche, sa main resta suspendue: elle venait d'entendre sur la route comme le roulement lointain d'un galop qui va

16 *un doigt = un peu.*

s'approchant; puis, presque en même temps, il lui sembla entendre des hennissements de chevaux.

Ce bruit la tira de sa joie comme un bruit d'orage réveille au milieu d'un beau rêve; elle pâlit et courut à
5 la fenêtre, tandis que madame Bonacieux, se levant toute tremblante, s'appuyait sur sa chaise pour ne point tomber.

On ne voyait rien encore, seulement on entendait le galop qui allait toujours se rapprochant.

— Oh! mon Dieu, dit madame Bonacieux, qu'est-ce
10 que ce bruit?

— Celui de nos amis ou de nos ennemis, dit milady avec son sang-froid terrible; restez où vous êtes, je vais vous le dire.

Madame Bonacieux demeura debout, muette, immobile
15 et pâle comme une statue.

Le bruit devenait plus fort, les chevaux ne devaient pas être à plus de cent cinquante pas; si on ne les aper-cevait point encore, c'est que la route faisait un coude. Toutefois, le bruit devenait si distinct, qu'on eût pu
20 compter les chevaux par le bruit saccadé de leurs fers.

Milady regardait de toute la puissance de son atten-tion; il faisait juste assez clair pour qu'elle pût recon-naître ceux qui venaient.

Tout à coup, au détour du chemin, elle vit reluire des
25 chapeaux galonnés et flotter des plumes; elle compta deux, puis cinq, puis huit cavaliers; l'un d'eux précé-dait tous les autres de deux longueurs de cheval.

Milady poussa un gémissement étouffé. Dans celui qui tenait la tête elle reconnut d'Artagnan.

30 — Oh! mon Dieu! mon Dieu! s'écria madame Bona-cieux, qu'y a-t-il donc?

— C'est l'uniforme des gardes de M. le cardinal; pas un instant à perdre! s'écria milady. Fuyons, fuyons!

— Oui, oui, fuyons! répéta madame Bonacieux, mais

sans pouvoir faire un pas, clouée qu'elle était à sa place par la terreur.

On entendit les cavaliers qui passaient sous la fenêtre.

— Venez donc! mais venez donc! s'écriait milady en
5 essayant de traîner la jeune femme par le bras. Grâce au jardin, nous pouvons fuir encore, j'ai la clé; mais hâtons-nous, dans cinq minutes il serait trop tard.

Madame Bonacieux essaya de marcher, fit deux pas et tomba sur ses genoux.

10 Milady essaya de la soulever et de l'emporter, mais elle ne put en venir à bout.

En ce moment on entendit le roulement de la voiture, qui à la vue des mousquetaires partait au galop. Puis, trois ou quatre coups de feu retentirent.

15 — Une dernière fois, voulez-vous venir? s'écria milady.

— Oh! mon Dieu! mon Dieu! vous voyez bien que les forces me manquent; vous voyez bien que je ne puis marcher: fuyez seule.

20 — Fuir seule! vous laisser ici! non, non, jamais, s'écria milady.

Tout à coup elle resta debout, un éclair livide jaillit de ses yeux; elle courut à la table, versa dans le verre de madame Bonacieux le contenu d'un chaton de bague
25 qu'elle ouvrit avec une promptitude singulière.

C'était un grain rougeâtre qui se fondit aussitôt.

Puis, prenant le verre d'une main ferme:

— Buvez, dit-elle, ce vin vous donnera des forces, buvez.

30 Et elle approcha le verre des lèvres de la jeune femme, qui but machinalement.

— Ah! ce n'est pas ainsi que je voulais me venger, dit milady en reposant avec un sourire infernal le verre sur la table, mais, ma foi! on fait ce qu'on peut.

Et elle s'élança hors de l'appartement.

Madame Bonacieux la regarda fuir, sans pouvoir la suivre; elle était comme ces gens qui rêvent qu'on les poursuit et qui essayent vainement de marcher.

5 Quelques minutes se passèrent, un bruit affreux retentissait à la porte; à chaque instant madame Bonacieux s'attendait à voir reparaître milady, qui ne reparaissait pas.

Plusieurs fois, de terreur sans doute, la sueur monta 10 froide à son front brûlant.

Enfin elle entendit le grincement des grilles qu'on ouvrait, le bruit des bottes et des éperons retentit par les escaliers; il se faisait un grand murmure de voix qui allaient se rapprochant, et au milieu desquels il lui 15 semblait entendre prononcer son nom.

Tout à coup elle jeta un grand cri de joie et s'élança vers la porte, elle avait reconnu la voix de d'Artagnan.

— D'Artagnan! d'Artagnan! s'écria-t-elle, est-ce vous? Par ici, par ici.

20 — Constance! Constance! répondit le jeune homme, où êtes-vous? mon Dieu!

Au même moment, la porte de la cellule céda au choc plutôt qu'elle ne s'ouvrit; plusieurs hommes se précipitèrent dans la chambre; madame Bonacieux était tombée 25 dans un fauteuil sans pouvoir faire un mouvement.

D'Artagnan jeta un pistolet encore fumant qu'il tenait à la main, et tomba à genoux devant Constance; Athos repassa le sien à sa ceinture; Porthos et Aramis, qui tenaient leurs épées nues, les remirent au fourreau.

30 — Oh! d'Artagnan! mon bien aimé d'Artagnan! tu viens donc enfin, tu ne m'avais pas trompée, c'est bien toi!

— Oui, oui, Constance! réunis!

— Oh! *elle* avait beau dire que tu ne viendrais pas,

j'espérais sourdement; je n'ai pas voulu fuir: oh! comme j'ai bien fait, comme je suis heureuse!

A ce mot *elle*, Athos, qui s'était assis tranquillement, se leva tout à coup.

5   — *Elle!* qui *elle?* demanda d'Artagnan.

— Mais ma compagne, celle qui, par amitié pour moi, voulait me soustraire à mes persécuteurs; celle qui, vous prenant pour des gardes du cardinal, vient de s'enfuir.

— Votre compagne, s'écria d'Artagnan devenant plus
10 pâle que le voile blanc de son amie, de quelle compagne voulez-vous donc parler?

— De celle dont la voiture était à la porte, d'une femme qui se dit votre amie, d'Artagnan; d'une femme à qui vous avez tout raconté.

15   — Son nom, son nom! s'écria d'Artagnan; mon Dieu! ne savez-vous donc pas son nom?

— Si fait, on l'a prononcé devant moi; attendez... mais c'est étrange... oh! mon Dieu! ma tête se trouble, je n'y vois plus.

20   — A moi, mes amis, à moi! ses mains sont glacées, s'écria d'Artagnan, elle se trouve mal; grand Dieu! elle perd connaissance!

Tandis que Porthos appelait au secours de toute la puissance de sa voix, Aramis courut à la table pour
25 prendre un verre d'eau; mais il s'arrêta en voyant l'horrible altération du visage d'Athos, qui, debout devant la table, les cheveux hérissés, les yeux glacés de stupeur, regardait l'un des verres et semblait en proie au doute le plus horrible.

30   — Oh! disait Athos, oh! non, c'est impossible! Dieu ne permettra pas un pareil crime.

— De l'eau, de l'eau, criait d'Artagnan, de l'eau!

— O pauvre femme, pauvre femme! murmurait Athos d'une voix brisée.

Madame Bonacieux rouvrit les yeux.

— Elle revient à elle! s'écria le jeune homme. Oh!
mon Dieu, mon Dieu! je te remercie!

— Madame, dit Athos, madame, au nom du ciel! à
5 qui ce verre vide?

— A moi, monsieur ... répondit la jeune femme d'une
voix mourante.

— Mais qui vous a versé ce vin qui était dans ce verre?

— *Elle.*

10 — Mais, qui donc *elle?*

— Ah! je me souviens, dit madame Bonacieux, la comtesse de Winter ...

Les quatre amis poussèrent un seul et même cri, mais
celui d'Athos dominait tous les autres.

15 En ce moment, le visage de madame Bonacieux devint
livide, une douleur sourde la terrassa, elle tomba haletante dans les bras de Porthos et d'Aramis.

D'Artagnan saisit la main d'Athos avec une angoisse
difficile à décrire.

20 — Et quoi! dit-il, tu crois ...

Sa voix s'éteignit dans un sanglot.

— Je crois tout, dit Athos en se mordant les lèvres
jusqu'au sang pour ne pas soupirer.

— D'Artagnan, d'Artagnan! s'écria madame Bona-
25 cieux, où es-tu? ne me quitte pas, tu vois bien que je
vais mourir.

D'Artagnan lâcha les mains d'Athos, qu'il tenait encore entre ses mains crispées, et courut à elle.

Son visage si beau était tout bouleversé, ses yeux
30 vitreux n'avaient déjà plus de regard, un tremblement
convulsif agitait son corps, la sueur coulait sur son
front.

— Au nom du ciel! courez, appelez; Porthos, Aramis,
demandez du secours!

— Inutile, dit Athos, inutile, au poison qu'elle verse il n'y a pas de contre-poison.

— Oui, oui, du secours, du secours! murmura madame Bonacieux, du secours.

5 Puis, rassemblant toutes ses forces, elle prit la tête du jeune homme entre ses deux mains et le regarda un instant comme si toute son âme était passée dans son regard.

— Constance! Constance! s'écria d'Artagnan.

10 Un soupir s'échappa de la bouche de madame Bonacieux; ce soupir, c'était cette âme si chaste et si aimante qui remontait au ciel.

D'Artagnan ne serrait plus qu'un cadavre entre ses bras.

15 Le jeune homme poussa un cri et tomba près de Constance, aussi pâle et aussi glacé qu'elle.

Porthos pleura, Aramis montra le poing au ciel, Athos fit le signe de la croix.

En ce moment un homme parut sur la porte, presque 20 aussi pâle que ceux qui étaient dans la chambre, et regarda tout autour de lui, vit madame Bonacieux morte et d'Artagnan évanoui.

Il apparaissait juste à cet instant de stupeur qui suit les grandes catastrophes.

25 — Je ne m'étais pas trompé, dit-il, voilà monsieur d'Artagnan, et vous êtes ses trois amis, messieurs Athos, Porthos et Aramis.

Ceux dont les noms venaient d'être prononcés regardaient l'étranger avec étonnement, il leur semblait à tous 30 trois le reconnaître.

— Messieurs, reprit le nouveau venu, vous êtes comme moi à la recherche d'une femme qui, ajouta-t-il avec un sourire terrible, a dû passer par ici, car j'y vois un cadavre!

Les trois amis restèrent muets; seulement la voix comme le visage leur rappelait un homme qu'ils avaient déjà vu; cependant, ils ne pouvaient se souvenir dans quelles circonstances.

5 — Messieurs, continua l'étranger, puisque vous ne voulez pas reconnaître un homme qui probablement vous doit la vie deux fois, il faut bien que je me nomme : je suis lord de Winter, le beau-frère de cette femme.

Les trois amis jetèrent un cri de surprise.

10 Athos se leva et lui tendit la main.

— Soyez le bienvenu, milord, dit-il, vous êtes des nôtres.

— Je suis parti cinq heures après elle de Portsmouth, dit lord de Winter, je suis arrivé trois heures après elle 15 à Boulogne; enfin, à Lilliers, j'ai perdu sa trace. J'allais au hasard, m'informant à tout le monde, quand je vous ai vus passer au galop; j'ai reconnu M. d'Artagnan. Je vous ai appelés, vous ne m'avez pas répondu; j'ai voulu vous suivre, mais mon cheval était trop fatigué 20 pour aller du même train que les vôtres. Et cependant il paraît que malgré la diligence que vous avez faite, vous êtes encore arrivés trop tard !

— Vous voyez, dit Athos en montrant à lord de Winter madame Bonacieux morte et d'Artagnan que Porthos et 25 Aramis essayaient de rappeler à la vie.

— Sont-ils donc morts tous deux ? demanda froidement lord de Winter.

— Non, heureusement, répondit Athos, M. d'Artagnan n'est qu'évanoui.

30 — Ah ! tant mieux ! dit lord de Winter.

En effet, en ce moment d'Artagnan rouvrit les yeux.

Il s'arracha des bras de Porthos et d'Aramis et se jeta comme un insensé sur le corps de son amie.

Athos se leva, marcha vers son ami d'un pas lent et

solennel, l'embrassa tendrement, et, comme il éclatait en sanglots, il lui dit de sa voix si noble et si persuasive:

— Ami, sois homme: les femmes pleurent les morts, les hommes les vengent!

5 — Oh! oui, dit d'Artagnan, oui! si c'est pour la venger, je suis prêt à te suivre!

Athos profita de ce moment de force que l'espoir de la vengeance rendait à son malheureux ami pour faire signe à Porthos et à Aramis d'aller chercher la supé-10 rieure.

Les deux amis la rencontrèrent dans le corridor, encore toute troublée et tout éperdue de tant d'événements.

— Madame, dit Athos en passant le bras de d'Artagnan sous le sien, nous abandonnons à vos soins pieux le corps 15 de cette malheureuse femme. Ce fut un ange sur la terre avant d'être un ange au ciel. Traitez-la comme une de vos sœurs; nous reviendrons un jour prier sur sa tombe.

D'Artagnan cacha sa figure dans la poitrine d'Athos 20 et éclata en sanglots.

— Pleure, dit Athos, pleure, cœur plein d'amour, de jeunesse et de vie! Hélas! je voudrais bien pouvoir pleurer comme toi!

Et il entraîna son ami, affectueux comme un père, con-25 solant comme un prêtre, grand comme l'homme qui a beaucoup souffert.

Tous cinq, suivis de leurs valets, tenant leurs chevaux par la bride, s'avancèrent vers la ville de Béthune, dont on apercevait le faubourg, et ils s'arrêtèrent devant la 30 première auberge qu'ils rencontrèrent.

— Mais, dit d'Artagnan, ne poursuivons-nous pas cette femme?

— Plus tard, dit Athos, j'ai des mesures à prendre.

33 *des mesures à prendre = des arrangements à faire.*

— Elle nous échappera, reprit le jeune homme, elle nous échappera, Athos, et ce sera ta faute.

— Je réponds d'elle, dit Athos.

D'Artagnan avait une telle confiance dans la parole
5 de son ami, qu'il baissa la tête et entra dans l'auberge sans rien répondre.

Porthos et Aramis se regardaient, ne comprenant rien à l'assurance d'Athos.

Lord de Winter croyait qu'il parlait ainsi pour engour-
10 dir la douleur de d'Artagnan.

— Maintenant, messieurs, dit Athos lorsqu'il se fut assuré qu'il y avait cinq chambres de libres dans l'hôtel, retirons-nous chacun chez nous; d'Artagnan a besoin d'être seul pour pleurer et pour dormir. Je me charge
15 de tout, soyez tranquilles.

— Il me semble cependant, dit lord de Winter, que s'il y a quelque mesure à prendre contre la comtesse, cela me regarde: c'est ma belle-sœur.

— Et moi, dit Athos, c'est ma femme.

20 D'Artagnan sourit, car il comprit qu'Athos était sûr de sa vengeance, puisqu'il révélait un pareil secret; Porthos et Aramis se regardèrent en pâlissant. Lord de Winter pensa qu'Athos était fou.

— Retirez-vous donc chacun chez vous, dit Athos, et
25 laissez-moi faire. Vous voyez bien qu'en qualité de mari cela me regarde. Seulement, d'Artagnan, si vous ne l'avez pas perdu, remettez-moi ce papier qui s'est échappé du chapeau de cet homme et sur lequel est écrit le nom du village ...

30 — Ah! dit d'Artagnan, je comprends, ce nom écrit de sa main ...

— Tu vois bien, dit Athos, qu'il y a un Dieu dans le ciel!

L'HOMME AU MANTEAU ROUGE

LE désespoir d'Athos avait fait place à une douleur concentrée, qui rendait plus lucides encore les brillantes facultés d'esprit de cet homme.

Tout entier à une seule pensée, celle de la promesse
5 qu'il avait faite et de la responsabilité qu'il avait prise, il se retira le dernier dans sa chambre, pria l'hôte de lui procurer une carte de la province, se courba dessus, interrogea les lignes tracées, reconnut que quatre chemins différents se rendaient de Béthune, à Armentières, et fit
10 appeler les valets.

Planchet, Grimaud, Mousqueton et Bazin se présentèrent et reçurent les ordres clairs, ponctuels et graves d'Athos.

Ils devaient partir au point du jour, le lendemain, et
15 se rendre à Armentières, chacun par une route différente. Planchet, le plus intelligent des quatre, devait suivre celle par laquelle avait disparu la voiture sur laquelle les quatre amis avaient tiré, et qui était accompagnée, on se le rappelle, du domestique de Rochefort.
20 Athos mettait les valets en campagne d'abord, parce que, depuis que ces hommes étaient à son service et à celui de ses amis, il avait reconnu en chacun d'eux des qualités différentes et essentielles.

Puis, des valets qui interrogent inspirent aux passants
25 moins de défiance que leurs maîtres, et trouvent plus de sympathie chez ceux auxquels ils s'adressent.

Enfin, milady connaissait les maîtres, tandis qu'elle ne connaissait pas les valets; au contraire, les valets connaissaient parfaitement milady.
30 Tous quatre devaient se trouver réunis le lendemain,

à onze heures; s'ils avaient découvert la retraite de
milady, trois resteraient à la garder, le quatrième re-
viendrait à Béthune pour prévenir Athos et servir de
guide aux quatre amis.

5 Ces dispositions prises, les valets se retirèrent à leur tour.

Athos alors se leva de sa chaise, ceignit son épée, s'enveloppa dans son manteau et sortit de l'hôtel; il était
dix heures à peu près. A dix heures du soir, on le sait,
en province les rues sont peu fréquentées. Athos cepen-
10 dant cherchait visiblement quelqu'un à qui il pût adresser
une question. Enfin il rencontra un passant attardé,
s'approcha de lui, lui dit quelques paroles; l'homme auquel il s'adressait recula avec terreur, cependant il répondit aux paroles du mousquetaire par une indication.
15 Athos offrit à cet homme une demi-pistole pour l'accompagner, mais l'homme refusa.

Athos s'enfonça dans la rue que l'indicateur avait dé-
signée du doigt; mais, arrivé à un carrefour, il s'arrêta
de nouveau, visiblement embarrassé. Cependant, comme,
20 plus qu'aucun autre lieu, le carrefour lui offrait la chance
de rencontrer quelqu'un, il s'y arrêta. En effet, au bout
d'un instant, un veilleur de nuit passa. Athos lui répéta
la même question qu'il avait déjà faite à la première personne qu'il avait rencontrée, le veilleur de nuit laissa
25 apercevoir la même terreur, refusa à son tour d'accompagner Athos, et lui montra de la main le chemin qu'il
devait suivre.

Athos marcha dans la direction indiquée et atteignit
le faubourg situé à l'extrémité de la ville opposée à celle
30 par laquelle lui et ses compagnons étaient entrés. Là il
parut de nouveau inquiet et embarrassé, et s'arrêta pour
la troisième fois.

Heureusement un mendiant passa, qui s'approcha près
d'Athos pour lui demander l'aumône. Athos lui proposa

un écu pour l'accompagner où il allait. Le mendiant
hésita un instant, mais à la vue de la pièce d'argent qui
brillait dans l'obscurité, il se décida et marcha devant
Athos.

5   Arrivé à l'angle d'une rue, il lui montra de loin une
petite maison isolée, solitaire, triste ; Athos s'en approcha, tandis que le mendiant, qui avait reçu son salaire,
s'en éloignait à toutes jambes.

Athos en fit le tour, avant de distinguer la porte au
10 milieu de la couleur rougeâtre dont cette maison était
peinte ; aucune lumière ne paraissait à travers les ger-
çures des contrevents, aucun bruit ne pouvait faire supposer qu'elle fût habitée, elle était sombre et muette
comme un tombeau.

15   Trois fois Athos frappa sans qu'on lui répondit. Au
troisième coup cependant des pas intérieurs se rapprochèrent ; enfin la porte s'entre-bâilla, et un homme de
haute taille, au teint pâle, aux cheveux et à la barbe
noire, parut.

20   Athos et lui échangèrent quelques mots à voix basse,
puis l'homme à haute taille fit signe au mousquetaire
qu'il pouvait entrer. Athos profita à l'instant même de
la permission, et la porte se referma derrière lui.

L'homme qu'Athos était venu chercher si loin et qu'il
25 avait trouvé avec tant de peine, le fit entrer dans son
laboratoire.

Tout l'ameublement indiquait que celui chez lequel on
se trouvait s'occupait des sciences naturelles : il y avait
des bocaux pleins de serpents, étiquetés selon les espèces,
30 et des bottes d'herbes sauvages, odoriférantes, sans doute
douées de vertus inconnues au vulgaire des hommes,
étaient attachées au plafond et descendaient dans les
angles de l'appartement.

Athos jeta un coup d'œil froid et indifférent sur tous

les objets que nous venons de décrire, et, sur l'invitation
de celui qu'il venait chercher, il s'assit près de lui.

Alors il lui expliqua la cause de sa visite et le service
qu'il réclamait de lui; mais à peine eut-il exposé sa
5 demande, que l'inconnu, qui était resté debout devant le
mousquetaire, recula de terreur et refusa.   Alors Athos
tira de sa poche un petit papier sur lequel étaient écrites
deux lignes accompagnées d'une signature et d'un sceau,
et les présenta à celui qui donnait trop prématurément
10 ces signes de répugnance.   L'homme à la grande taille
eut à peine lu ces deux lignes, vu la signature et reconnu
le sceau, qu'il s'inclina en signe qu'il n'avait plus aucune
objection à faire, et qu'il était prêt à obéir.

Athos n'en demanda pas d'avantage; il se leva, salua,
15 sortit, reprit en s'en allant le chemin qu'il avait suivi
pour venir, rentra à l'hôtel et s'enferma chez lui.

Au point du jour, d'Artagnan entra dans sa chambre
et demanda ce qu'il fallait faire.

— Attendre, répondit Athos.

20 Quelques instants après, la supérieure du couvent fit
prévenir les mousquetaires que l'enterrement aurait lieu
à midi.   Quant à l'empoisonneuse, on n'en avait pas eu
de nouvelles; seulement elle avait dû fuir par le jardin,
sur le sable duquel on avait reconnu la trace de ses pas
25 et dont on avait retrouvé la porte fermée; quant à la clé,
elle avait disparu.

A l'heure indiquée, lord de Winter et les quatre amis
se rendirent au couvent: les cloches sonnaient à toute
volée, la chapelle était ouverte, la grille du chœur était
30 fermée.   Au milieu du chœur, le corps de la victime,
revêtue de ses habits de novice, était exposé.

A la porte de la chapelle, d'Artagnan sentit son courage qui fuyait de nouveau; il se retourna pour chercher
Athos, mais Athos avait disparu.

Fidèle à sa mission de vengeance, Athos s'était fait conduire au jardin; et là, sur le sable, suivant les pas légers de cette femme qui avait laissé une trace sanglante partout où elle avait passé, il s'avança jusqu'à la porte
5 qui donnait sur le bois, se la fit ouvrir, et s'enfonça dans la forêt.

Alors tous ses doutes se confirmèrent: le chemin par lequel la voiture avait disparu contournait la forêt. Athos suivit le chemin quelque temps les yeux fixés sur le sol.
10 Au bout de trois quarts de lieue, à peu près à cinquante pas de Festubert, le sol était piétiné par les chevaux. Entre la forêt et cet endroit dénonciateur, un peu en arrière de la terre écorchée, on retrouvait la même trace de petits pas que dans le jardin; la voiture s'était arrêtée.
15 En cet endroit milady était sortie du bois et était montée dans la voiture.

Satisfait de cette découverte qui confirmait tous ses soupçons, Athos revint à l'hôtel et trouva Planchet qui l'attendait avec impatience.
20 Tout était comme l'avait prévu Athos.

Planchet avait suivi la route, avait comme Athos reconnu l'endroit où les chevaux s'étaient arrêtés; mais il avait poussé plus loin qu'Athos, jusqu'au village de Festubert.
25 Là, il avait retrouvé le postillon qui avait conduit la chaise. Il avait conduit la dame jusqu'à Fromelles, et de Fromelles elle était partie pour Armentières. Planchet prit la traverse, et à sept heures du matin il était à Armentières.
30 Il n'y avait qu'un seul hôtel, celui de la Poste. Planchet alla se présenter comme un laquais sans place qui cherchait une condition. Il n'avait pas causé dix minutes avec les gens de l'auberge, qu'il savait qu'une femme seule était arrivée à onze heures du soir, avait pris une

chambre, avait fait venir le maître d'hôtel et lui avait dit qu'elle désirerait demeurer quelque temps dans les environs.

Planchet n'avait pas besoin d'en savoir davantage. Il courut au rendez-vous, trouva les trois laquais exacts à leur poste, les plaça en sentinelles à toutes les issues de l'hôtel, et vint trouver Athos, qui achevait de recevoir les renseignements de Planchet, lorsque ses amis rentrèrent.

Tous les visages étaient sombres et crispés, même le doux visage d'Aramis.

— Que faut-il faire? demanda d'Artagnan.

— Attendre, répondit Athos.

Chacun se retira chez soi.

A huit heures du soir, Athos donna l'ordre de seller les chevaux, et fit prévenir lord de Winter et ses amis qu'ils eussent à se préparer pour l'expédition.

En un instant tous cinq furent prêts. Chacun visita ses armes et les mit en état. Athos descendit le dernier et trouva d'Artagnan déjà à cheval et s'impatientant.

— Patience, dit Athos, il nous manque encore quelqu'un.·

Les quatre cavaliers regardèrent autour d'eux avec étonnement, car ils cherchaient inutilement dans leur esprit quel était ce quelqu'un qui pouvait leur manquer.

En ce moment Planchet amena le cheval d'Athos, le mousquetaire sauta légèrement en selle.

— Attendez-moi, dit-il, je reviens.

Et il partit au galop.

Un quart d'heure après, il revint effectivement accompagné d'un homme masqué et enveloppé d'un grand manteau rouge.

Lord de Winter et les trois mousquetaires s'interrogeaient du regard. Nul d'entre eux ne put renseigner les autres, car tous ignoraient ce qu'était cet homme. Cependant ils pensèrent que cela devait être ainsi, puisque la chose se faisait par l'ordre d'Athos.

A neuf heures, guidé par Planchet, la petite cavalcade
5 se mit en route, prenant le chemin qu'avait suivi la voiture.

C'était un triste aspect que celui de ces six hommes courant en silence, plongés chacun dans sa pensée, mornes comme le désespoir, sombres comme le châtiment.

JUGEMENT

10   C'ÉTAIT une nuit orageuse et sombre, de gros nuages couraient au ciel, voilant la clarté des étoiles; la lune ne devait se lever qu'à minuit.

Parfois, à la lueur d'un éclair qui brillait à l'horizon, on apercevait la route qui se déroulait blanche et soli-
15 taire; puis, l'éclair éteint, tout rentrait dans l'obscurité.

A chaque instant, Athos rappelait d'Artagnan, toujours à la tête de la petite troupe, et le forçait de reprendre son rang, qu'au bout d'un instant il abandonnait de nouveau; il n'avait qu'une pensée, c'était d'aller
20 en avant, et il allait.

Plusieurs fois, ou lord de Winter, ou Porthos, ou Aramis, avaient essayé d'adresser la parole à l'homme au manteau rouge; mais à chaque interrogation qui lui avait été faite, il s'était incliné sans répondre. Les voyageurs
25 avaient alors compris qu'il y avait quelque raison pour que l'inconnu gardât le silence, et ils avaient cessé de lui adresser la parole.

D'ailleurs, l'orage grossissait, les éclairs se succédaient rapidement, le tonnerre commençait à gronder, et le vent, précurseur de l'ouragan, sifflait dans les plumes et dans les cheveux des cavaliers.

La cavalcade prit le grand trot.

Bientôt l'orage éclata; on déploya les manteaux; il 5 restait encore trois lieues à faire: on les fit sous des torrents de pluie.

D'Artagnan avait ôté son feutre et n'avait pas mis son manteau; il trouvait plaisir à laisser ruisseler l'eau sur son front brûlant et sur son corps agité de frissons fiévreux.

10 A un moment, un homme, abrité sous un arbre, se détacha du tronc avec lequel il était resté confondu dans l'obscurité, et s'avança jusqu'au milieu de la route, mettant son doigt sur ses lèvres.

Athos reconnut Grimaud.

15 — Qu'y a-t-il donc? s'écria d'Artagnan, aurait-elle quitté Armentières?

Grimaud fit de sa tête un signe affirmatif. D'Artagnan grinça des dents.

— Silence, d'Artagnan! dit Athos, c'est moi qui me 20 suis chargé de tout, c'est donc à moi d'interroger Grimaud.

— Où est-elle? demanda Athos.

Grimaud étendit les mains dans la direction de la Lys.

— Loin d'ici? demanda Athos.

25 Grimaud présenta à son maître son index plié.

— Seule? demanda Athos.

Grimaud fit signe que oui.

— Messieurs, dit Athos, elle est seule à une demi-lieue d'ici, dans la direction de la rivière.

30 — C'est bien, dit d'Artagnan, conduis-nous, Grimaud.

Grimaud prit à travers terres, et servit de guide à la cavalcade.

Au bout de cinq cents pas à peu près, on trouva un ruisseau, que l'on traversa à gué.

A la lueur d'un éclair, on aperçut un village.

— Est-ce là, Grimaud? demanda Athos.

Grimaud secoua la tête en signe de négation.

— Silence donc! dit Athos.

5 Et la troupe continua son chemin.

Un autre éclair brilla; Grimaud étendit le bras, et à la lueur bleuâtre du serpent de feu on distingua une petite maison isolée, au bord de la rivière, à cent pas d'un bac.

10 Une fenêtre était éclairée.

— Nous y sommes, dit Athos.

En ce moment, un homme couché dans un fossé se leva, c'était Mousqueton; il montra du doigt la fenêtre éclairée.

15 — Elle est là, dit-il.

— Et Bazin? demanda Athos.

— Tandis que je gardais la fenêtre, il gardait la porte.

— Bien, dit Athos, vous êtes tous de fidèles serviteurs.

Athos sauta à bas de son cheval, dont il remit la bride

20 aux mains de Grimaud, et s'avança vers la fenêtre après avoir fait signe au reste de la troupe de tourner du côté de la porte.

La petite maison était entourée d'une haie vive, de deux ou trois pieds de haut, Athos franchit la haie, par-

25 vint jusqu'à la fenêtre privée de contrevents, mais dont les demi-rideaux étaient exactement tirés.

Il monta sur le rebord de pierre, afin que son œil pût dépasser la hauteur des rideaux.

A la lueur d'une lampe, il vit une femme enveloppée

30 d'une mante de couleur sombre, assise sur un escabeau, près d'un feu mourant: ses coudes étaient posés sur une mauvaise table, et elle appuyait sa tête dans ses deux mains blanches comme de l'ivoire.

On ne pouvait distinguer son visage, mais un sourire

sinistre passa sur les lèvres d'Athos, il n'y avait pas à s'y tromper, c'était bien celle qu'il cherchait.

En ce moment un cheval hennit : milady releva la tête, vit, collé à la vitre, le visage pâle d'Athos, et poussa un cri.

Athos comprit qu'il était reconnu, poussa la fenêtre du genou et de la main, la fenêtre céda, les carreaux se rompirent.

Et Athos, pareil au spectre de la vengeance, sauta dans la chambre.

Milady courut à la porte et l'ouvrit ; plus pâle et plus menaçant encore qu'Athos, d'Artagnan était sur le seuil.

Milady recula en poussant un cri. D'Artagnan, croyant qu'elle avait quelque moyen de fuir et craignant qu'elle ne leur échappât, tira un pistolet de sa ceinture ; mais Athos leva la main.

— Remettez cette arme à sa place, d'Artagnan, dit-il, il importe que cette femme soit jugée et non assassinée. Attends encore un instant, d'Artagnan, et tu seras satisfait. Entrez, messieurs.

D'Artagnan obéit, car Athos avait la voix solennelle et le geste puissant d'un juge envoyé par le Seigneur luimême. Aussi, derrière d'Artagnan, entrèrent Porthos, Aramis, lord de Winter et l'homme au manteau rouge. Les quatre valets gardaient la porte et la fenêtre.

Milady était tombée sur sa chaise, les mains étendues, comme pour conjurer cette terrible apparition ; en apercevant son beau-frère, elle jeta un cri terrible.

— Que demandez-vous ? s'écria milady.

— Nous demandons, dit Athos, Charlotte Backson, qui s'est appelée d'abord la comtesse de La Fère, puis ensuite lady de Winter, baronne de Scheffield.

— C'est moi, c'est moi ! murmura-t-elle au comble de la terreur, que me voulez-vous ?

— Nous voulons vous juger selon vos crimes, dit
Athos : vous serez libre de vous défendre, justifiez-vous
si vous pouvez. Monsieur d'Artagnan, à vous d'accuser
le premier.

5 D'Artagnan s'avança.

— Devant Dieu et devant les hommes, dit-il, j'accuse
cette femme d'avoir empoisonné Constance Bonacieux,
morte hier soir.

Il se retourna vers Porthos et vers Aramis.

10 — Nous attestons, dirent d'un seul mouvement les deux
mousquetaires.

D'Artagnan continua.

— Devant Dieu et devant les hommes, j'accuse cette
femme d'avoir voulu m'empoisonner moi-même, avec du
15 vin qu'elle m'avait envoyé de Villeroi, avec une fausse
lettre, comme si le vin venait de mes amis; Dieu m'a
sauvé, mais un homme est mort à ma place, qui s'appelait Brisemont. J'ai dit.

— Nous attestons, dirent de la même voix Porthos et
20 Aramis.

Et d'Artagnan passa de l'autre côté de la chambre
avec Porthos et Aramis.

— A vous, milord ! dit Athos.

Le baron s'approcha à son tour.

25 — Devant Dieu et devant les hommes, dit-il, j'accuse
cette femme d'avoir fait assassiner le duc de Buckingham.

— Le duc de Buckingham assassiné ? s'écrièrent d'un
seul cri tous les assistants.

— Oui, dit le baron, assassiné ! Sur la lettre d'avis
30 que vous m'aviez écrite, j'avais fait arrêter cette femme,
et je l'avais donnée en garde à un loyal serviteur; elle
a corrompu cet homme, elle lui a mis le poignard dans
la main, elle lui a fait tuer le duc, et dans ce moment
peut-être Felton paye de sa tête le crime de cette furie.

Un frémissement courut parmi les juges à la révélation de ces crimes encore inconnus.

— Ce n'est pas tout, reprit lord de Winter : mon frère, qui vous avait fait son héritière, est mort en trois heures d'une étrange maladie qui laisse des traces livides par tout le corps. Ma sœur, comment votre mari est-il mort?

— Horreur! s'écrièrent Porthos et Aramis.

— Assassin de Buckingham, assassin de Felton, assassin de mon frère, je demande justice contre vous, et je déclare que si on ne me la fait pas, je me la ferai.

Et lord de Winter alla se ranger près de d'Artagnan, laissant la place libre à un autre accusateur.

Milady laissa tomber son front dans ses deux mains et essaya de rappeler ses idées confondues par un vertige mortel.

— A mon tour, dit Athos, tremblant lui-même comme le lion tremble à l'aspect du serpent, à mon tour. J'épousai cette femme quand elle était jeune fille, je l'épousai malgré toute ma famille; je lui donnai mon bien, je lui donnai mon nom; et un jour je m'aperçus que cette femme était flétrie : cette femme était marquée d'une fleur de lis sur l'épaule gauche.

— Oh! dit milady en se levant, je défie de retrouver le tribunal qui a prononcé sur moi cette sentence infâme. Je défie de retrouver celui qui l'a exécutée.

— Silence, dit une voix. A ceci, c'est à moi de répondre!

Et l'homme au manteau rouge s'approcha à son tour.

— Quel est cet homme, quel est cet homme? s'écria milady suffoquée par la terreur et dont les cheveux se dénouèrent et se dressèrent sur sa tête livide comme s'ils eussent été vivants.

Tous les yeux se portèrent sur cet homme, car à tous, excepté à Athos, il était inconnu.

Encore Athos le regardait-il avec autant de stupéfaction que les autres, car il ignorait comment il pouvait se trouver mêlé en quelque chose à l'horrible drame qui se dénouait en ce moment.

5 Après s'être approché de milady, d'un pas lent et solennel, de manière que la table seule le séparât d'elle, l'inconnu ôta son masque.

Milady regarda quelque temps avec une terreur croissante ce visage pâle encadré de cheveux et de favoris 10 noirs, dont la seule expression était une impassibilité glacée; puis tout à coup:

— Oh! non, non, dit-elle en se levant et en reculant jusqu'au mur; non, non, c'est une apparition infernale! ce n'est pas lui! A moi! à moi! s'écria-t-elle d'une 15 voix rauque en se retournant vers la muraille, comme si elle eût pu s'y ouvrir un passage avec ses mains.

— Mais qui êtes-vous donc? s'écrièrent tous les témoins de cette scène.

— Demandez-le à cette femme, dit l'homme au man-20 teau rouge, car vous voyez bien qu'elle m'a reconnu, elle.

— Le bourreau de Lille, le bourreau de Lille! s'écria milady en proie à une terreur insensée et se cramponnant des mains à la muraille pour ne pas tomber.

25 Tout le monde s'écarta, et l'homme au manteau rouge resta seul debout au milieu de la salle.

— Oh! grâce! grâce! pardon! s'écria la misérable en tombant à genoux.

L'inconnu laissa le silence se rétablir.

30 — Je vous le disais bien, qu'elle m'avait reconnu! reprit-il. Oui, je suis le bourreau de la ville de Lille, et voici mon histoire:

Tous les yeux étaient fixés sur cet homme dont on attendait les paroles avec une avide anxiété.

—Cette jeune femme était autrefois une jeune fille aussi belle qu'elle est belle aujourd'hui. Elle était religieuse au couvent des Bénédictines de Templemar. Un jeune prêtre au cœur simple et croyant desservait l'église
5 de ce couvent; elle obtint de lui qu'ils quitteraient ensemble le pays; mais pour quitter le pays, pour fuir, pour gagner une autre partie de la France, où ils pussent vivre tranquilles parce qu'ils seraient inconnus, il fallait de l'argent; ni l'un ni l'autre n'en avait. Le prêtre vola
10 les vases sacrés, les vendit; mais comme ils s'apprêtaient à partir ensemble, ils furent arrêtés tous deux.

« Huit jours après, elle avait corrompu le fils du geôlier et s'était sauvée. Le jeune prêtre fut condamné à dix ans de fers et à la flétrissure. J'étais bourreau de
15 la ville de Lille, comme dit cette femme. Je fus obligé de marquer le coupable, et le coupable, messieurs, c'était mon frère!

« Je jurai alors que cette femme qui l'avait perdu, qui était plus que sa complice, puisqu'elle l'avait poussé au
20 crime, partagerait au moins le châtiment. Je me doutais du lieu où elle était cachée, je la poursuivis, je l'atteignis, je la garrottai et lui imprimai la même flétrissure que j'avais imprimée à mon frère.

« Le lendemain de mon retour à Lille, mon frère par-
25 vint à s'échapper à son tour, on m'accusa de complicité, et l'on me condamna à rester en prison à sa place tant qu'il ne se serait pas constitué prisonnier. Mon pauvre frère ignorait ce jugement; il avait rejoint cette femme; ils avaient fui ensemble dans le Berry; et là, il avait
30 obtenu une petite cure. Cette femme passait pour sa sœur.

« Le seigneur de la terre sur laquelle était située l'église du curé vit cette femme et en devint amoureux, amoureux au point qu'il lui proposa de l'épouser. Alors elle

quitta celui qu'elle avait perdu pour celui qu'elle devait
perdre, et devint la comtesse de La Fère . . . »

Tous les yeux se tournèrent vers Athos, dont c'était le
véritable nom, et qui fit signe de la tête que tout ce
5 qu'avait dit le bourreau était vrai.

— Alors, reprit celui-ci, fou, désespéré, décidé à se débarrasser d'une existence à laquelle elle avait tout en-
levé, honneur et bonheur, mon pauvre frère revint à
Lille, et apprenant l'arrêt qui m'avait condamné à sa
10 place, se constitua prisonnier et se pendit le même soir
au soupirail de son cachot.

« Au reste, c'est une justice à leur rendre, ceux qui
m'avaient condamné me tinrent parole. A peine l'identité du cadavre fut-elle constatée qu'on me rendit ma
15 liberté.

« Voilà le crime dont je l'accuse, voilà la cause pour
laquelle elle a été marquée.

— Monsieur d'Artagnan, dit Athos, quelle est la peine
que vous réclamez contre cette femme?

20 — La peine de mort, répondit d'Artagnan.

— Milord de Winter, continua Athos, quelle est la
peine que vous réclamez contre cette femme?

— La peine de mort, reprit lord de Winter.

— Messieurs Porthos et Aramis, reprit Athos, vous
25 qui êtes ses juges, quelle est la peine que vous portez
contre cette femme?

— La peine de mort, répondirent d'une voix sourde
les deux mousquetaires.

Milady poussa un hurlement affreux, et fit quelques
30 pas vers ses juges en se traînant sur ses genoux.

Athos étendit la main vers elle.

— Charlotte Backson, comtesse de La Fère, milady
de Winter, dit-il, vos crimes ont lassé les hommes sur
la terre et Dieu dans le ciel. Si vous savez quelque

prière, dites-la, car vous êtes condamnée et vous allez
mourir.

A ces paroles, qui ne lui laissaient aucun espoir, milady
se releva de toute sa hauteur et voulut parler, mais les
5 forces lui manquèrent; elle sentit qu'une main puissante
et implacable la saisissait par les cheveux et l'entrainait
aussi irrévocablement que la fatalité entraîne l'homme :
elle ne tenta donc pas même de faire résistance et sortit
de la chaumière.

10 Lord de Winter, d'Artagnan, Athos, Porthos et Aramis
sortirent derrière elle. Les valets suivirent leurs maîtres
et la chambre resta solitaire avec sa fenêtre brisée, sa
porte ouverte et sa lampe fumeuse qui brûlait tristement
sur la table.

L'EXÉCUTION

15 Il était minuit à peu près; la lune, échancrée par sa
décroissance et ensanglantée par les dernières traces de
l'orage, se levait derrière la petite ville d'Armentières,
qui découpait sur sa lueur blafarde la silhouette sombre
de ses maisons et le squelette de son haut clocher dé-
20 coupé à jour. En face, la Lys roulait ses eaux pareilles
à une rivière d'étain fondu; tandis que sur l'autre rive
on voyait la masse noire des arbres se profiler sur un
ciel orageux envahi par de gros nuages cuivrés qui faisaient une espèce de crépuscule au milieu de la nuit.

25 Deux valets entraînaient milady, qu'ils tenaient chacun par un bras; le bourreau marchait par derrière, et
lord de Winter, d'Artagnan, Athos, Porthos et Aramis
marchaient derrière le bourreau.

Planchet et Bazin venaient les derniers.

Arrivés au bord de l'eau, le bourreau s'approcha de milady et lui lia les pieds et les mains.

Alors elle rompit le silence pour s'écrier :

—Vous êtes des lâches, vous êtes des misérables as-
5 sassins, vous vous mettez à dix pour égorger une femme ; prenez garde, si je ne suis point secourue, je serai vengée.

—Vous n'êtes pas une femme, dit froidement Athos, vous n'appartenez pas à l'espèce humaine, vous êtes un démon échappé de l'enfer et que nous allons y faire
10 rentrer.

—Ah ! messieurs les hommes vertueux ! dit milady, faites attention que celui qui touchera un cheveu de ma tête est à son tour un assassin.

—Le bourreau peut tuer, sans être pour cela un as-
15 sassin, madame, dit l'homme au manteau rouge en frappant sur sa large épée ; c'est le dernier juge, voilà tout.

Et, comme il la liait en disant ces paroles, milady poussa deux ou trois cris sauvages, qui firent un effet sombre et étrange en s'envolant dans la nuit et en se
20 perdant dans les profondeurs du bois.

—Mais si je suis coupable, si j'ai commis les crimes dont vous m'accusez, hurlait milady, conduisez-moi devant un tribunal ; vous n'êtes pas des juges, vous, pour me condamner, et puis je ne veux pas mourir, je suis
25 trop jeune pour mourir !

—La femme que vous avez empoisonnée à Béthune était plus jeune encore que vous, madame, et cependant elle est morte, dit d'Artagnan.

—J'entrerai dans un cloître, je me ferai religieuse, dit
30 milady.

—Vous étiez dans un cloître, dit le bourreau, et vous en êtes sortie pour perdre mon frère.

Milady poussa un cri d'effroi, et tomba sur ses genoux.

Le bourreau la souleva sous les bras, et voulut l'emporter vers le bateau.

— Oh, mon Dieu! s'écria-t-elle, mon Dieu! allez-vous donc me noyer!

5 Ces cris avaient quelque chose de si déchirant, que d'Artagnan, qui d'abord était le plus acharné à la poursuite de milady, se laissa aller sur une souche, et pencha la tête, se bouchant les oreilles avec les paumes de ses mains; et cependant, malgré cela, il l'entendait encore 10 menacer et crier.

D'Artagnan était le plus jeune de tous ces hommes, le cœur lui manqua.

— Oh! je ne puis voir cet affreux spectacle! je ne puis consentir à ce que cette femme meure ainsi!

15 Milady avait entendu ces quelques mots, et elle s'était reprise à une lueur d'espérance.

— D'Artagnan! d'Artagnan! cria-t-elle, viens à mon secours.

Le jeune homme se leva et fit un pas vers elle.

20 Mais Athos se leva, tira son épée, se mit sur son chemin.

— Si vous faites un pas de plus, d'Artagnan, dit-il, nous croiserons le fer ensemble.

D'Artagnan tomba à genoux et pria.

— Allons, continua Athos, bourreau, fais ton devoir.

25 — Volontiers, Monseigneur, dit le bourreau, car aussi vrai que je suis bon catholique, je crois fermement être juste en accomplissant ma fonction sur cette femme.

— C'est bien.

Athos fit un pas vers milady.

30 — Je vous pardonne, dit-il, le mal que vous m'avez fait; je vous pardonne mon avenir brisé, mon honneur perdu, mon amour souillé et mon salut à jamais compromis par le désespoir où vous m'avez jeté. Mourez en paix.

Lord de Winter s'avança à son tour.

— Je vous pardonne, dit-il, l'empoisonnement de mon frère, l'assassinat de Sa Grâce lord Buckingham; je vous pardonne la mort du pauvre Felton, je vous par-
5 donne vos tentatives sur ma personne. Mourez en paix.

— Et moi, dit d'Artagnan, je vous pardonne le meurtre de ma pauvre amie et je pleure sur vous. Mourez en paix.

— *I am lost!* murmura en anglais milady, *I must die.*
10 Alors elle se releva d'elle-même, jeta tout autour d'elle un de ces regards clairs qui semblaient jaillir d'un œil de flamme.

Elle ne vit rien.

Elle écouta, elle n'entendit rien.
15 Elle n'avait autour d'elle que des ennemis.

— Où vais-je mourir? dit-elle.

— Sur l'autre rive, répondit le bourreau.

Alors il la fit entrer dans la barque, et, comme il allait y mettre le pied, Athos lui remit une somme d'argent.
20 — Tenez, dit-il, voici le prix de l'exécution; que l'on voie bien que nous agissons en juges.

— C'est bien, dit le bourreau; et que maintenant, à son tour, cette femme sache que je n'accomplis pas mon métier, mais mon devoir.
25 Et il jeta l'argent dans la rivière.

Le bateau s'éloigna vers la rive gauche de la Lys, emportant la coupable et l'exécuteur; tous les autres demeurèrent sur la rive droite, où ils étaient tombés à genoux.
30 Le bateau glissait lentement le long de la corde du bac, sous le reflet d'un nuage pâle qui surplombait l'eau en ce moment.

On le vit aborder sur l'autre rive; les personnages se dessinaient en noir sur l'horizon rougeâtre.

Milady, pendant le trajet, était parvenue à détacher la corde qui liait ses pieds : en arrivant sur le rivage, elle sauta légèrement à terre et prit la fuite.

Mais le sol était humide ; en arrivant au haut du talus,
5 elle glissa et tomba sur ses genoux.

Une idée superstitieuse la frappa sans doute ; elle comprit que le ciel lui refusait son secours et resta dans l'attitude où elle se trouvait, la tête inclinée et les mains jointes.

10 Alors on vit, de l'autre rive, le bourreau lever lentement ses deux bras, un rayon de la lune se réfléta sur la lame de sa large épée, les deux bras retombèrent ; on entendit le sifflement du cimeterre et le cri de la victime, puis une masse tronquée s'affaissa sous le coup.

15 Alors le bourreau détacha son manteau rouge, l'étendit à terre, y coucha le corps, y jeta la tête, le noua par les quatre coins, le rechargea sur son épaule et remonta dans le bateau.

Arrivé au milieu de la Lys, il arrêta la barque, et sus-
20 pendant son fardeau au-dessus de la rivière :

— Laissez passer la justice de Dieu ! cria-t-il à haute voix.

Et il laissa tomber le cadavre au plus profond de l'eau, qui se referma sur lui.

25 Trois jours après, les quatre mousquetaires rentraient à Paris ; ils étaient restés dans les limites de leur congé, et le même soir ils allèrent faire leur visite accoutumée à M. de Tréville.

— Eh bien ! messieurs, leur demanda le brave capi-
30 taine, vous êtes-vous bien amusés dans votre excursion ?

— Prodigieusement ! répondit Athos en son nom et en celui de ses camarades.

CONCLUSION

Le 6 du mois suivant, le roi, tenant la promesse qu'il avait faite au cardinal de quitter Paris pour revenir à La Rochelle, sortit de sa capitale tout étourdi encore de la nouvelle qui venait de se répandre que Buckingham venait d'être assassiné.

Quoique prévenue que l'homme qu'elle avait tant aimé courait un danger, la reine, lorsqu'on lui annonça cette mort, ne voulut pas la croire; il lui arriva même de s'écrier imprudemment:

— C'est faux! il vient de m'écrire.

Mais le lendemain il lui fallut bien croire à cette fatale nouvelle qu'apportait un messager.

La joie du roi avait été très vive; il ne se donna pas la peine de la dissimuler et la fit même éclater avec affectation devant la reine. Louis XIII, comme tous les cœurs faibles, manquait de générosité.

Mais bientôt le roi redevint sombre et mal portant: son front n'était pas de ceux qui s'éclaircissent pour longtemps; il sentait qu'en retournant au camp il allait reprendre son esclavage, et cependant il y retournait.

Le cardinal était pour lui le serpent fascinateur et il était l'oiseau qui voltige de branche en branche sans pouvoir lui échapper.

Aussi le retour vers La Rochelle était-il profondément triste. Nos quatre amis surtout faisaient l'étonnement de leurs camarades; ils voyageaient ensemble, côte à côte, l'œil sombre et la tête baissée. Athos relevait seul de temps en temps son large front; un éclair brillait dans ses yeux, un sourire amer passait sur ses lèvres, puis, pareil à ses camarades, il se laissait de nouveau aller à ses rêveries.

Aussitôt l'arrivée de l'escorte dans une ville, dès qu'ils avaient conduit le roi à son logis, les quatre amis se re-
5 tiraient ou chez eux ou dans quelque cabaret écarté, où ils ne jouaient ni ne buvaient; seulement ils parlaient à voix basse en regardant avec attention si nul ne les écoutait.

Un jour que le roi avait fait halte sur la route pour
10 voler la pie, et que les quatre amis, selon leur habitude, au lieu de suivre la chasse, s'étaient arrêtés dans un ca- baret sur la grande route, un homme, qui venait de La Rochelle à franc étrier, s'arrêta à la porte pour boire un verre de vin, et plongea son regard dans l'intérieur de la
15 chambre où étaient attablés les quatre mousquetaires.

— Holà! monsieur d'Artagnan! dit-il, n'est-ce point vous que je vois là-bas?

D'Artagnan leva la tête et poussa un cri de joie. Cet homme qu'il appelait son fantôme, c'était son inconnu de
20 Meung.

D'Artagnan tira son épée et s'élança vers la porte.

Mais cette fois, au lieu de fuir, l'inconnu s'élança à bas de cheval, et s'avança à la rencontre de d'Arta- gnan.

25 — Ah! monsieur, dit le jeune homme, je vous rejoins donc enfin; cette fois vous ne m'échapperez pas.

— Ce n'est pas mon intention non plus, monsieur, car cette fois je vous cherchais; au nom du roi, je vous ar- rête. Je dis que vous ayez à me rendre votre épée, mon-
30 sieur, et cela sans résistance; il y va de la tête, je vous en avertis.

— Qui êtes-vous donc? demanda d'Artagnan en bais- sant son épée, mais sans la rendre encore.

— Je suis le chevalier de Rochefort, répondit l'inconnu,

l'écuyer de monsieur le cardinal de Richelieu, et j'ai ordre de vous ramener à Son Éminence.

— Nous retournons auprès de Son Éminence, monsieur le chevalier, dit Athos en s'avançant, et vous accepterez
5 bien la parole de M. d'Artagnan, qu'il va se rendre en droite ligne à La Rochelle.

— Je dois le remettre entre les mains des gardes qui le ramèneront au camp.

— Nous lui en servirons, monsieur, sur notre parole de
10 gentilshommes; mais sur notre parole de gentilshommes aussi, ajouta Athos, en fronçant le sourcil, M. d'Artagnan ne nous quittera pas.

Le chevalier de Rochefort jeta un coup d'œil en arrière et vit que Porthos et Aramis s'étaient placés entre lui
15 et la porte; il comprit qu'il était complètement à la merci de ces quatre hommes.

— Messieurs, dit-il, si M. d'Artagnan veut me rendre son épée, et joindre sa parole à la vôtre, je me contenterai de votre promesse de conduire M. d'Artagnan au
20 quartier de Monseigneur le cardinal.

— Vous avez ma parole, monsieur, dit d'Artagnan, et voici mon épée.

— Cela me va d'autant mieux, ajouta Rochefort, qu'il faut que je continue mon voyage.

25 — Si c'est pour rejoindre milady, dit froidement Athos, c'est inutile, vous ne la retrouverez pas.

— Qu'est-elle donc devenue? demanda vivement Rochefort.

— Revenez au camp et vous le saurez.

30 Rochefort demeura un instant pensif, puis il résolut de suivre le conseil d'Athos et de revenir avec eux.

D'ailleurs ce retour lui offrait un avantage, c'était de surveiller lui-même son prisonnier.

On se remit en route.

Le lendemain, en revenant le soir à son quartier du pont de La Pierre, le cardinal trouva debout, devant la porte de la maison qu'il habitait, d'Artagnan sans épée et les trois mousquetaires armés.

5 Cette fois, comme il était en force, il les regarda sévèrement, et fit signe de l'œil et de la main à d'Artagnan de le suivre.

D'Artagnan obéit.

— Nous t'attendons, d'Artagnan, dit Athos assez haut 10 pour que le cardinal l'entendit.

Son Éminence fronça le sourcil, s'arrêta un instant, puis continua son chemin sans prononcer une seule parole.

D'Artagnan entra derrière le cardinal, et derrière d'Artagnan 15 la porte fut gardée.

Son Éminence se rendit dans la chambre qui lui servait de cabinet, et fit signe à Rochefort d'introduire le jeune mousquetaire.

Rochefort obéit et se retira.

20 D'Artagnan resta seul en face du cardinal; c'était sa seconde entrevue avec Richelieu, et il avoua depuis qu'il avait été bien convaincu que ce serait la dernière.

Richelieu resta debout, appuyé contre la cheminée, une table était dressée entre lui et d'Artagnan.

25 — Monsieur, dit le cardinal, vous avez été arrêté par mes ordres.

— On me l'a dit, Monseigneur.

— Savez-vous pourquoi?

— Non, Monseigneur; car la seule chose pour laquelle 30 je pourrais être arrêté est encore inconnue de Son Éminence.

Richelieu regarda fixement le jeune homme.

— Holà! dit-il, que veut dire cela?

— Si Monseigneur veut m'apprendre d'abord les crimes

qu'on m'impute, je lui dirai ensuite les faits que j'ai
accomplis.

— On vous impute des crimes qui ont fait choir des
têtes plus hautes que la vôtre, monsieur! dit le cardinal.

5 — Lesquels, Monseigneur? demanda d'Artagnan avec
un calme qui étonna le cardinal lui-même.

— On vous impute d'avoir correspondu avec les ennemis du royaume, on vous impute d'avoir surpris les
secrets de l'État, on vous impute d'avoir essayé de faire
10 avorter les plans de votre général.

— Et qui m'impute cela, Monseigneur? dit d'Artagnan,
qui se doutait que l'accusation venait de milady: une
femme flétrie par la justice du pays, une femme qui a
épousé un homme en France et un autre en Angleterre,
15 une femme qui a empoisonné son second mari et qui a
tenté de m'empoisonner moi-même!

— Que dites-vous donc là! monsieur, s'écria le cardinal
étonné, et de quelle femme parlez-vous ainsi?

— De milady de Winter, répondit d'Artagnan; oui, de
20 milady de Winter, dont, sans doute, Votre Éminence
ignorait tous les crimes lorsqu'elle l'a honorée de sa confiance.

— Monsieur, dit le cardinal, si milady de Winter a
commis les crimes que vous dites, elle sera punie.

25 — Elle l'est, Monseigneur.

— Et qui l'a punie?

— Nous.

— Elle est en prison?

— Elle est morte.

30 — Morte! répéta le cardinal, qui ne pouvait croire à
ce qu'il entendait: morte! n'avez-vous pas dit qu'elle
était morte?

— Trois fois elle avait essayé de me tuer, et je lui
avais pardonné; mais elle a tué la femme que j'aimais.

Alors, mes amis et moi, nous l'avons prise, jugée et condamnée.

D'Artagnan alors raconta l'empoisonnement de madame Bonacieux dans le couvent des carmélites de Béthune, le
5 jugement dans la maison isolée, l'exécution sur les bords de la Lys.

Un frisson courut par tout le corps du cardinal, qui cependant ne frissonnait pas facilement.

Mais tout à coup, comme subissant l'influence d'une
10 pensée muette, la physionomie du cardinal, sombre jusqu'alors, s'éclaircit peu à peu et en arriva à la plus parfaite sérénité.

— Ainsi, dit le cardinal avec une voix dont la douceur contrastait avec la sévérité de ses paroles, vous vous êtes
15 constitués en juges, sans penser que ceux qui n'ont pas mission de punir et qui punissent sont des assassins!

— Monseigneur, je vous jure que je n'ai pas eu un instant l'intention de défendre ma tête contre vous. Je subirai le châtiment que Votre Éminence voudra bien
20 m'infliger. Je ne tiens pas assez à la vie pour craindre la mort.

— Oui, je le sais, vous êtes un homme de cœur, monsieur, dit le cardinal avec une voix presque affectueuse; je puis donc vous dire d'avance que vous serez jugé,
25 condamné même.

— Un autre pourrait répondre à Votre Éminence qu'il a sa grâce dans sa poche; moi je me contenterai de vous dire: Ordonnez, Monseigneur; je suis prêt.

— Votre grâce? dit Richelieu surpris.
30 — Oui, Monseigneur, dit d'Artagnan.

— Et signée de qui! du roi?

Et le cardinal prononça ces mots avec une singulière expression de mépris.

— Non, de Votre Éminence.

— De moi ? vous êtes fou, monsieur ?

— Monseigneur reconnaîtra sans doute son écriture.

Et d'Artagnan présenta au cardinal le précieux papier qu'Athos avait arraché à milady, et qu'il avait donné à
5 d'Artagnan pour lui servir de sauve-garde.

Son Éminence prit le papier et lut d'une voix lente et en appuyant sur chaque syllabe :

« C'est par mon ordre et pour le bien de l'État que le porteur du présent a fait ce qu'il a fait.

10   *« 3 décembre 1627.*

                                « RICHELIEU.»

Le cardinal, après avoir lu ces deux lignes, tomba dans une rêverie profonde, mais il ne rendit pas le papier à d'Artagnan.

15 — Il médite de quel genre de supplice il me fera mourir, se dit tout bas d'Artagnan ; eh bien, ma foi ! il verra comment meurt un gentilhomme.

Le jeune mousquetaire était en excellente disposition pour trépasser héroïquement.

20 Richelieu pensait toujours, roulait et déroulait le papier dans ses mains. Enfin il leva la tête, fixa son regard d'aigle sur cette physionomie loyale, ouverte, intelligente, lut sur ce visage sillonné de larmes toutes les souffrances qu'il avait endurées depuis un mois, et songea
25 pour la troisième ou quatrième fois combien cet enfant de vingt et un ans avait d'avenir, et quelles ressources son activité, son courage et son esprit pouvaient offrir à un bon maître.

D'un autre côté, les crimes, la puissance, le génie infernal de milady l'avaient plus d'une fois épouvanté.
30 Il sentait comme une joie secrète d'être à jamais débarrassé de ce complice dangereux.

Il déchira lentement le papier que d'Artagnan lui avait si généreusement remis.

— Je suis perdu, dit en lui-même d'Artagnan.

Et il s'inclina profondément devant le cardinal en
5 homme qui dit: « Seigneur, que votre volonté soit faite.»

Le cardinal s'approcha de la table et, sans s'asseoir, écrivit quelques lignes sur un parchemin dont les deux tiers étaient déjà remplis et y apposa son sceau.

10 — Ceci est ma condamnation, dit d'Artagnan; il m'épargne l'ennui de la Bastille et les lenteurs d'un jugement. C'est encore fort aimable à lui.

— Tenez, monsieur, dit le cardinal au jeune homme, je vous ai pris un blanc-seing et je vous en rends un
15 autre. Le nom manque sur ce brevet et vous l'écrirez vous-même.

D'Artagnan prit le papier en hésitant et jeta les yeux dessus.

C'était une lieutenance dans les mousquetaires.

20 D'Artagnan tomba aux pieds du cardinal.

— Monseigneur, dit-il, ma vie est à vous, disposez-en désormais; mais cette faveur que vous m'accordez, je ne la mérite pas: j'ai trois amis qui sont plus méritants et plus dignes ...

25 — Vous êtes un brave garçon, d'Artagnan, interrompit le cardinal en lui frappant familièrement sur l'épaule, charmé qu'il était d'avoir vaincu cette nature rebelle. Faites de ce brevet ce qu'il vous plaira. Seulement rappelez-vous que, quoique le nom soit en blanc, c'est à vous
30 que je le donne.

— Je ne l'oublierai jamais, répondit d'Artagnan, Votre Éminence peut en être certaine.

Le cardinal se retourna et dit à haute voix:

— Rochefort!

Le chevalier, qui sans doute était derrière la porte, entra aussitôt.

— Rochefort, dit le cardinal, vous voyez M. d'Artagnan; je le reçois au nombre de mes amis; ainsi donc
5 que l'on s'embrasse et que l'on soit sage si l'on tient à conserver sa tête.

Rochefort et d'Artagnan s'embrassèrent du bout des lèvres; mais le cardinal était là, qui les observait de son œil vigilant.

10 Ils sortirent de la chambre en même temps.

— Nous nous retrouverons, n'est-ce pas, monsieur?

— Quand il vous plaira, fit d'Artagnan.

— L'occasion viendra, répondit Rochefort.

— Hein? fit Richelieu en ouvrant la porte.

15 Les deux hommes se sourirent, se serrèrent la main et saluèrent Son Éminence.

— Nous commencions à nous impatienter, dit Athos.

— Me voilà, mes amis! répondit d'Artagnan, non seulement libre, mais en faveur.

20 — Vous nous conterez cela?

— Dès ce soir.

En effet, dès le soir même d'Artagnan se rendit au logis d'Athos, qu'il trouva en train de vider sa bouteille de vin d'Espagne, occupation qu'il accomplissait reli-
25 gieusement tous les soirs.

Il lui raconta ce qui s'était passé entre le cardinal et lui, et tirant le brevet de sa poche:

— Tenez, mon cher Athos, voilà, dit-il, qui vous revient tout naturellement.

30 Athos sourit de son doux et charmant sourire.

— Ami, dit-il, pour Athos c'est trop; pour le comte de La Fère, c'est trop peu. Gardez ce brevet, il est à vous; hélas, mon Dieu! vous l'avez acheté assez cher.

D'Artagnan sortit de la chambre d'Athos, et entra dans
celle de Porthos.

Il le trouva vêtu d'un magnifique habit, couvert de
broderies splendides, et se mirant devant une glace.

5 — Ah, ah! dit Porthos, c'est vous, cher ami! comment
trouvez-vous que ce vêtement me va?

— A merveille, dit d'Artagnan, mais je viens vous proposer un habit qui vous ira mieux encore.

— Lequel? demanda Porthos.

10 — Celui de lieutenant aux mousquetaires.

D'Artagnan raconta à Porthos son entrevue avec le
cardinal, et tirant le brevet de sa poche :

— Tenez, mon cher, dit-il, écrivez votre nom là-dessus,
et soyez bon chef pour moi.

15 Porthos jeta les yeux sur le brevet, et le rendit à d'Artagnan, au grand étonnement du jeune homme.

— Oui, dit-il, cela me flatterait beaucoup, mais je n'aurais pas assez longtemps à jouir de cette faveur. J'épouse
la duchesse qui m'aime tant. Tenez, j'essayais mon habit
20 de noces; gardez la lieutenance, mon cher, gardez.

Et il rendit le brevet à d'Artagnan.

Le jeune homme entra chez Aramis.

Il le trouva agenouillé devant un prie-Dieu, le front
appuyé contre son livre d'heures ouvert.

25 Il lui raconta son entrevue avec le cardinal, et tirant
pour la troisième fois son brevet de sa poche :

— Vous, notre ami, notre lumière, notre protecteur invisible, dit-il, acceptez ce brevet; vous l'avez mérité plus
que personne, par votre sagesse et vos conseils toujours
30 suivis de si heureux résultats.

— Hélas, cher ami! dit Aramis, nos dernières aven-
tures m'ont dégoûté tout à fait de la vie et de l'épée.
Cette fois, mon parti est pris irrévocablement : après le
siège j'entre dans un cloître. Gardez le brevet, d'Ar-

tagnan, le métier des armes vous convient, vous serez un brave et aventureux capitaine.

D'Artagnan, l'œil humide de reconnaissance et brillant de joie, revint à Athos, qu'il trouva toujours attablé et 5 mirant son dernier verre de malaga à la lueur de la lampe.

— Eh bien! dit-il, et eux aussi m'ont refusé!

— C'est que personne, cher ami, n'en était plus digne que vous.

Et il prit une plume, écrivit sur le brevet le nom de 10 d'Artagnan, et le lui remit.

— Je n'aurai donc plus d'amis, dit le jeune homme; hélas! plus rien, que d'amers souvenirs ...

Et il laissa tomber sa tête entre ses deux mains, tandis que deux larmes roulaient le long de ses joues.

15 — Vous êtes jeune, vous, répondit Athos, et vos souvenirs amers ont le temps de se changer en doux souvenirs!

ÉPILOGUE

La Rochelle, privée du secours de la flotte anglaise et de la division promise par Buckingham, se rendit, 20 après un siège d'un an. Le 28 octobre 1628, on signa la capitulation.

Le roi fit son entrée à Paris le 23 décembre de la même année. On lui fit un triomphe comme s'il revenait de vaincre l'ennemi et non des Français.

25 D'Artagnan prit possession de son grade. Porthos quitta le service et épousa sa duchesse dans le courant de l'année suivante.

Aramis, après un voyage en Lorraine, disparut tout à coup et cessa d'écrire à ses amis. On apprit plus tard, 30 par madame de Chevreuse, qui le dit à deux ou trois de

ses amis, qu'il avait pris l'habit dans un couvent de
Nancy.

Athos resta mousquetaire sous les ordres de d'Artagnan jusqu'en 1631, époque à laquelle, à la suite d'un
5 voyage qu'il fit en Touraine, il quitta aussi le service
sous prétexte qu'il venait de recueillir un petit héritage
en Roussillon.

D'Artagnan se battit trois fois avec Rochefort et le
blessa trois fois.

10   — Je vous tuerai probablement à la quatrième, lui dit-il
en lui tendant la main pour le relever.

— Il vaut donc mieux pour vous et pour moi que nous
en restions là, répondit le blessé. Corbleu ! je suis plus
votre ami que vous ne pensez, car dès la première ren-
15 contre j'aurais pu, en disant un mot au cardinal, vous
faire couper le cou.

Ils s'embrassèrent cette fois, mais de bon cœur et sans
arrière-pensée.

VOCABULARY

A

à, at, to, with, in, on, by, towards; of.
abaisser (s'), to be lowered.
abandonner, to abandon.
abattre (s'), to break down, to
fall.
abbé, *m.*, abbe, abbot, priest.
abbesse, *f.*, abbess.
abord (d'), at first.
aborder, to arrive at, to land.
abréger, to abridge, to cut short.
abriter, to shelter.
absolument, absolutely.
absolution, *f.*, absolution.
accent, *m.*, accent, expression.
accepter, to accept.
accident, *m.*, accident, irregular-
ity (of ground).
accompagner, to accompany.
accomplir, to accomplish, to carry
out, to perform.
accorder, to grant.
accorder (s'), to concur, to agree.
accoster, to accost.
accourir, to come forth, to rush
forth.
accoutumé, -e, usual, accustomed.
accueillir, to receive.
accusat-eur, -rice, accuser.
accusation, *f.*, accusation.
accuser, to accuse.
acharné, -e, eager.
acharnement, *m.*, blind fury.
acheminer (s'), to set out.

acheter, to buy.
achevé, -e, perfect, absolute.
achever, to achieve, to complete,
to despatch.
acquérir, to acquire.
acquiescer, to acquiesce, to assent.
acquit, *m.*, receipt; **pour l'— de
leur conscience**, as a matter of
duty.
action, *f.*, action, deed.
activité, *f.*, activity, rapidity.
adhésion, *f.*, agreement, adhesion.
adieu, farewell, adieu.
adjoindre (s'), to take as an assistant.
admettre, to admit.
admis, -e, *past part. of* admettre.
adopter, to adopt.
adoucir, to relieve, to soften, to
soothe.
adresser, to address; **— la parole,**
to speak.
adresser (s'), to address one's
self, to address.
adroit, -e, clever, skilful.
adversaire, adversary, opponent.
affable, affable, courteous.
affaire, *f.*, affair, business, fight,
deal; **faire l'—,** to suit; **avoir
—,** to have to do, to deal.
affairé, -e, busy.
affaisser (s'), to sink.
affectation, *f.*, affectation.
affection, *f.*, affection.
affectueu-x, -se, affectionate.

168

affirmati-f, -ve, affirmative.
affranchi, -e, freed.
affreusement, awfully.
affreu-x, -se, awful.
afin de, so that, in order to.
agenouiller (s'), to kneel down.
agile, agile, nimble.
agilité, f., nimbleness, agility.
agir, to act.
agir (s'), to be the question.
agiter, to move, to shake, to agitate, to wave.
agiter (s'), to move about.
agonie, f., agony, death struggle.
agréable, agreeable.
agrément, m., pleasure, enjoyment.
agresseur, m., aggressor.
aide, f., aid, help.
aider, to help, to aid.
aider (s'), to help one's self.
aigle, m., eagle.
aille, subj. of aller.
ailleurs, elsewhere; d'—, besides.
aimable, amiable.
aimant, -e, loving.
aimer, to like, to love.
aimer (s'), to love one another.
air, m., air, appearance; avoir l'—, to seem; en plein —, in the open air, in the country.
aise, f., ease, comfort; tout à mon —, to my heart's content; à votre —, slightly, easily.
ajouter, to add.
ajuster, to aim.
alcôve, f., alcove.
alerte, f., alarm, warning; alerte! be quick, look out, take care.
alguazil, m., alguazil.
aligner (s'), to be put in line.
aller, to go, to please, to become (of clothing); se laisser —, to sink.
aller (s'en), to go away.
allié, m., ally.
allier (s'), to be united, to be allied.
allonger, to hurry.
allons! well! come, let us go; — donc, go on.

allure, f., gait, pace.
alors, then.
altération, f., alteration.
amant, m., lover.
ambassad-eur, -rice, ambassador.
âme, f., soul, heart; — damnée, tool.
amen, amen.
amener, to bring, to bring about.
am-er, -ère, bitter.
amertume, f., bitterness.
ameublement, m., furniture.
ami, -e, friend.
amical, -e, friendly.
amitié, f., friendship; faire — avec, to be friendly with; faites-moi l'—, have the kindness.
amorce, f., bait, priming; ne brûlons pas une —, let us not fire a shot.
amorcer, to prime (of guns).
amour, m., love; —s, love affairs.
amoureu-x, -se, in love; devenir —, to fall in love.
ample, detailed, ample.
amuser, to amuse.
amuser (s'), to enjoy one's self.
an, m., year.
ancien, -ne, old, former.
ancre, f., anchor; lever l'—, to weigh anchor.
ange, m., angel.
angélique, angelical.
anglais, -e, English.
angle, m., corner, angle.
Angleterre, f., England.
angoisse, f., anguish, anxiety.
animer (s'), to become animated.
année, f., year.
annoncer, to announce.
antéchrist, m., antechrist.
antérieur, -e, anterior, previous.
anxiété, f., anxiety.
août, m., August.
apercevoir, to perceive, to see; laissa —, showed.
apercevoir (s'), to notice; — de, to find out.

aplatir (s'), to flatten one's self, to be flattened.

apostropher, to address.

apparaître, to appear, to come up, to be seen.

apparence, f., appearance, likelihood, sign.

apparition, f., apparition, appearing.

appartement, m., room, apartment.

appartenir, to belong

appeler, to call.

appeler (s'), to be called.

applaudissement, m., applause.

appliquer, to apply.

appliquer (s'), to apply one's self.

apporter, to bring.

apposer, to affix.

apprécier, to appreciate.

apprendre, to learn, to hear, to tell.

apprêter, to prepare.

apprêter (s'), to get ready.

approbat-eur, -rice, approving.

approcher, to put near.

approcher (s'), to approach, to come near.

approuver, to approve.

appui, m., protection, help.

appuyer, to lean, to rest.

appuyer (s'), to lean.

après, after, afterwards; —? well? and then? d'— ce que, according to that which.

après-demain, the day after to-morrow

après-midi, m., f., afternoon.

arbre, m., tree.

ardemment, brilliantly, ardently.

ardoise, f., slate.

argent, m., money, silver.

aristocratique, aristocratic.

arme, f., arm; furent passés par les —s, were shot at; au port d'—s, carrying arms.

armée, f., army.

armer, to arm, to cock (of fire arms).

arquebuse, f., arquebuse.

arracher, to pull out, to scratch, to take away.

arracher (s'), to break away.

arranger, to arrange, to fix.

arrêt, m., sentence.

arrêté, -e, settled.

arrêter, to stop, to arrest, to decide upon.

arrêter (s'), to stop.

arrière (en), behind, back, backwards.

arrière-garde, f., rear-guard.

arrière-pensée, f., mental reservation.

arrivée, f., arrival.

arriver, to arrive, to happen, to occur.

aspect, m., aspect, sight, view.

assassin, m., assassin.

assassinat, m., assassination.

assassiner, to assassinate.

assaut, m., assault, storm, attack; monter à l'—, to storm, to take by storm (of besieged cities).

assembler, to assemble, to gather.

assentiment m., assent.

asseoir (s'), to sit down.

asseyez, imperat. of asseoir.

assez, enough, pretty.

assiégeant, m., besieger.

assiégé, besieged.

assiette, f., plate.

assis, -e, seated.

assistant, -e, by-stander, person present.

assister, to be present at.

assurance, f., assurance.

assurer (s'), to make sure.

atroce, atrocious, cruel.

attablé, -e, seated at table.

attacher, to fasten, to tie, to hitch, to attach.

attaque, f., attack.

attaquer, to attack.

attaquer (s'), to attack.

attardé, -e, belated.

attarder (s'), to be belated.

atteignit, pret. of atteindre.

atteindre, to reach.

attelé, -e, drawn.

attendre, to wait, to expect, to await.

attendre (s'), to expect.
attendu que, in as much as. .
attention, *f.*, attention.
attentivement, attentively.
attester, to attest, to swear, to testify.
attirer, to attract, to draw.
attitude, *f.*, attitude, position.
attraper, to catch, to receive.
auberge, *f.*, inn.
aucun, -e, no, no one, not any.
au-dessous, beneath.
au-dessus, above, over.
auditeur, *m.*, hearer, listener, auditor.
aujourd'hui, to-day.
aumône, *f.*, alms.
auparavant, before.
auprès, near; — de, compared.
aussi, as, also, therefore; —... que, as... as.
aussitôt, at once, immediately; — que, as soon as.
autant, as much, as many; d'— plus, so much more.
autel, *m.*, altar.
autour, around.
autre, other; tout —, any other.
autrefois, formerly.
autrement, otherwise; bien —, much more.
Autriche, *f.*, Austria.
aux, at the, to the.
avaler, to swallow.
avance, *f.*, advance; d'—, in advance.
avancement, *m.*, promotion.
avancer, to advance, to come forward; avancez à l'ordre, come forth to order; j'avance, my watch is fast.
avancer (s'), to advance, to come forth.
avant, before; en —, let us go ahead, forward; plus —, further on; en — de, ahead of.
avantage, *m.*, advantage.
avantageu-x, -se, advantageous.
avant-garde, *f.*, vanguard.
avant-hier, the day before yesterday.

avec, with.
avenir, *m.*, future.
aventure, *f.*, adventure.
aventureu-x, -se, adventurous.
aventurier, *m.*, adventurer.
avertir, to warn.
avide, eager.
avidement, eagerly.
avis, *m.*, advice, opinion, counsel, warning, information; je suis de l'—, I am of the same opinion.
aviser, to think upon, to consider.
avoir, to have, to be the matter.
avorter, to slip; faire —, to baffle, to counteract.
avouer, to confess, to avow.
ayant, *pres. part. of* avoir.

B

bac, *m.*, ferry-boat.
bague, *f.*, ring.
bâillonner, to gag.
baiser, to kiss.
baisser, to lower, to get low, to hang down.
bal, *m.*, ball.
balbutier, to stammer.
balle, *f.*, bullet.
bandit, *m.*, brigand, bandit.
banqueter, to banquet, to feast.
barbe, *f.*, beard.
baril, *m.*, barrel.
baronne, *f.*, baroness.
barque, *f.*, boat.
barricader, to barricade.
barrière, *f.*, barrier.
bas, *m.*, bottom, foot (of walls, streets).
bas, -se, low; à —, down; l'oreille un peu —se, somewhat abashed.
base, *f.*, base, foundation.
Bastille, *f.*, Bastile.
bastion, *m.*, bastion.
bataille, *f.*, battle; sur le front de —, in front of the soldiers' line; champ de —, battlefield.
bateau, *m.*, boat.

bâtiment, *m.*, boat.
bâtisse, *f.*, building.
battre, to beat; — en retraite, to retreat.
battre (se), to fight.
beau, belle, beautiful, fair; de plus belle, more and more; l'échapper belle, to have a narrow escape; avoir — dire, to say in vain.
beaucoup, much, very much, many, very many.
beau-frère, *m.*, brother-in-law.
beauté, *f.*, beauty.
Belgique, *f.*, Belgium.
belle, *f.*, beauty, belle.
belle-sœur, *f.*, sister-in-law.
bénéfice, *m.*, profit, advantage.
bercer, to rock.
besogne, *f.*, work.
besoin, *m.*, need.
bête, *f.*, beast; — fauve, wild beast.
bicoque, *f.*, little paltry town, hut.
bidet, *m.*, horse, pony.
bien, *m.*, good, fortune.
bien, well, indeed, very; — de, much; — des, many; aussi — que, as well as.
bien-aimé, -e, beloved.
bientôt, soon.
bienveillance, *f.*, good-will, favor.
bienveillant, -e, benevolent, kind.
bienvenu, -e, welcome.
bière, *f.*, beer; verre à —, beer glass.
bijou, *m.*, jewel.
billet, *m.*, note.
blafard, -e, wan.
blanc, *m.*, white; un — de poulet, the breast of a chicken.
blanc, -he, white, blank.
blanc-seing, *m.*, signature in blank.
blessé, -e, wounded person.
blesser, to wound.
blessure, *f.*, wound.
bleu, -e, blue.

bleuâtre, blueish.
blond, -e, fair, blonde.
bocal, *m.*, jar.
boire, to drink; — la goutte, to take a drink.
bois, *m.*, wood.
bon, -ne, good; tenir —, to persist, hold fast; à quoi —, what is the use.
bond, *m.*, bound, leap.
bonheur, *m.*, happiness, good fortune.
bonnet, *m.*, cap, bonnet.
bord, *m.*, board, bank (of river); à —, on board; au — de la mer, on the sea shore.
botte, *f.*, boot, bundle, bunch.
bouche, *f.*, mouth.
bouchée, *f.*, mouthful.
boucher (se), to stop up.
bouchonner, to rub down.
bouclier, *m.*, shield.
boue, *f.*, mud.
boueu-x, -se, muddy.
bougeoir, *m.*, candlestick.
bouger, to stir, to move.
bougie, *f.*, wax candle.
boulevard, *m.*, bulwark.
bouleverser, to upset.
bourgeois, -e, citizen.
bourreau, *m.*, executioner.
bourse, *f.*, purse.
bout, *m.*, end; venir à — de, to succeed.
bouteille, *f.*, bottle.
boyau, *m.*, branch (of a trench).
branche, *f.*, branch.
bras, *m.*, arm.
brave, brave, brave man, good.
bravo, bravo, well done!
bravoure, *f.*, bravery.
brèche, *f.*, breach.
brevet, *m.*, commission (military).
bride, *f.*, bridle; à toute —, at full speed; en —, by the bridle.
brigadier, *m.*, corporal (in the cavalry).
brillant, -e, brilliant.
briller, to shine.
briser, to break, to break down.

broche, *f.*, spit.
broché, -e, figured.
broder, to embroider.
broderie, *f.*, embroidery.
bruit, *m.*, noise, rumor.
brûlant, -e, burning, hot.
brûler, to burn.
brûler (se), to burn one's self, to be burned; — la cervelle, to blow one's brains out.
bruyère, *f.*, heath.
bureau, *m.*, desk.
but, *m.*, aim.
but, *pret. of* boire.
buvette, *f.*, refreshment-room.

C

ça, that.
çà, now; ah —, well now!
cabaret, *m.*, tavern.
cabinet, *m.*, private office, cabinet.
cacher, to hide, to conceal.
cacher (se), to hide one's self.
cachet, *m.*, seal.
cachot, *m.*, cell, dungeon.
cadavre, *m.*, corpse.
cadet, *m.*, cadet.
caillou, *m.*, pebble, stone.
calibre, *m.*, caliber; n'était pas de —, had not the regular army size, caliber.
calme, *m.*, calmness.
calvinisme, *m.*, Calvinism.
camarade, *m.*, comrade.
camp, *m.*, camp.
campagne, *f.*, country-seat, campaign, country; se mettre en —, to set to work; être en —, to be on the way.
canaille, *f.*, rascal.
candeur, *f.*, candor, innocence.
canon, *m.*, cannon, gun, barrel (of a gun).
canot, *m.*, boat.
capitaine, *f.*, captain.
capitale, *f.*, capital.
capitulation, *f.*, capitulation.
captivité, *f.*, captivity.

capucin, *m.*, capuchin friar.
car, for.
caractère, *m.*, character, temper.
carafon, *m.*, small decanter.
caravane, *f.*, caravan, convoy.
cardinal, *m.*, cardinal.
cardinaliste, *m.*, cardinalist.
carmélite, *f.*, Carmelite nun.
carré, *m.*, landing (of stairways).
carreau, *m.*, window-pane.
carrefour, *m.*, crossway.
carte, *f.*, map.
cartouche, *f.*, cartridge.
cas, *m.*, case; en tout —, anyway; faire — de, to appreciate; le — échéant, in case of necessity, the case occurring.
casaque, *f.*, coat.
casser, to break.
casser (se), to break down, to be broken.
catastrophe, *f.*, catastrophe.
catholique, *m.*, *f.*, Catholic.
cause, *f.*, cause, case.
causer, to talk, to cause.
cavalcade, *f.*, troop of horsemen, cavalcade.
cavalier, *m.*, horseman, rider.
ce, it; — que, that which, what; à — que, according to what.
ce, cet, cette, ces, this, that, these, those.
ceci, this.
céder, to yield, to give in.
ceignit, *pret. of* ceindre.
ceindre, to encircle, to surround, to put on.
ceinture, *f.*, belt.
cela, that.
cellule, *f.*, cell.
celui, celle, ceux, celles, this, that, these, those.
cent, hundred.
centaine, *f.*, about a hundred.
cependant, however, meanwhile.
cérémonie, *f.*, ceremony.
certain, -e, certain.
certainement, certainly.
certes, certainly.
cervelle, *f.*, brains; je vous fais

sauter la —, I blow your brains out; **se brûler la —,** to blow one's brains out.

cesser, to cease, to give up.

chacun, -e, each, each one.

chaine, *f.,* chain.

chair, *m.,* flesh.

chaise, *f.,* chair, chaise (carriage).

chambre, *f.,* room, chamber; **— à coucher,** bedroom; **valet de —,** valet de chambre.

champ, *m.,* field; **battre aux —s,** to beat a salute; **à travers —s,** over hedge and ditch; across the country; **— de bataille,** battle-field.

champagne, *m.,* champagne wine.

chance, *f.,* good luck, chance.

changement, *m.,* change, alteration, changing.

changer, to change.

chanter, to sing, to chant.

chaos, *m.,* chaos, confusion.

chapeau, *m.,* hat.

chapelle, *f.,* chapel.

chaque, each.

charge, *f.,* charge; **au pas de —,** on a double-quick step.

charger, to charge with, to command, to load, to charge, to intrust.

charger (se), to take charge of, to load one's self.

charmant, -e, delicious, charming.

charme, *m.,* charm, spell.

charmer, to charm.

chasse, *f.,* chase, hunt, hunting-party; **à la —,** hunting.

chasser, to hunt, to drive away, [to chase.

chaste, chaste, pure.

château, *m.,* castle, chateau.

châtiment, *m.,* chastisement.

chaton, *m.,* bezel (of a ring), rim, setting.

chaud, -e warm, hot; **il a fait —,** it was a hard fight (it was a hot place).

chaumière, *f.,* cottage, thatched house.

chef, *m.,* chief.

chemin, *m.,* road, way, progress; **grand —,** highway.

cheminée, *f.,* fireplace, chimney, mantel-piece.

chemise, *f.,* shirt.

chenet, *m.,* andiron.

ch-er, -ère, dear, dearly.

chercher, to seek, to search, to. look for, to try; **envoyer —,** to send for; **aller —,** to go for; **venir —,** to come for.

chérir, to cherish, to love.

chéti-f, -ve, puny, weak.

cheval, *m.,* horse; **remettre son — au pas,** to start one's horse again; **à —,** to our horses; on horseback.

chevalier, *m.,* knight, cavalier.

chevau-léger, *m.,* light horse-man.

chevaux, *plur. of* **cheval.**

cheveu, *m.,* hair.

chez, at the house of, to the house of, in.

chirurgien, *m.,* surgeon.

choc, *m.,* shock, blow.

chœur, *m.,* chancel.

choir, to fall.

choisir, to choose, to select.

chose, *f.,* thing; **quelque —,** something; **grand'—,** much; **quelque — que,** no matter what.

Christ, *m.,* Christ.

chronique, *f.,* chronicle.

chroniqueur, *m.,* chronicler.

chut! hush!

ciel, *m.,* heaven, sky.

cimeterre, *m.,* sword.

cinq, five.

cinquantaine, *f.,* about fifty.

cinquante, fifty.

circonstance, *f.,* circumstance.

circonstancié, -e, detailed.

circonvallation, *f.,* circumvallation.

citadelle, *f.,* citadel.

citer, to cite, to quote.

civil, -e, civil.

clair, clearly.

clair, -e, clear, light.

claquer, to snap; — des dents, to chatter with one's teeth.

clarté, f., light.

classe, f., class, sort, kind.

classer, to class, to classify.

clé, f., key.

clémence, f., clemency, mercy.

cloche, f., bell.

clocher, m., steeple.

cloître, m., cloister.

clouer, to nail, to fix.

cœur, m., heart, mind; homme de —, courageous, brave man; de grand —, heartily; par —, by heart.

coffret, m., box.

coiffe, f., lining (of hats).

coin, m., corner.

colère, f., anger.

collé, -e, standing, very close.

coller (se), to adhere, to stick.

colombier, m., pigeon-house.

combat, m., fight, combat.

combattre, to fight, to combat.

combien, how much, how many, what.

comble, m., height, zenith.

commandement, m., command.

commander, to command, to order.

comme, as, like.

commencement, m., beginning.

commencer, to begin, to commence.

comment, how, what, why; — donc! certainly!

commettre, to commit, to make.

commis, -e, past part. of commettre.

commun, -e, common, public.

communauté, f., society, community.

communication, f., communication.

communiquer, to show.

compagne, f., companion.

compagnie, f., company.

compagnon, f., companion, fellow.

compassion, f., compassion, pity.

complaisance, f., kindness, complacency.

complètement, completely.

complice, m., f., accomplice.

complicité, f., being an accomplice.

compliment, m., compliment, polite phrase.

complot, m., conspiracy.

composer, to make up, to compose.

comprendre, to understand, to realize.

comprimer, to press down, to compress.

compromettant, -e, dangerous.

compromettre, to implicate, to compromise, to endanger.

compromettre (se), to risk one's self, to implicate one's self.

compte, m., account; au bout du —, after all; mettre sur le —, to attribute; rendre —, to give an account, to explain; ne tenir aucun —, not to heed; pour mon —, as far as I am concerned.

compter, to take into account, to count, to expect.

comte, m., count.

comtesse, f., countess.

concentrer, to concentrate.

concevoir, to conceive.

conciliabule, m., conference, discussion.

conclusion, f., conclusion.

condamnation, f., condemnation.

condamner, to condemn.

condition, f., condition, position.

conduire, to conduct, to lead, to drive.

conférer, to confer.

confesser, to confess, to avow.

confesseur, m., confessor.

confiance, f., confidence, trust; de —, trusted.

confident, -e, confidant, confidante.

confier, to intrust, to confide.

confirmer, to confirm.

confirmer (se), to be confirmed.

confiture, f., preserves, jelly.

confondre, to confound, to blend, to mingle.

confus, -e, confused, mixed up.

congé, *m.*, furlough; prendre —, to take leave.

conjugal, -e, conjugal.

conjurer, to conjure, to exorcise.

connaissait, *imperf. of* connaître.

connaissance, *f.*, consciousness, acquaintance, knowledge.

connaître, to know.

connu, -e, *past. part. of* connaître.

conquérant, *m.*, conqueror.

conscience, *f.*, conscience; en —, conscientiously; pour l'acquit de leur —, as a matter of duty.

conseil, *m.*, council, counsel, advice.

conseiller, to advise, to counsel.

consentir, to consent.

conséquence, *f.*, consequence; en —, consequently, therefore.

conséquent (par), consequently.

conserver, to keep.

considérable, considerable, important.

consigner, to keep in (of troops).

consolation, *f.*, consolation.

consoler, to console.

constamment, constantly.

constater, to ascertain, to make sure of.

constituer (se), to constitute one's self; — prisonnier, to give one's self up into custody.

contenter (se), to be satisfied.

contenu, *m.*, contents.

conter, to tell.

continuer, to keep on, to continue, to go on.

contourner, to turn around.

contraction, *f.*, contraction.

contraire, contrary; bien au —, on, to the contrary.

contrariété, *f.*, disappointment, vexation.

contraster, to contrast.

contre, against, to.

contrepoison, *m.*, antidote.

contrescarpe, *f.*, counterscarp.

contrevent, *m.*, shutter.

convaincre, to convince.

convainquit, *pret. of* convaincre.

convalescence, *f.*, convalescence.

convalescent, -e, convalescent person.

convenable, proper, convenient, suitable.

convenir, to please, to be proper, to agree, to suit.

convenu, *past part. of* convenir.

conversation, *f.*, conversation; lier une —, to hold a conversation.

conversion, *f.*, conversion.

conviction, *f.*, conviction.

convive, *m.*, guest, table companion.

convulsi-f, -ve, convulsive.

convulsion, *f.*, convulsion.

coque, *f.*, shell; œufs à la —, soft boiled eggs.

Corbleu! *an exclamation.* Indeed!

corde, *f.*, rope.

cornet, *m.*, dice-box.

corps, *m.*, body, corpse, body (of troops).

correspondre, to correspond.

corridor, *m.*, corridor.

corrompre, to corrupt, to bribe.

costume, *f.*, costume.

côte, *f.*, rib, coast; — à —, side by side.

côté, *m.*, side, direction; à — de, besides; du — de, in the direction of; de —, aside; d'un autre —, on the other hand; de l'autre —, on the other side.

coteau, *m.*, hill.

côtelette, *f.*, chop.

coton, *m.*, cotton.

cou, *m.*, neck; prendre ses jambes à son —, to run as fast as possible.

couchant, setting.

couché, -e, lying down.

coucher, to sleep, to stop over

night, to lay down; **chambre à** —, bed room.

coucher (se), to lie down, to go to bed.

coude, *m.*, bend, elbow.

couler, to flow, to run.

couleur, *f.*, color.

coup, *m.*, blow, thrust, shot, report (of guns), action, job, knock; **tout à** —, suddenly; — **d'épée**, sword thrust; — **d'œil**, glance; **faire le** —, to do the job; — **de couteau**, knife thrust, stab; — **de feu**, fire arm report.

coupable, *m.*, *f.*, culprit, guilty person.

couper, to cut.

cour, *f.*, court yard, court.

courage, *m.*, courage; **du** —! have courage!

courant, *m.*, current, course; **mettre quelqu'un au** —, to make some one acquainted; **être au** —, to be conversant.

courbé, **-e**, bent.

courber (se), to bend.

courir, to run, to ride.

courrier, *m.*, courier, post-boy; **en** —, as a courier.

course, *f.*, course, run, running; **au pas de** —, on a double-quick step.

court, **-e**, short.

courtoisement, courteously.

couteau, *m.*, knife; **coup de** —, knife thrust, stab.

coûter, *m.*, to cost, to be painful, to be mortifying.

couvent, *m.*, convent.

couvert, **-e**, covered.

couvrir, to cover.

couvrir (se), to protect one's self, to shelter one's self, to cover one's self.

craignant, *pres. part. of* **craindre**.

craindre, to fear; **à** —, to be feared.

crainte, *f.*, fear; **avoir** —, to fear.

cramponner (se), to cling.

créature, *f.*, creature.

crépuscule, *m.*, twilight.

creuser, to dig.

creu-x, **-se**, hollow.

crever, to kill (by overwork).

cri, *m.*, cry, yell

crier, to cry, to cry out, to scream.

crime, *m.*, crime.

criminel, **-le**, criminal.

crinière, *f.*, mane.

crisper, to contract.

croire, to believe, to think.

croire (se), to believe one another.

croiser, to cross.

croiseur, *m.*, cruiser.

croissant, **-e**, increasing.

croix, *f.*, cross; **faire le signe de la** —, to cross one's self.

crosse, *f.*, butt (of guns and pistols).

croyant, **-e**, believer, believing.

cru, **-e**, *past part. of* **croire**.

cruel, **-le**, cruel.

cruellement, cruelly.

crut, *pret. of* **croire**.

cuir, *m.*, leather.

cuire, to cook.

cuisine, *f.*, kitchen.

cuisse, *f.*, thigh.

cuivré, **-e**, copper-color.

culbuter, to overthrow, to knock down.

cure, *f.*, rectorship (of churches).

curé, *m.*, parish priest, curate.

curieu-x, **-se**, curious people.

curiosité, *f.*, curiosity.

D

daigner, to deign, to condescend, to have the kindness.

dais, *m.*, canopy.

dame, *f.*, lady, madam.

damné, **-e**, damned; **l'âme** —**e**, the tool.

dandiner (se), to balance one's self, to waddle.

danger, *m.*, danger.

dangereusement, dangerously.

dangereu-x, -se, dangerous, grave.

dans, in, within.

dater, to date.

davantage, more; **ne ... —,** any more.

de, of, from, to, with, by, in.

dé, *m.,* die.

débarquement, *m.,* landing.

débarquer, to land.

débarrasser, to free, to rid.

débarrasser (se), to get rid, to free one's self.

déboucher, to open (of bottles).

debout, standing.

décamper, to decamp, to walk off.

décembre, *m.,* December.

décharge, *f.,* shooting, firing, discharge.

déchargé, -e, unloaded.

déchirant, -e, heartrending.

déchirer, to tear to pieces.

déchirure, *f.,* tear.

décidément, decidedly.

décidé, -e, determined, resolved.

décider (se), to decide, to make up one's mind.

déclarer, to declare.

découper, to carve, to outline.

découragement, *m.,* discouragement.

décourager, to discourage.

découvert, -e, uncovered.

découverte, *f.,* discovery.

découvrir, to discover, to uncover.

décrire, to describe.

décroissance, *f.,* diminution, decrease.

dedans, inside, within; **en —,** from inside.

défaite, *f.,* defeat.

défaut, *m.,* defect; **à — de,** for want of.

défendre, to protect, to defend.

défendre (se), to defend one's self.

déférence, *f.,* deference, regard.

défiance, *f.,* diffidence, distrust.

défier, to challenge, to defy.

dégoûter, to disgust.

dégriser (se), to become sober.

déguisement, *m.,* disguisement.

déguiser, to disguise, to conceal.

déguster, to sip, to taste (of wines).

dehors, outside.

déjà, already.

déjeuner, *m.,* breakfast.

déjeuner, to breakfast.

délibérer, to deliberate.

délicat, -e, delicate.

délier (se), to get loose, become untied.

déloger, to oust, to dislodge.

demain, to-morrow.

demande, *f.,* request.

demander, to ask, to beg, to request; **ne pas — mieux,** to ask nothing better.

démanteler, to dismantle.

demeurer, to remain.

demi, -e, half.

démon, *m.,* devil, demon.

dénoncer, to denounce.

dénonciat-eur, -rice, denouncing, informer.

dénouer (se), to become untied, to be unraveled.

dent, *f.,* tooth; **claquer des —s,** to chatter with one's teeth; **grincer des —s,** to grind one's teeth.

départ, *m.,* departure, leaving; **au —,** on leaving.

dépasser, to surpass, to look over.

dépaver, to unpave.

dépêche, *f.,* dispatch, message.

dépense, *f.,* expenses.

déplier, to unfold, to open.

déployer, to unfold.

déposer, to leave a sediment.

dépouiller, to strip, to despoil.

déranger, to disturb.

derni-er, -ère, last, latter.

dérouler, to unroll.

dérouler (se), to be unrolled, to extend.

derrière, behind; **par —,** behind; **porte de —,** rear door.

dès, as soon as; **— lors,** therefore.

des, some, of the.

désagréable, disagreeable.
désapprendre, to unlearn.
désapprouver, to disapprove.
descendre, to alight, to descend, to take down, to put up (of hotels), to come down, to go down.
désert, m., desert.
désespéré, -e, desperate, hopeless.
désespérer, to despair.
désespoir, m., despair.
désigner, to designate.
désir, m., desire, wish.
désirer, to wish, to desire.
désobéissance, f., disobedience.
désormais, henceforth.
desseller, to unsaddle.
desservir, to clear the table, to officiate (of clergymen).
dessiner (se), to be visible, to be delineated.
dessus, on, upon, above, over; par —, over; là—, on there.
destinée, f., destiny, fate.
détachement, m., detachment.
détacher, to unhitch, to loosen, to untie.
détacher (se), to become loosened, to come forth.
détail, m., detail, particular.
détester, to detest.
détonation, f., detonation.
détour, m., circuitous way, detour, turning; au —, on the turning.
détourner, to turn, to turn away.
détromper (se), to be undeceived, to undeceive one's self.
détruire, to destroy.
détruire (se), to destroy one another, to kill one another.
deux, two; tous —, both of them, of us, of you.
devant, before, from, in front of, to.
devant, m., front; prendre les —s, to go ahead; venir au—, to come to meet.
développement, m., development.
devenir, to become.
deviner, to guess, to divine.
devint, pret. of devenir.

deviser, to talk, to converse.
devoir, must, ought, should, to owe, to be to.
devoir, m., duty.
dévorant, -e, devouring, consuming.
dévorer, to devour.
dévotion, f., devotion, piety.
dévouement, m., devotion, self-sacrifice.
dévouer, to devote.
diable, m., fellow, devil.
dialecte, m., dialect, language.
diamant, m., diamond.
diane, f., reveille.
Dieu, m., God; — merci, thank God; plaise à —, may God wish.
différence, f., difference, balance.
différent, -e, different.
différer, to postpone, to put off.
difficile, difficult.
difficulté, f., difficulty, objection.
digne, worthy.
dignité, f., dignity, rank.
diligence, f., diligence, speed; faire —, to hurry.
dîner, m., dinner.
dire, to say, to tell; c'est à —, that is to say; vouloir —, to mean; au — de l'hôte, according to what the innkeeper said; tout fut dit, all was over; avoir beau —, to say in vain.
dire (se), to say to one's self.
direction, f., direction.
diriger, to direct.
discours, m., speech, talk.
discrètement, discreetly.
discrétion, f., discretion; à —, at pleasure, at will, ad libitum.
disparaître, to disappear.
disposer, to dispose.
disposition, f., disposal, disposition.
dissimulé, -e, attenuated.
dissimuler, to conceal, to hide.
distance, f., distance.
distinct, -e, distinct.
distinguer, to distinguish, to make out.

distinguer (se), to distinguish one's self.
distraction, *f.,* diversion, recreation.
distribuer, to distribute.
divers, -e, diverse, different.
diviser, to divide.
division, *f.,* division (military).
dix, ten.
dizaine, *f.,* about ten.
doigt, *m.,* finger.
domestique, *m., f.,* domestic, servant.
dominer, to dominate, to rise above.
donc, then, therefore.
donner, to give, to open.
donner (se), to give to one's self.
dont, of which, from which, whose, with which, of whom.
doré, -e, gilt, gilded.
dormir, to sleep.
dos, *m.,* back.
doubler, to double.
doucement, softly, gently.
douceur, *f.,* softness, sweetness.
douer, to endow.
douleur, *f.,* pain, grief, sorrow.
doute, *m.,* doubt; **sans —,** without doubt, doubtless.
douter, to doubt.
douter (se), to suspect.
Douvres, Dover.
dou-x, -ce, sweet, soft.
douzaine, *f.,* dozen.
douze, twelve.
dragon, *m.,* dragoon.
drame, *m.,* drama.
drap, *m.,* bed-sheet.
drapeau, *m.,* flag.
dresser, to set up.
dresser (se), to stand up.
droit, straight, directly.
droit, *m.,* right.
droit, -e, right.
droite, *f.,* right.
drôle, *m.,* rascal.
du, of the.
dû, due, *past part. of* **devoir.**
duc, *m.,* duke.
duchesse, *f.,* duchess.

duel, *m.,* duel.
duelliste, *m.,* duellist.
dune, *f.,* down (of sand), dune.
dupe, *f.,* dupe, gull; **je ne serai plus leur —,** I will not be caught again.
dur, -e, hard.
durement, sharply, harshly.
durer, to last.

E

eau, *f.,* water; **— de vie,** brandy.
ébahi, -e, aghast, wondering.
ébranler, to shake.
écart, *m.,* digression, step aside; **à l'—,** aside.
écarté, -e, lonely, remote.
écarter (s'), to step aside.
échancré, -e, hollowed out.
échange, *m.,* exchange.
échanger, to exchange.
échapper, to escape; **l'— belle,** to have a narrow escape.
échapper (s'), to escape, to fall from.
échéant, occurring; **le cas —,** in case of necessity, the case occurring.
échouer, to fail, to come to naught.
éclair, *m.,* flash, flash of lightning.
éclaircir (s'), to brighten.
éclairer, to light, to illuminate.
éclaireur, *m.,* scout.
éclatant, -e, dazzling.
éclater, to explode, to break out, to break forth.
éclopé, -e, crippled, lame.
écorché, -e, scratched.
écoulé, -e, passed, elapsed.
écouter, to listen to.
écraser, to crush.
écrier (s'), to exclaim, to cry out.
écrire, to write.
écriture, *f.,* handwriting.
écu, *m.,* a coin worth about 60 cents.
écueil, *m.,* rock, reef.

écurie, *f.*, stable; **garçon d'—**, stable-boy.

écuyer, *m.*, esquire, squire.

effacer, to efface, to blot out.

effacer (s'), to be effaced, to be blotted out.

effectivement, actually, really, in effect.

effet, *m.*, effect; **en —**, in fact, in reality; **à cet —**, for that purpose.

efficace, efficacious.

efflorescence, *f.*, efflorescence.

effrayant, -e, frightful.

effrayer, to frighten.

effroi, *m.*, fright.

effroyable, frightful.

égal, -e, even, equal; **la partie n'est pas —e**, it is not an equal match.

égard, *m.*, regard; **à son —**, towards her; **à l'—**, respecting, with regard to; **à mon —**, with regard to me.

égayer (s'), to amuse one's self, to enjoy one's self.

église, *f.*, church.

égorger, to kill, to slaughter.

égratignure, *f.*, scratch.

eh! hey!

élancer (s'), to rush, to come forth.

élégance, *f.*, elegance.

élégant, -e, elegant.

élever, to raise.

élever (s'), to rise.

elle-même, herself, itself.

éloigné, -e, far, remote.

éloigner, to send away.

éloigner (s'), to go away.

embarquement, *m.*, embarking, sailing.

embarras, *m.*, fuss, embarrassment.

embarrassant, -e, embarrassing.

embarrasser, to embarrass.

embouchure, *f.*, mouth (of river).

embrassement, *m.*, embrace.

embrasser, to embrace, to kiss.

embrasser (s'), to embrace one another, to kiss one another.

embûche, *f.*, ambush, snare.

embuscade, *f.*, ambuscade.

émeute, *f.*, riot.

éminence, *f.*, eminence, knoll.

émissaire, *m.*, emissary.

emmener, to carry away, to take away.

émoi, *m.*, emotion; **être en —**, to be excited, to be agitated.

émotion, *f.*, emotion.

emparer (s'), to take hold, to capture.

empêcher, to prevent, to put a stop to.

empêcher (s'), to refrain, to keep one's self from.

empereur, *m.*, emperor.

empirer, to grow worse.

empoisonnement, *m.*, poisoning.

empoisonner, to poison.

empoisonneu-r, -se, poisoner.

emporter, to carry away, to take away, to take, to have the advantage; **l'— sur**, to get the better of, to surpass.

empreinte, *f.*, mark, impression.

empressement, *m.*, promptness, eagerness.

en, in, from it, of it, of them, on him, on them, into.

encadrer, to frame.

enceinte, *f.*, limit, enclosure.

enchanté, -e, delighted.

encore, yet, still, again, also, even.

encourager, to encourage.

encre, *f.*, ink.

endormir (s'), to go to sleep.

endroit, *m.*, place, spot; **à l'— de**, about.

endurer, to endure, to suffer, to bear.

enfant, *m.*, child, young man.

enfer, *m.*, hell, infernal region.

enfermer (s'), to shut one's self up.

enfiler, to string, to pierce.

enfin, at last, finally.

enfoncer, to bury, to drive, to pull down.

enfoncer (s'), to sink, to dive; **— dans**, to enter.

enfuir (s'), to run away.
engagement, *m.*, engagement.
engager, to engage.
engourdir, to benumb, to dull.
enjeu, *m.*, stake.
enjoignit, *pret. of* enjoindre.
enjoindre, to order, to command.
enlèvement, *m.*, kidnapping.
enlever, to kidnap, to take away, to carry away.
ennemi, -e, enemy.
ennui, *m.*, weariness, worry, bother.
ennuyer (s'), to be lonesome, to be wearied.
énorme, enormous.
enragé, -e, mad.
ensanglanté, -e, bloody, red.
enseigne, *f.*, sign.
ensemble, together.
ensuite, then, afterwards.
entamer, to begin.
entendre, to hear.
entendu, -e, *past part. of* entendre; il est bien —, it is understood.
enterrement, *m.*, burial.
enterrer, to bury.
entêté, -e, stubborn, obstinate.
enthousiasme, *m.*, enthusiasm.
enti-er, -ère, entire, whole.
entourer, to surround.
entourer (s'), to surround one's self.
entraîner, to lead away, to carry away.
entre, between, in.
entre-bâiller (s'), to be partly open.
entrée, *f.*, entrance, coming; faire son —, to enter.
entreprendre, to undertake.
entreprise, *f.*, enterprise, undertaking.
entreprit, *pret. of* entreprendre.
entrer, to enter; faire —, to show in.
entretenir, to talk, to entertain.
entretien, *m.*, conversation.
entrevue, *f.*, meeting, interview.

entr'ouvert, -e, partly open, ajar.
entr'ouvrir, partly to open.
envahir, to invade.
envelopper, to wrap up, to involve, to implicate.
envelopper (s'), to wrap one's self up.
envie, *f.*, envy, desire; faire —, to raise envy.
environ, about.
environs, *m. plur.*, environs, vicinity.
envoler (s'), to be carried off, to fly away.
envoyé, *m.*, envoy, messenger.
envoyer, to send.
épargner, to spare, to save.
éparpiller, to scatter.
épars, -e, dishevelled.
épaule, *f.*, shoulder.
épée, *f.*, sword; coup d'—, sword thrust; mettre l'— à la main, to draw one's sword.
éperdu, -e, distracted, aghast.
éperon, *m.*, spur.
épilogue, *m.*, epilogue.
épisode, *m.*, episode.
époque, *f.*, time, epoch.
épouser, to marry, to wed.
épouvanter, to frighten.
épreuve, *f.*, proof; à —, thoroughly tested.
éprouver, to experience, to feel.
épuiser (s'), to exhaust one's self.
équilibre, *m.*, equilibrium, balance.
équipage, *m.*, crew.
équiper, to equip, to fit out.
erreur, *f.*, error, mistake.
escabeau, *m.*, stool.
escadron, *m.*, squadron.
escalader, to scale.
escalier, *m.*, stairway.
escarmouche, *f.*, skirmish.
esclavage, *m.*, slavery.
escorte, *f.*, escort.
escrime, *f.*, fencing.
Espagne, *f.*, Spain.
espèce, *f.*, sort, kind, species; — humaine, mankind.

espérance, *f.*, hope.
espérer, to hope.
espion, *m.*, spy.
espoir, *m.*, hope.
esprit, *m.*, mind.
essayer, to try, to endeavor, to try on.
essentiel, -le, essential.
essoufflé, -e, breathless.
estimable, estimable.
estimer, to estimate, to value.
et, and.
établir, to establish.
étain, *m.*, tin, pewter.
étape, *f.*, halting-place, a day's march (of armies); doubler deux —s, to pass two halting-places without stopping, to cover twice the usual amount of ground.
état, *m.*, condition, state; mettre en —, to put in good condition.
éteignit, *pret. of* éteindre.
éteindre (s'), to die away.
éteint, -e, extinguished, out.
étendre, to extend, to stretch, to stretch out, to spread out.
éternel, -le, eternal, everlasting.
étincelant, -e, sparkling.
étiqueter, to label.
étoile, *f.*, star.
étonnement, *m.*, astonishment.
étonner, to astonish.
étouffer, to choke, to stifle, to smother.
étourdi, -e, astounded.
étrange, strange.
étrang-er, -ère, stranger, foreign.
étrangler, to strangle.
être, to be.
étrier, *f.*, stirrup; à franc —, on horseback at full speed.
eussent, *pret. of* avoir.
eux, themselves, them, they; chez —, their home.
évacuer, to evacuate.
évangile, *m.*, Gospel.
évanoui, -e, unconscious, fainted, vanished.
évanouir (s'), to faint.

événement, *m.*, event.
évidemment, evidently.
évident, -e, evident.
éviter, to avoid, to escape.
exact, -e, exact.
exactement, carefully, exactly.
examiner, to examine.
examiner (s'), to examine one another.
excellence, *f.*, excellency.
excellent, -e, excellent.
excepté, except.
excès, *m.*, excess, immoderation.
excessi-f, -ve, excessive, extreme.
excitation, *f.*, excitement.
exciter, to excite.
exclamation, *f.*, exclamation.
excursion, *f.*, trip, excursion.
excuse, *f.*, excuse.
excuser, to excuse.
exécuter, to execute, to carry out.
exécuteur, *m.*, executioner.
exécution, *f.*, execution.
exemple, *m.*, example; par —, indeed, however.
exercer, to perform, to practise.
exiger, to require.
existence, *f.*, existence, life.
exister, to exist.
expatrier, to expatriate.
expédition, *f.*, expedition.
expérience, *f.*, experience.
expier, to expiate.
expirer, to breathe one's last, to expire.
explication, *f.*, explanation.
explicite, explicit.
expliquer, to explain.
exploit, *m.*, exploit, brave deed.
exposer, to expose, to expound, to expose to view.
exposer (s'), to expose one's self.
expr-ès, -esse, special; tout —, purposely, expressly.
expressi-f, -ve, expressive.
expression, *f.*, expression.
exprimer, to express.
extorquer, to extort, to wrest.
extrémité, *f.*, end, extremity.

F

face, *f.*, face; en — de, in presence of, opposite; faire — à, to cope with.
fâché, -e, sorry, angry.
facile, easy.
facilement, easily.
façon, *f.*, way, manner.
faction, *f.*, sentry duty.
faculté, *f.*, faculty.
faible, weak.
faiblesse, *f.*, weakness, partiality.
faillir, to come near.
faire, to do, make, to cause to.
faire (se), to make one's self, to cause one's self to be, to make for one's self, to be.
fait, *m.*, fact, action, deed; au —, in fact, in reality.
falloir, to be necessary, must, ought.
fallu, *past part. of* falloir.
fameu-x, -se, famous.
familièrement, familiarly.
famille, *f.*, family.
fanatique, *m., f.*, fanatic.
fanatisme, *m.*, fanaticism.
fantôme, *m.*, phantom, shadow.
fardeau, *m.*, burden.
fascinat-eur, -rice, fascinating.
fat, *m.*, fop, conceited person.
fatal, -e, fatal.
fatalité, *f.*, fatality.
fatigue, *f.*, fatigue, weariness.
fatigué, -e, tired.
faubourg, *m.*, outskirt, suburb.
faucon, *m.*, falcon, hawk.
faudrait, *cond. of* falloir.
faute, *f.*, fault; que vous me faites —, how I miss you; ce n'est pas —, I am not without.
fauteuil, *m.*, armchair.
fauve, tawny; bête —, wild beast.
fau-x, -sse, false.
faveur, *f.*, favor.
favori, -te, favorite.
favoris, *m. plur.*, side whiskers.
félicitation, *f.*, congratulation.
femme, *f.*, woman, wife.
fendre, to split, crack, fracture.

fenêtre, *f.*, window.
fer, *m.*, iron, sword, shoe (of horses); dix ans de —s, ten years in jail.
ferme, steady, strong, firm.
fermement, firmly.
ferment, *m.*, ferment.
fermer, to close, to shut, to lock.
fermeture, *f.*, closing.
ferrailler, to fence, to fight.
ferret, *m.*, pendant, tag.
fervent, -e, fervent.
festin, *m.*, feast.
fête, *f.*, holiday, festival.
feu, *m.*, fire; faire —, to shoot, to fire; coup de —, shot, firearm report.
feuille, *f.*, leaf, sheet.
feutre, *m.*, felt hat.
fi, fie; — donc, for shame, fie.
fidèle, faithful, true.
fi-er, -ère, proud.
fier (se), to trust.
fièvre, *f.*, fever.
fiévreu-x, -se, feverish.
figure, *f.*, face, figure.
figurer (se), to imagine, to fancy.
filer, to carry on; il avait fait —, he had sent.
fille, *f.*, daughter, girl.
fils, *m.*, son.
fin, *f.*, end, bottom.
fin, -e, fine, sharp.
finir, to finish; en —, to finish up.
firent, *pret. of* faire.
fit, *pret. of* faire.
fixe, fixed, settled.
fixement, fixedly.
fixer, to fix, to settle upon.
flamme, *f.*, flame.
Flandre, *f.*, Flanders.
flatter, to flatter.
flétri, -e, branded, blemished.
flétrissure, *f.*, blemish, blot; à la —, to be branded.
fleur, *f.*, flower; —-de-lis, flower-de-lis.
flotter, to wave.
foi, *f.*, faith; ma —, indeed, upon my faith.

fois, *f.*, time; **à la —**, at the same time; **y regarder à deux —**, to consider the matter twice, to hesitate; **une —**, once; **deux —**, twice.

fonction, *f.*, office, duty, function.

fonctionnaire, *f.*, official, functionary.

fond, *m.*, bottom.

fondre, to melt, to rush.

fondre (se), to melt.

fontaine, *f.*, fountain.

force, force, strength; **de toutes ses —s**, with all one's might; **—s**, forces; **à force de**, by dint of; **de —**, forcibly.

forcer, to compel, to oblige.

forêt, *f.*, forest.

forfait, *m.*, offence, crime.

forfanterie, *f.*, exploit.

formalité, *f.*, formality.

forme, *f.*, shape, form, appearance.

formel, -le, formal.

former, to form, to compose.

formidable, formidable.

fort, *m.*, fort.

fort, very, very much.

fort, -e, strong, healthy, powerful, clever.

fortune, *f.*, fortune.

fossé, *m.*, ditch, moat.

fou, fol, -le, madman, insane, crazy.

fouiller, to search.

fourbu, -e, foundered (of horses).

fourche, *f.*, pitchfork.

fournir, to furnish, to give.

fourreau, *m.*, scabbard, sheath.

fra-is, -îche, fresh.

franc, -he, frank, bold.

français, -e, French.

franchir, to go over, to cross, to get over, to get through.

frange, *f.*, fringe.

frapper, to knock, to strike, to hit, to tap.

frémir, to shudder, to tremble.

frémissement, *m.*, quiver, shudder.

fréquenter, to frequent.

frère, *m.*, brother.

friser, to twist.

frisson, *m.*, shiver, shudder.

frissonner, to shiver, to shudder.

froid, -e, cool, cold; **faire —**, to be cold.

froidement, coolly, coldly.

froncement, *m.*, frowning.

froncer, to knit (of eyebrows).

front, *m.*, forehead, face; **sur le — de bataille**, in front of the soldiers' line.

frontière, *f.*, frontier, boundary.

fruit, *m.*, fruit, result.

fuir, to flee, to fail.

fuite, *f.*, flight; **prendre la —**, to run away.

fumant, smoking.

fumée, *f.*, smoke.

fumeu-x, -se, smoky.

furie, *f.*, fury.

furieu-x, -se, furious.

fusil, *m.*, shotgun, gun.

fusillade, *f.*, fusillade, shooting.

fusiller, to shoot.

fuyard, -e, runaway.

G

gagner, to reach, to gain, to win, to earn, to catch, to take.

gaieté, *f.*, gaiety, cheerfulness.

galonner, to adorn with gold or silver lace.

galop, *m.*, gallop; **au grand —**, at full speed.

galoper, to gallop.

garçon, *m.*, boy, man.

garde, *f.*, guard-house, care; **prenez —**, take care; **n'avoir — de**, not to be able; **en —**, in keeping.

garde, *m.*, guard.

garder, to watch, to keep, to guard, to spare.

garder (se), to take care not.

garni, -e, filled.

garnison, *f.*, garrison.

garrotter, to tie down, to bind.

Gascogne, *f.,* Gascony.
Gascon, -ne, an inhabitant of
gauche, left. [Gascony.
géant, *m.,* giant.
gémissement, *m.,* moan, moaning.
gêner, to disturb, to inconven-
ience.
général, *m.,* general.
général, -e, general.
générale, *f.,* fire-drum; **battre la
—,** to beat drums (to call to
arms).
généreusement, generously.
générosité, *f.,* generosity.
génie, *m.,* genius.
genou, *m.,* knee; **à —x,** on one's
knees.
genre, *m.,* kind, sort.
gens, *m., f., plur.,* people, men.
gentilhomme, *m.,* gentleman.
geôlier, *m.,* jailor.
gerçure, *f.,* crack.
gésir, to lie.
geste, *m.,* gesture.
gisait, *imperf. of* **gésir.**
gisant, -e, lying.
gîte, *m.,* seat (of hares), hole.
glace, *f.,* mirror.
glacé, -e, cold, frozen.
glisser, to slip, to put in, to glide.
gloire, *f.,* glory.
glorieu-x, -se, glorious.
gorge, *f.,* throat.
gourmet, *m.,* epicure, connoisseur
in wine.
gousset, *m.,* vest pocket.
goût, *m.,* taste.
goûter, to taste.
goutte, *f.,* drop; **boire la —,** to
take a drink.
gouverneur, *m.,* governor.
grâce, *f.,* grace, mercy, pardon;
— à, thanks to; **faire —,** to
pardon; **sa —,** His Grace.
gracieu-x, -se, graceful, gracious.
grade, *m.,* grade.
grain, *m.,* grain.
graisse, *f.,* grease.
grand, -e, big, large, great.
grandeur, *f.,* size; **— naturelle,**
life size.

grandir, to grow larger.
gratification, *f.,* gratuity, bounty.
grave, grave, serious.
graver, to engrave.
gravité, *f.,* seriousness, gravity,
graveness.
grièvement, gravely.
grille, *f.,* iron gate.
grincement, *m.,* creaking.
grincer, to grind; **— des dents,**
to grind one's teeth.
gronder, to roar.
gros, -se, large, big.
grossir, to increase.
groupe, *m.,* group.
gué, *m.,* ford; **traverser à —,** to
ford.
guère, hardly, scarcely.
guerre, *f.,* war; **homme de —,**
warrior, general.
guet, *m.,* watch; **l'œil au —,** looking out carefully; **l'oreille au
—,** listening attentively.
guet-apens, *m.,* ambush.
guetter, to watch, to spy.
guide, *m.,* guide.
guider, to guide.
guidon, *m.,* field-colors, guidon.

H

(' *designates aspirate* h.)

habileté, *f.,* ability, cleverness.
habiller (s'), to dress one's self.
habit, *m.,* coat, dress, uniform;
avait pris l'—, had become a
monk.
habiter, to inhabit.
habitude, *f.,* habit, custom.
habitué, -e, accustomed.
habituel, -le, usual, habitual.
habituellement, usually, habitu-
ally.
'haie, *f.,* line, hedge.
'haine, *f.,* hatred.
'haletante, panting.
'halte, *f.,* halt; **faire —,** to stop.
'hardi, -e, fearless, bold.
'hasard, *m.,* hazard, chance; **par**

—, by chance; **au** —, at random.

'**hâte**, *f.*, haste; **avoir** —, to be in haste; **à la** —, hastily.

'**hâter**, to hasten.

'**hâter (se)**, to hasten.

'**haut**, *m.*, summit, top.

'**haut**, **-e**, high, loud, loudly, great, tall, lofty.

'**hauteur**, *f.*, height; **à la** — **de**, as great as; **de toute sa** —, to her full height.

'**hein**, hey! what?

hélas! alas!

'**hennir**, to neigh.

'**hennissement**, *m.*, neighing.

herbe, *f.*, herb.

hérétique, *m.*, *f.*, heretic.

'**hérissé**, **-e**, standing on end (of hair).

héritage, *m.*, inheritance.

hériti-er, **-ère**, heir.

héroïquement, heroically.

'**héros**, *m.*, hero.

'**herse**, *f.*, harrow.

hésitation, *f.*, hesitation.

hésiter, to hesitate.

heure, *f.*, hour, o'clock; **à la bonne** —, well and good; **de bonne** —, early; **tout à l'** —, a while ago, after a while; **livre d'** —**s**, prayer book.

heureusement, happily, luckily, fortunately.

heureu-x, **-se**, lucky, fortunate, happy.

'**heurter (se)**, to strike one against another, to jostle one another.

hier, yesterday; **n'était pas d'** —, was very old; — **soir**, last night.

histoire, *f.*, history, gossip, story.

'**holà!** ho there.

hommage, *m.*, homage.

homme, *m.*, man; — **de cœur**, brave man; **en** —, as a man.

honnête, honest.

honneur, *m.*, honor.

honorer, to honor.

'**honte**, *f.*, shame, disgrace.

horizon, *m.*, horizon.

horreur, *f.*, horror.

horrible, horrible.

'**hors**, out, outside.

hôte, *m.*, host, guest, hotel keeper.

hôtel, *m.*, mansion, hotel; **maître d'** —, butler, hotel proprietor.

hôtelier, *m.*, innkeeper, caterer.

'**hourra**, *m.*, hurra.

'**hoyau**, *m.*, mattock.

'**Huguenot**, **-e**, Huguenot.

'**huit**, eight.

humain, **-e**, human; **espèce** —**e**, mankind.

humble, humble.

humblement, humbly.

humide, damp, humid.

humilier, to humiliate.

'**hurlement**, *m.*, howl, howling, yell, scream, shriek.

'**hurler**, to yell.

I

ici, here; **par** —, this way.

idée, *f.*, idea.

identité, *f.*, identity.

ignorant, **-e**, unacquainted with, ignorant.

ignorer, to be ignorant of, not to know.

il, he, it.

île, *f.*, island.

illimité, **-e**, unlimited.

illustre, illustrious.

ils, they.

image, *f.*, image, picture.

imagination, *f.*, imagination.

imbécile, *m.*, *f.*, imbecile, weak-minded person.

imiter, to imitate.

immédiatement, immediately.

immense, immense.

immobile, motionless.

impassibilité, *f.*, impassibility.

impatience, *f.*, impatience.

impatient, **-e**, impatient.

impatienter (s'), to grow impatient.

impie, impious, ungodly.

implacable, implacable.
importance, *f.*, importance; d'—, important.
important, -e, important.
importer, to matter, to be necessary; to be of moment; n'importe, no matter; peu m'importe, it matters little to me.
importun, -e, obstrusive person, intruder.
impossible, impossible.
imprenable, impregnable.
imprévu, -e, unforeseen, unexpected.
imprimer, to imprint, to stamp.
improviser, to imagine, to invent.
imprudemment, imprudently.
imprudence, *f.*, imprudence.
impunément, with impunity.
impunité, *f.*, impunity.
imputer, to charge with, to impute.
inattendu, -e, unexpected.
incessamment, incessantly.
incident, *m.*, incident.
inclination, *f.*, inclination.
incliner, to incline.
incliner (s'), to stoop down, to bow, to bend.
incognito, *m.*, incognito.
inconcevable, inconceivable.
inconnu, -e, unknown.
inconvénient, *m.*, objection.
incrédulité, *f.*, incredulity.
index, *m.*, forefinger.
indicateur, *m.*, indicator.
indication, *f.*, indication, information.
indifférent, -e, indifferent.
indignation, *f.*, indignation.
indiquer, to indicate, to point out, to show, to designate.
indispensable, indispensable.
indubitablement, doubtlessly.
inexprimable, inexpressible, unspeakable.
inextinguible, inextinguishable.
infâme, infamous, infamous person.
inférieur, -e, inferior, lower.
infernal, -e, infernal.

infime, low (of position, rank).
inflexible, inflexible.
infliger, to inflict.
influence, *f.*, influence.
informer (s'), to inquire.
iniquité, *f.*, iniquity.
initier, to initiate.
injuste, unjust.
injustice, *f.*, injustice.
innocent, -e, innocent.
inopinément, unexpectedly.
inqui-et, -ète, disquieted, anxious.
inquiétant, -e, alarming.
inquiéter, to disturb, to trouble.
inquiéter (s'), to mind, to trouble one's self.
inquiétude, *f.*, anxiety, uneasiness, disquietude.
inquisition, *f.*, inquisition.
insensé, -e, insane person, mad, insane.
insister, to insist.
insolence, *f.*, insolence.
inspirer, to inspire.
installer (s'), to install one's self.
instant, *m.*, instant, moment; à l'— même, at once.
instinctivement, instinctively.
instruction, *f.*, instruction, order.
instrument, *m.*, instrument.
intellectuel, -le, intellectual.
intelligence, *f.*, intelligence, understanding, correspondence, connection.
intelligent, -e, intelligent.
intention, *f.*, intention.
intéressé, -e, interested.
intéresser (s'), to be interested, to take interest.
intérieur, *m.*, inside.
intérêt, *m.*, interest.
interlocut-eur, -rice, interlocutor, interrogator.
intermédiaire, *m.*, medium.
interrogation, *f.*, question, interrogation.
interroger, to question, to interrogate.
interroger (s'), to question one another.

interrompre, to interrupt.
intime, intimate.
intrigant, -e, intriguer.
intrigue, f., intrigue.
introduire, to introduce.
intrus, -e, intruder.
inutile, useless.
inutilement, uselessly.
inventaire, m., inventory, exam-
ination.
invisible, invisible.
invitation, f., invitation.
inviter, to invite.
iraient, cond. of aller.
irrévocablement, irrevocably.
isolé, -e, isolated.
issue, f., result, end, door, exit.
Italie, f., Italy.
itinéraire, m., itinerary.
ivoire, m., ivory.
ivrogne, drunkard.

J

jaillir, to spring, to burst out.
jalou-x, -se, jealous.
jamais, never, ever; à —, for-
ever.
jambe, f., leg; prendre ses —s à
son cou, to run as fast as possible; à toutes —s, as fast as
he could.
jardin, m., garden; faire un tour
de —, to walk in the garden.
jeter, to throw, to cast, to utter.
jeter (se), to throw one's self,
to rush.
jeune, f., young.
jeunesse, f., youth.
joie, f., joy.
joindre, to add, to join.
joindre (se), to join.
joint, -e, past part. of joindre;
clasped.
joli, -e, pretty.
jonc, m., reed.
joue, f., cheek; mettre en —,
to aim at.
jouer, to play, to gamble.
joueu-r, -se, player.
jouir, to enjoy.

jour, m., day, daylight; au point
du —, at daybreak; percer à
—, to cut through; quinze —s,
a fortnight; huit —s, a week;
à —, open (of carving and
architecture).
journée, f., day, day's earning.
joyeu-x, -se, joyous, glad, joy-
ful, merry.
juge, m., judge.
jugement, m., sentence, judg-
ment, trial.
juger, to judge.
juin, m., June.
jurer, to swear.
jusque, to, until, as far as.
juste, just, correct, right.
justement, just now, justly, exactly.
justesse, f., accuracy, precision.
justice, f., justice; rendre — à,
to do justice to.
justifier (se), to clear one's self,
to justify one's self.

L

là, there, then; —-bas, over
there; —-dessus, on there.
laboratoire, m., laboratory.
lâche, m., coward.
lâcher, to let go, to fire.
laconique, laconic.
laisser, to leave, let, to allow.
laisser (se), to allow one's self;
— aller, to sink.
laissez-passer, m., pass, leave,
permit.
lame, f., blade.
lampe, f., lamp.
lancer, to push on (of horses),
to shoot.
langage, m., language, speech.
langue, f., tongue.
lapin, m., rabbit.
laquais, m., lackey, valet.
large, broad, wide.
large, m., breadth; au —, run
away; gagner au —, to go
away.

larme, *f.*, tear.
lassé, -e, wearied, tired out.
lasser, to tire, to fatigue.
latéral, -e, side, lateral.
latin, -e, Latin.
lazzi, *m.*, jest, joke.
lèchefrite, *f.*, dripping-pan.
lect-eur, -rice, reader.
lég-er, -ère, slight, light.
légèrement, lightly, nimbly, slightly.
lendemain, *m.*, next day.
lent, -e, slow.
lentement, slowly.
lenteur, *f.*, slowness, delay.
lequel, laquelle, lesquels, lesquelles, which, whom.
leste, agile, nimble.
lettre, *f.*, letter.
leur, -s, their, them, to them.
levain, *m.*, leaven, germ.
lever, to raise; — l'ancre, to weigh anchor.
lever (se), to rise, get up.
lèvre, *f.*, lip; du bout des —s, reluctantly.
liberté, *f.*, liberty, freedom.
libre, free, vacant.
lie, *f.*, dregs.
lié, -e, acquainted, friendly.
lier, to tie, to bind; — une conversation, to hold a conversation.
lieu, *m.*, place; au — de, instead
lieue, *f.*, league. [of.
lieutenance, *f.*, lieutenantship.
lieutenant, *m.*, lieutenant.
ligne, *f.*, rank, line.
limite, *f.*, limit.
lion, *m.*, lion.
lire, to read.
lire (se), to be read, to be seen.
lis, *m.*, lily; fleur-de-—, flower-de-lis.
lit, *m.*, bed.
littéralement, literally.
livide, livid.
livre, *m.*, book; — d'heures, prayer-book.
livrer, to give, to deliver; — passage, to make way.

loger, to lodge.
loger (se), to lodge, to get into, to take a room.
logis, *m.*, lodging, home.
loin, far.
lointain, -e, distant.
loisir, *m.*, leisure, time.
Londres, London.
long, *m.*, length; le —, along.
long, -ue, long.
longtemps, long, a long time.
longueur, *f.*, length.
lord, *m.*, Lord.
Lorraine, *f.*, Lorraine.
lors, then; dès —, therefore.
lorsque, when.
louis, *m.*, a gold coin worth about four dollars.
lourd, -e, heavy.
loyal, -e, loyal.
lu, -e, *past part. of* lire.
lucide, lucid.
lueur, *f.*, glimmer, ray, light.
lugubrement, dismally, woefully.
lui, him, to him, to her, he; chez —, at his house.
lui-même, himself.
lumière, *f.*, light.
lune, *f.*, moon.
lutte, *f.*, struggle, fight.
lutter, to struggle, to fight.

M

machinalement, mechanically.
mademoiselle, Miss.
magnanimité, *f.*, magnanimity.
magnifique, magnificent.
Mahomet, Mohammed.
maille, *f.*, stitch; vous avez eu — à partir, you had a fight.
main, *f.*, hand; sous la —, ready; j'ai la — longue, I am powerful; montre à la —, exactly; serrer la —, to shake hands; poignée de —, hand shaking.
maintenant, now.
mais, but, why.
maison, *f.*, house, suite, household (of kings).

maître, *m.,* master, owner, proprietor; — **d'hôtel,** butler.
maîtresse, *f.,* mistress.
majesté, *f.,* majesty.
majestueusement, majestically.
mal, badly, bad; **se trouver —,** to faint, to fare badly, to be punished.
mal, *m.,* harm, evil; **dire un —,** to speak ill, to say bad things.
maladie, *f.,* disease, malady.
maladroit, -e, awkward.
malaga, *m.,* Malaga.
malédiction, *f.,* curse, malediction.
malgré, in spite of.
malheur, *m.,* misfortune, accident, mishap.
malheureusement, unhappily.
malheureux, *m.,* wretch.
malheureu-x, -se, unfortunate, unhappy.
manche, *m.,* handle.
manger, to eat; **salle à —,** dining room; — **un morceau,** to eat a bit.
manière, *f.,* manner, way; **de —,** so that.
manifestation, *f.,* manifestation, expression.
manquer, to fail, to be wanting, to be lacking, to miss.
mante, *f.,* mantle (cloak), cape.
manteau, *m.,* cloak.
marais, *m.,* marsh, swamp.
marche, *f.,* marching, pace, gait.
marchepied, *m.,* step (of carriages).
marcher, to walk, to march, to move.
mari, *m.,* husband.
marier, to marry.
marqué, -e, branded.
marquer, to designate, to mark out, to brand.
martial, -e, soldierly, warlike, martial.
martyr, -e, martyr.
masque, *m.,* mask.
masquer, to hide, to mask.
masse, *f.,* mass, heap.

massue, *f.,* club.
mat, -e, dull.
matelas, *m.,* mattress.
matière, *f.,* matter, subject.
matin, *m.,* morning.
maudit, -e, cursed.
maussade, sulky, sullen.
mauvais, -e, bad, evil.
me, me, to me.
méchant, -e, wicked, bad.
méditer, to think over.
meilleur, -e, better; **le —,** the best.
mélancolie, *f.,* melancholy.
mêler, to mix.
mêler (se), to mix, to be mixed, to mingle, to take part, to meddle.
membre, *m.,* member, limb.
même, same, even, very; **tout de —,** just the same.
mémoire, *f.,* memory.
menaçant, -e, threatening.
menace, *f.,* threat, menace.
menacer, to threaten.
ménage, *m.,* household; **affaires de —,** family affairs.
mendiant, -e, beggar, mendicant.
mener, to lead, to make.
mensonge, *m.,* lie, falsehood.
mentir, to lie, to tell a story.
mépris, *m.,* scorn.
mépriser, to despise, to scorn; **à —,** to be despised, to be scorned.
mer, *f.,* sea; **au bord de la —,** on the seashore.
merci, thanks; **Dieu —,** thank God; **à la —,** at the mercy.
mère, *f.,* mother; **bonne —,** lady superior (in a convent).
mérite, *m.,* merit, worthiness.
mériter, to deserve, to merit.
merveille, *f.,* marvel; **à —,** perfectly well, certainly, very good.
messag-er, -ère, messenger.
messieurs, Messrs., gentlemen, sirs.
mesure, *f.,* measure, extent.
mesurer, to measure, to weigh.

métal, *m.*, metal.
métier, *m.*, trade, business, profession.
mets, *m.*, dish.
mettre, to put, to set.
mettre (se), to put one's self, to begin, to get together; — en route, to start out.
meure, *subj. of* mourir.
meurtre, *m.*, murder.
meurtrière, *f.*, loophole.
midi, noon.
mien (le), mienne (la), miens (les), mine.
mieux, better; ne demander pas —, to ask nothing better; pour le —, for the best; tant —, so much the better.
milady, *f.*, my lady.
milieu, *m.*, middle; au — de, in the midst of.
militaire, military.
mille, thousand.
milord, *m.*, lord.
mine, *f.*, appearance; sa grande —, her aristocratic appearance.
ministre, *m.*, minister.
minuit, midnight.
minute, *f.*, minute.
miracle, *m.*, miracle.
mirer, to look through.
mirer (se), to look at one's self.
misérable, *m.*, wretch, miserable.
miséricorde, *f.*, mercy, quarter.
mission, *f.*, mission, expedition.
moi, myself, me, I; chez —, at my house; à —, mine, at my service; à —, help!
moi-même, myself.
moins, less, least; tout au —, at the very least; à — que, unless.
mois, *m.*, month.
moitié, *f.*, half; par la —, half way up.
moment, *m.*, moment; d'un — à l'autre, at any moment.
momentanément, temporarily.
mon, ma, mes, my.
mondain, -e, worldly.

monde, *m.*, world; tout le —, everybody.
monnaie, *f.*, change, money.
monnayeur, *m.*, coiner; faux —, counterfeiter.
Monseigneur, My Lord.
monter, to go up, to ascend, to come up.
montre, *f.*, watch; — à la main, exactly.
montrer, to show, to point out.
montrer (se), to show one's self.
monture, *f.*, mount, horse.
morbleu, an exclamation.
morceau, *m.*, piece; manger un —, to eat a bit.
mordre, to bite.
mords, *imperat. of* mordre.
moribond, -e, dying person.
morne, mournful.
mort, *f.*, death.
mort, -e, dead, dead person.
mortel, -le, mortal.
mortuaire, mortuary; rendre les honneurs —s, to perform the funeral ceremony.
mot, *m.*, word; — d'ordre, password.
motif, *m.*, motive, reason.
mouchoir, *m.*, handkerchief.
mourant, -e, dying.
mourir, to die.
mousquet, *m.*, musket.
mousquetade, *f.*, shooting, musket-shot.
mousquetaire, *m.*, musketeer.
mousqueton, *m.*, musket.
mousseu-x, -se, foamy.
moustache, *f.*, moustache.
mouvement, *m.*, move, motion.
mouvoir, to move, to act.
moyen, *m.*, means.
moyennant, on account of.
mû, -e, *past part. of* mouvoir.
muet, -te, silent.
munition, *f.*, ammunition.
mur, *m.*, wall.
muraille, *f.*, wall.
murmure, *m.*, murmur, muttering. [
murmurer, to murmur.
mystère, *m.*, mystery, secrecy.

N

naïveté, *f.,* artlessness, simplicity.
nation, *f.,* nation.
nature, *f.,* nature.
naturel, -le, natural, probable; **grandeur —le,** life size.
naturellement, naturally, of course.
ne ... pas, no, not; **ne ... que,** only.
né, -e, born.
néanmoins, nevertheless.
nécessaire, necessary.
nécessité, *f.,* necessity.
négation, *f.,* negation.
négligemment, carelessly.
négliger, to neglect.
neuf, nine.
nez, *m.,* nose.
ni, neither; **— ... —,** neither ... nor.
niais, -e, fool.
nier, to deny.
niveleur, *m.,* levelling, leveller.
noble, noble.
noblesse, *f.,* nobility.
noces, *f. pl.,* wedding.
nœud, *m.,* knot, bow.
noir, -e, black.
nom, *m.,* name.
nombre, *m.,* number.
nommer, to name.
nommer (se), to be named, to be called. to name one's self.
nonchalamment, indolently.
non pas, no, not.
notre, nos, our.
nôtre (le, la), —s (les), ours; **vous êtes des —s,** you are one of us.
nouer, to tie.
nous, we, us, to us.
nouveau, nouvel, -le, new; **de —,** again, anew; **du —,** something new.
nouvelle, *f.,* news; **attendez-vous quelque — de lui?** Do you expect to hear from him?
novembre, *m.,* November.
novice, *m., f.,* novice.

noyer, to drown.
nu, -e, naked, bare.
nuage, *m.,* cloud.
nuit, *f.,* night; **faire —,** to be dark; **cette —,** to-night, last night; **veilleur de —,** night watchman.
nul, -le, nobody, no one.
numérique, numerical.

O

obéir, to obey.
obéissance, *f.,* obedience.
obéissant, -e, obedient.
objection, *f.,* objection.
objet, *m.,* object.
obliger, to oblige.
obscurité, *f.,* darkness, obscurity.
observation, *f.,* observation.
observer, to observe, to watch.
obstacle, *m.,* obstacle.
obtenir, to obtain, to get.
occasion, *f.,* occasion, chance; **dans les grandes —s,** under grave circumstances.
occupé, -e, occupied, busy.
occuper, to occupy.
occuper (s'), to occupy one's self, to busy one's self, to mind.
octobre, *m.,* October.
odoriférant, -e, fragrant.
œil, *m.,* eye; **coup d'—,** glance.
œuf, *m.,* egg; **—s à la coque,** soft boiled eggs.
œuvre, *f.,* work.
offenser, to offend.
officier *m.,* officer.
offre, *f.,* offer.
offrir, to offer, to present.
oie, *f.,* goose.
oiseau, *m.,* bird.
ombre, *f.,* shadow, darkness.
on, one, people, they; **l'—,** one, people, they.
onze, eleven.
opération, *f.,* operation.
opérer, to make.
opinion, *f.,* opinion.

opposé, opposite.
or, now.
or, *m.,* gold.
orage, *m.,* storm.
orageu-x, se, stormy.
ordinaire, ordinary.
ordonner, to order, to command.
ordre, *m.,* order; **avancez à l'—,** come forth to order; **mot d'—,** password.
oreille, *f.,* ear; **l'— un peu basse,** somewhat abashed; **l'— tendue,** listening attentively; **l'— au guet,** listening attentively.
orgueil, *m.,* pride.
orifice, *m.,* opening.
ornière, *f.,* rut, ditch.
os, *m.,* bone.
oser, to dare.
otage, *m.,* hostage.
ôter, to take off, to remove.
ou, or; **—...—,** either...or.
où, where, when, in which; **d'—,** from where, whence.
oubli, *m.,* neglect.
oublier, to forget.
oui, yes.
ouragan, *m.,* hurricane.
outré, -e, exaggerated.
ouvert, -e, open.
ouvrage, *m.,* work.
ouvri-er, -ère, workingman, workingwoman.
ouvrir, to open.
ouvrir (s'), to be opened.

P

paille, *f.,* straw.
pain, *m.,* loaf of bread, bread.
pair, *m.,* peer, equal; **aller de —,** to be equal.
paix, *f.,* peace.
paladin, *m.,* paladin.
pâle, pale.
pâlir, to become pale.
pan, tail (of coats), large piece (of walls).
panier, *m.,* basket.
pantomime, *f.,* pantomime.

papier, *m.,* paper.
par, through, by, for, with, on account of, on.
paraître, to appear, to seem, to look, to make one's appearance.
parbleu! *an exclamation.*
parce que, because.
parchemin, *m.,* parchment.
pardieu! *an exclamation.*
pardon, *m.,* pardon.
pardonner, to pardon, to forgive.
pareil, -le, such, alike, similar, like.
parfait, -e, perfect.
parfaitement, perfectly.
parfois, sometimes.
pari, *m.,* bet.
parier, to bet.
parieur, *m.,* bettor.
parlementaire, *m.,* bearer of a flag of truce.
parler, to talk, to speak.
parmi, among.
parole, *f.,* word; **porter la —,** to speak; **prendre la —,** to begin to speak; **adresser la —,** to speak; **tenir sa —,** to keep one's word.
part, *f.,* share, part; **de votre —,** in your name; **de sa —,** from herself; **faire —,** to apprise, to inform; **de la —,** from, in the name of; **quelque —,** somewhere.
partager, to share.
parti, *m.,* party, decision.
particuli-er, -ère, private, personal, special, peculiar.
particulièrement, especially, particularly.
partie, *f.,* part, match, game, party; **avoir à faire à forte —,** to have to deal with more than one's match; **la — n'est pas égale,** it is not an equal match; **faire —,** to take part.
partir, to go, to go out, to start, to be fired, to leave.
partout, everywhere, anywhere.
parvenir, to reach, to go to, to succeed.

parvinrent, *pret. of* parvenir.

pas, no, not, not any.

pas, *m.*, step, pace; mettre son cheval au —, to start one's horse again; au — de charge, on a double-quick step; au —, walking.

passage, *m.*, passage, passing; livrer —, to make way.

passant, *m.*, passer by.

passe, *f.*, pass, permit.

passé, *m.*, things past, time past, past.

passeport, *m.*, passport, recommendation.

passer, to pass. [mendation.

passer (se), to take place, to happen, to pass; — de, to do without.

passe-temps, *m.*, pastime.

passi-f, -ve, passive.

passion, *f.*, passion.

patience, *f.*, patience.

Patrice, *m.*, Patrick.

patron, *m.*, captain (of a boat).

paume, *f.*, palm.

pause, *f.*, pause, stop.

pauvre, poor, small.

payer, to pay.

pays, *m.*, country.

peau, *f.*, skin, life.

péché, *m.*, sin.

pêche-ur, -resse, sinner.

peine, *f.*, pain, trouble, difficulty, sentence, penalty; à —, hardly, scarcely; valoir la —, to be worth while.

peint, -e, painted, expressed.

pelle, *f.*, shovel.

pencher, to bend (of the head).

pencher (se), to lean.

pendant, during.

pendre, to hang.

pendre (se), to hang one's self.

pénétrer, to penetrate.

pensée, *f.*, thought.

penser, to think.

pensi-f, -ve, thoughtful, pensive.

pensionnaire, *m.*, *f.*, boarder.

perçant, -e, piercing, sharp.

percer, to pierce, to bore; — à jour, to cut through.

perdre, to lose, to ruin, to kill, to ruin the reputation.

perdre (se), to be lost; se perd, may be lost.

père, *m.*, father.

perfectionner, to perfect.

perfidie, *f.*, perfidy.

perforer, to perforate.

péril, *m.*, danger, peril.

permettre, to allow, to permit.

permission, *f.*, permission, furlough.

perron, *m.*, flight of steps in front of a house, stoop.

Perse, *f.*, Persia.

persécuter, to persecute.

persécut-eur, -rice, persecutor.

persécution, *f.*, persecution.

persévérance, *f.*, perseverance.

persistance, *f.*, persistence.

persister, to persist.

personnage, *m.*, personage.

personne, *f.*, person, anybody, nobody; en —, in person, personally; ma —, myself.

personnel, -le, personal.

personnellement, personally, in person.

persuasi-f, -ve, persuasive.

petit, -e, small, little, short.

pétrifier, to petrify.

peu, little, few.

peur, *f.*, fear; avoir —, to be afraid; de — que, for fear that.

peut, *pres. of* pouvoir.

peut-être, perhaps.

physionomie, *f.*, physiognomy.

Picard, -e, an inhabitant of Picardy.

pie, *f.*, magpie; voler la —, to chase magpies.

pièce, *f.*, coin, piece.

pied, *m.*, foot; mettre — à terre, to alight; à —, on foot.

piège, *m.*, snare, trap.

pierre, *f.*, stone.

piétiner, to trample on, to trample down.

pieu-x, -se, pious.

pioche, *f.*, pickaxe.

pionnier, *m.,* infantry man, pioneer.
pique, *f.,* pike.
piquer, to spur, to prick.
pistole, *f.,* a gold coin.
pistolet, *m.,* pistol.
pitié, *f.,* pity.
pittoresque, picturesque.
place, *f.,* place, spot, seat, position; **faire —,** to make room.
placer, to place.
placer (se), to place one's self.
plafond, *m.,* ceiling.
plaider, to plead.
plaie, *f.,* wound.
plaindre, to pity; **à —,** to be pitied.
plaire, to please; **plaise à Dieu,** may God wish.
plaisanter, to joke.
plaisanterie, *f.,* joke, pleasantry.
plaisir, *m.,* pleasure.
plan, *m.,* plan.
planter, to plant, to set, to fix.
plausible, plausible.
plein, -e, full.
pleurer, to weep.
pleurésie, *f.,* pleurisy.
pli, *m.,* twist, fold.
plier, to fold, to bend.
plonger, to plunge.
pluie, *f.,* rain.
plume, *f.,* feather, pen.
plus, more, the more; **ne...—,** no...more, no...longer, only; **non —,** either, neither; **de —,** moreover; **pas —,** not any more; **le, les —,** the most; **de — en —,** more and more; **tout au —,** at the most.
plusieurs, several.
plutôt, rather.
poche, *f.,* pocket.
poêle, *m.,* stove.
poignard, *m.,* dagger.
poignarder, to stab.
poignée, *f.,* handful; **— de main,** hand shaking.
poing, *m.,* fist.
point, no, not, not at all; **ne...—,** no, not.

point, *m.,* point, spot; **au — du jour,** at daybreak; **sur le — de,** about to, on the point of.
pointe, *f.,* point, spurt, run.
poison, *m.,* poison.
poisson, *m.,* fish.
poitrine, *f.,* chest, breast.
poivrière, *f.,* sentry box built of stone in the angle of a bastion.
poli, -e, polite, polished.
politesse, *f.,* politeness.
politique, political.
ponctuel, -le, exact, punctual.
pont, *m.,* deck, bridge.
port, *m.,* port, harbor, carriage; **au — d'armes,** carrying arms.
portant, bearing; **mal —,** sickly.
porte, *f.,* door, gate; **— de derrière,** rear door.
portée, *f.,* reach; **hors de la — de la voix,** out of hearing; **à — de,** within the range of.
portefeuille, *m.,* portfolio.
porter, to carry, to wear, to bear, to make (of thrusts), to urge, to deal (of blows), to induce, to declare; **— la parole,** to speak.
porter (se), to be directed.
porteu-r, -se, bearer.
portrait, *m.,* portrait.
poser, to place.
position, *f.,* position.
posséder (se), to command one's temper; **ne pas —,** to be beside one's self.
possession, *f.,* possession.
possible, possible.
postdater, to postdate.
poste, *m.,* post, military post.
poste, *f.,* post, post-stage, relay station, postoffice; **mettre à la —,** to mail.
postillon, *m.,* postilion.
potable, drinkable.
potage, *m.,* soup.
pouce, *m.,* inch.
poudre, *f.,* gunpowder.
poulet, *m.,* chicken; **un blanc de —,** the breast of a chicken.

poumon, *m.*, lung.
pour, for; — que, so that.
pourquoi, why; — pas, why not.
pourrez, *fut. of.* pouvoir
poursuite, *f.*, pursuit, chase.
poursuivre, to pursue, to continue.
pourtant, however.
pourvu que, provided.
pousser, to push, to utter, to urge, to press, to drive, to push on, to go.
poussière, dust.
pouvoir, *m.*, power.
pouvoir, can, may, to be able.
pouvoir (se), to be possible.
pratique, *f.*, usage, custom, practice.
pratiquer, to make.
précaution, *f.*, precaution.
précéder, to precede, to go ahead.
précieusement, preciously.
précieu-x, -se, precious.
précipiter (se), to rush.
précis, -e, precise.
précurseur, *m.*, forerunner.
prédestination, *f.*, predestination.
prédicateur, *m.*, preacher.
préférence, *f.*, preference.
préférer, to prefer.
prématurément, prematurely.
premi-er, -ère, first.
prendre, to take, to cut (of doors), to make, to overtake; bien m'en a pris, it was lucky that it was so; envoyer —, to send for; venir —, to come for.
préoccuper, to preoccupy, to absorb the mind.
préoccuper (se), to be preoccupied.
préparatif, *m.*, preparation.
préparer, to prepare.
préparer (se), to prepare one's self, to get ready.
près, near, to; à peu —, about; d'assez —, near enough.
présence, *f.*, presence.

présent, *m.*, present time, present, present paper; jusqu'à —, till now.
présenter, to present, to hand, to introduce.
présenter (se), to present one's self.
presque, almost.
pressé, -e, urgent, anxious, desirous.
presser, to press, to hurry.
presser (se), to hurry.
présumer, to presume.
prêt, -e, ready.
prétexte, *m.*, pretext.
prêtre, *m.*, priest.
preuve, *f.*, proof.
prévenir, to inform, to warn, to notify.
prévoir, to foresee.
prévôt, *m.*, provost.
prévu, -e, *past part. of* prévoir.
prie-Dieu, *m.*, praying-desk.
prier, to beg, to pray.
prière, *f.*, prayer.
prince, *m.*, prince.
principal, *m.*, principal thing.
pris, -e, *past. part. of* prendre.
prise, *f.*, capture.
prison, *f.*, prison.
prisonni-er, -ère, prisoner; se constituer —, to give one's self up into custody.
prit, *pret. of* prendre.
privé, -e, private, unprovided, deprived.
priver, to deprive.
privilégié, -e, lucky, privileged.
prix, *m.*, price.
probabilité, *f.*, probability.
probable, probable.
probablement, probably.
proche, near.
procurer, to procure.
prodigieusement, wonderfully, prodigiously.
proférer, to utter.
profiler (se), to be outlined.
profiter, to take advantage, to profit.

profond, -e, profound, deep.

profondément, deeply, profoundly.

profondeur, *f.*, depth.

proie, *f.*, prey; en —, a prey.

projet, *m.*, project.

promenade, *f.*, outing, excursion, promenade.

promener (se), to promenade, to walk, to walk to and fro, up and down.

promesse, *f.*, promise.

promettre, to promise.

promis, -e, *past part. of* promettre.

prompt, -e, quick, prompt.

promptitude, *f.*, quickness, readiness.

prononcer, to pronounce, to utter.

propos, *m.*, talk, word; à — de, in reference to; à —, by the way.

proposer, to offer, to propose.

proposition, *f.*, proposal, proposition.

protect-eur, -rice, protector.

protection, *f.*, protection.

protégé, *m.*, protégé.

protéger, to protect.

protestant, -e, protestant.

protester, to protest.

prouver, to prove.

Providence, *f.*, Providence.

province, *f.*, province.

prudence, *f.*, prudence.

prudent, -e, prudent.

psaume, *m.*, psalm.

pu, *past part. of* pouvoir.

publi-c, -que, public.

puis, then.

puiser, to draw (of water).

puisque, since, inasmuch as.

puissance, *f.*, power.

puissant, -e, powerful.

puissent, *subj. of* pouvoir.

puits, *m.*, well.

punir, to punish.

pur, -e, pure.

purement, purely.

puritain, -e, Puritan.

pussent, *imperf. subj. of* pouvoir.

Q

qualité, *f.*, quality; en — de, in the capacity of.

quand, when, even if.

quant à, as to.

quarante, forty.

quart, *m.*, quarter, fourth.

quartier, *m.*, quarter, barracks, quarters.

quatre, four.

quatre-vingt, eighty.

quatrième, fourth.

que, that, than, whom, which, what, how, why.

quelconque, whatever.

quelque, -s, some, few; —... que, whatever.

quelquefois, sometimes.

quelqu'un, -e, some one, somebody.

querelle, *f.*, quarrel.

question, *f.*, question, matter.

qui, who, that, which, whom.

quiétude, *f.*, quietude.

quinzaine, *f.*, fifteen, about fifteen.

quinze, fifteen; — jours, a fortnight.

quitte, clear, free; en être — pour, to get off with.

quitter, to leave.

quitter (se), to leave one another.

quoi, what, which; à — s'en tenir, what to think.

quoique, although.

R

raconter, to tell, to relate.

raide, instantaneously, swiftly, stiff; tués —, shot dead.

railler, to jeer, to scoff, to laugh at.

raison, *f.*, reason; avoir —, to be right.

raisonnement, *m.*, argument.

râle, *m.*, growl.

ralentir, to slacken, to slow down.

ralentir (se), to slow down, to slacken.

ramasser, to pick up.

ramener, to bring back, to take back.

rang, *m.*, rank, line, place.

ranger (se), to place one's self.

rapide, quick, rapid.

rapidement, rapidly.

rapidité, *f.*, rapidity.

rappeler, to recall, to call back.

rappeler (se), to remember.

rapport, *m.*, report.

rapporter, to bring back.

rapprocher, to connect, to approach again.

rapprocher (se), to get nearer.

rarement, seldom.

rasseoir (se), to sit down again.

rassembler, to gather, to collect.

rassurer (se), to be re-assured, to be tranquilized.

ratifier, to ratify.

rattraper, to make up, to catch up. [up.

rauque, hoarse.

rayon, *m.*, ray.

rebelle, *m.*, *f.*, rebel, rebellious.

rébellion, *f.*, rebellion.

rebord, *m.*, ledge, brim.

recevoir, to receive.

rechange, *m.*, spare things; de —, spare, extra.

réchapper, to escape.

recharger, to load again.

recherche, *f.*, search, pursuit; à votre —, to look for you; être à la — de, to be looking for.

récit, *m.*, story, recital.

réclamer, to claim, to demand, to ask, to require.

recommandation, *f.*, recommendation, instruction.

recommander, to recommend.

récompense, *f.*, recompense, reward.

reconduire, to take back, to lead back; to lead again, to conduct again; de se faire —, to have herself taken again.

reconnaissance, *f.*, gratitude, recognition, recognizing; faire une —, to reconnoiter.

reconnaître, to recognize, to acknowledge, to find out.

reconnaître (se), to be recognized, found out.

reconnu, -e, *past part. of* reconnaître.

recueillir, to gather, to concentrate, to receive.

reculé, -e, back, distant.

reculer, to recoil, to back out.

reculer (se), to draw back.

redevenir, to become again.

redoublement, *m.*, redoubling, increase.

redouter, to fear, to dread.

redresser (se), to rise, to stand up again.

réduire, to reduce.

réel, -le, real.

réellement, really.

refaire, to make over again, to make again.

refermer, to close again.

refermer (se), to be closed again.

réfléchir, to reflect, to think.

reflet, *m.*, reflection.

réfléter (se), to be reflected.

réflexion, *f.*, reflection.

refroidir, to get cold.

refuser, to refuse.

regagner, to reach again.

regard, *m.*, glance, look.

regarder, to look at, to concern, to consider, to regard; y — à deux fois, to consider the matter twice, to hesitate.

regarder (se), to look at each other.

régiment, *m.*, regiment.

règle, *f.*, rule; en —, regular.

régler, to settle, to set (of watches), to regulate.

règne, *m.*, reign.

régularité, *f.*, regularity.

régulièrement, regularly.

reine, *f.*, queen.

reins, *m. pl.*, back.

rejoindre, to join, to catch up.

relation, *f.,* connection, relation.

relayer, to take fresh horses.

relever, to pick up, to raise again, to lift up again, to relieve, to lift; **en relevant,** on being relieved.

relever (se), to rise again.

relier, to bind.

religieuse, *f.,* nun.

religieusement, religiously.

religion, *f.,* religion.

reluire, to glitter, to shine.

remarquer, to notice.

remède, *m.,* remedy.

remerciement, *m.,* thank.

remercier, to thank.

remettre, to put again, to place again, to deliver, to leave, to put off, to give.

remettre (se), to put one's self again, start again.

remit, *pret. of* **remettre.**

remonter, to mount again, to ride again, to ascend again, to enter again.

rempart, *m.,* rampart, protection.

remplacer, to replace.

remplir, to answer, to fulfill, to fill.

renchérir, to go further.

rencontre, *f.,* encounter, meeting; **à notre —,** to meet us; **à la —,** to meet, towards.

rencontrer, to meet, to meet with.

rencontrer (se), to be met, to be found.

rendez-vous, *m.,* appointment, meeting place; **donner un —,** to make an appointment.

rendirent, *pret. of* **rendre.**

rendre, to return, to render, to give back change (money), to give again, to make, to give up; **— compte,** to give an account, to explain.

rendre (se), to go, to yield, to surrender, to lead.

renfermer, to contain.

renfort, *m.,* reinforcements.

renommé, -e, renowned, famous.

renouveler (se), to be renewed.

renseignement, *m.,* information.

renseigner, to inform.

renseigner (se), to inquire.

rentrer, to enter again, to re-enter, to go home again, to return.

renverser, to throw down, to knock down.

renverser (se), to throw one's self back.

renvoyer, to send away.

répandre, to express, to spread, to shed, to spill, to give out, to distribute.

répandre (se), to be spread.

reparaître, to appear again.

réparer, to make up for.

repartir, to start again, to go back.

repas, *m.,* meal, repast.

repasser, to pass again, to come again.

repentir (se), to repent.

répéter, to repeat.

replacer, to place again.

répondre, to answer, to promise, to respond, to be sure; **— de,** to answer for.

reporter, to take back, to carry back.

repos, *m.,* rest, repose.

reposer, to rest, to place again.

repousser, to push back, to reject.

reprendre, to take again, to resume, to take back, to reply.

représenter, to represent.

repris, -e, *past part. of* **reprendre.**

répugnance, *f.,* repugnance, dislike, reluctance.

réserve, *f.,* reserve.

réserver, to reserve.

résistance, *f.,* resistance; **faire —,** to resist.

résolument, resolutely.

résolution, *f.,* resolution.

résolu, -e, *past part. of* **résoudre.**

résoudre, to resolve, to decide.

respect, *m.,* respect.

respirer, to breathe.

responsabilité, *f.,* responsibility.

ressaisir, to recover, to grasp again.
ressemblant, -e, resembling, like.
ressembler, to resemble.
ressembler (se), to resemble one another.
resserré, -e, shut in.
ressort, m., spring.
ressource, f., resource, expedient.
ressusciter, to bring to life again.
reste, m., rest, remainder; du —, besides, in façt, moreover.
rester, to remain; en — là, to stop, to go no further.
résultat, m., result.
résulter, to result.
rétablir (se), to be re-established.
retard, m., delay.
retenir, to stop, to retain, to hold back, to detain.
retentir, to resound, to be heard, to sound.
retirer (se), to withdraw, to retire.
retomber, to fall back, to fall again.
retour, m., return; au —, on returning; être de —, to be back.
retourner, to return, to turn over, to go back.
retourner (se), to turn around, to turn back.
retraite, f., retreat, hiding-place; battre en —, to retreat.
retranchement, m., stronghold, intrenchment.
retrouver, to find again.
retrouver (se), to find one's self again, to be again; to meet again, to find each other again.
réunion, f., meeting, reunion.
réunir, to assemble, to unite, to collect, to reunite.
réussir, to succeed, to be successful.
rêve, m., dream.
réveil, m., awaking.
réveiller, to awake.
réveiller (se), to awake.
révélation, f., revelation.

révéler, to reveal, to disclose.
revenir, to return, to come back, to go back, to come to one's mind, to come to consciousness again, to come to.
rêver, to dream, to muse.
rêverie, f., reverie, musing.
reverrez, fut. of revoir.
revêtement, m., revetement.
revêtu, -e, clothed, clad.
rêveu-r, -se, thoughtful, pensive.
reviendrons, fut. of revenir.
revint, pret. of revenir.
revoir, to see again.
révolte, f., revolt.
révolter (se), to rebel, to revolt.
rez-de-chaussée, m., ground floor.
rhum, m., rum.
riant, -e, pleasant, laughing, smiling.
riche, wealthy, rich.
richesse, f., richness, wealth.
rideau, m., curtain.
ridicule, ridiculous.
rien, nothing, anything.
rigide, strict, rigid.
rigueur, f., rigor; à la —, strictly speaking.
rire, m., laughter.
rire, to laugh.
risque, m., risk; au — de, at the risk of.
risquer, to venture, to risk.
rivage, m., bank, shore.
rival, -e, rival.
rive, bank (of rivers).
rivière, f., river.
roc, m., rock.
Rochelais, -e, an inhabitant of La Rochelle.
rocher, m., rock.
roi, m., king.
rôle, m., part, role.
rompre, to break.
rompre (se), to be broken, to break.
rompu, -e, broken.
ronde, f., patrol; qui fait sa — de nuit, going the night rounds; night patrolling.
rouge, red.

rougeâtre, reddish.
roulement, *m.*, rumbling, rolling.
rouler, to roll.
rouler (se), to writhe.
Roussillon, *m.*, a Province in Southern France.
route, *f.*, road, way, trip, travel; en —, let us go on; on the way; se mettre en —, to start out; grande —, high way.
rouvrir, to open again.
royaliste, royalist.
royaume, *m.*, kingdom.
ruban, *m.*, ribbon.
rue, *f.*, street.
ruisseau, *m.*, stream, brook.
ruisseler, to trickle down.
ruse, *f.*, trick, ruse.

S

sa, his, her.
sable, *m.*, sand.
sabre, *m.*, saber.
sac, *m.*, sack, bag; c'est le fond de mon —, it is my last idea, scheme.
saccadé, -e, by jerks.
sache, *subj. of* savoir.
sacré, -e, sacred.
sacrifier, to sacrifice.
sage, good.
sagesse, *f.*, wisdom.
saigner, to bleed.
sain, -e, healthy; — et sauf, safe and sound.
saint, -e, saint, consecrated, blessed, holy.
saisir, to seize, to grasp.
salaire, *m.*, pay, wages.
salir, to dirty.
salle, *f.*, hall, room; — à manger, dining room.
salon, *m.*, parlor, drawing-room.
saluer, to salute, to bow.
salut, *m.*, salutation, greeting, salute, salvation.
salutaire, salutary.
sang, *m.*, blood.
sang-froid, *m.*, coolness, sang-froid.

sanglant, -e, bloody.
sanglot, *m.*, sob; éclater en —s, to break out into sobs.
sans, without.
santé, *f.*, health.
Satan, *m.*, Satan.
satellite, *m.*, satellite.
satisfaction, *f.*, satisfaction.
satisfaire, to satisfy.
sau-f, -ve, safe; sain et —, safe and sound.
sauf-conduit, *m.*,.safe-conduct.
saurai, *fut. of* savoir.
saurions, *cond. of* savoir.
sauter, to jump, to leap; je vous fais — la cervelle, I blow your brains out.
sauvage, wild, savage.
sauvegarde, *f.*, safeguard, protection.
sauver, to save.
sauver (se), to run away, to escape.
sauveur, *m.*, saviour, rescuer.
savent, *pres. of* savoir.
savoir, to know, can.
sceau, *m.*, seal.
scène, *f.*, scene.
science, *f.*, science.
scrupuleu-x, -se, scrupulous.
se, one's self, himself, herself,
sèchement, dryly.   [itself.
second, -e, second.
seconde, *f.*, second.
seconder, to second, to assist.
secouer, to shake, to shake off.
secourir, to succor, to help.
secours, *m.*, help, succor; porter —, to render assistance.
secousse, *f.*, shock, shake, jerk.
secret, *m.*, secret.
secr-et, -ète, secret.
sectat-eur, -rice, votary, follower.
séduire, to seduce, to bewitch.
seigneur, *m.*, lord, landlord.
seize, sixteen.
selle, *f.*, saddle; se mettre en —, to mount (a horse); en —, to our horses, in the saddle.
seller, to saddle; tout sellé, already saddled.

selon, according to.
semblable, similar, alike.
sembler, to seem.
sens, *m.*, sensibleness, reason, sense.
sentence, *f.*, sentence.
sentiment, *m.*, consciousness, sentiment.
sentinelle, *f.*, sentinel, sentry; en —, on sentry duty.
sentir, to feel, to smell.
sentir (se), to feel one's self, to feel.
séparation, *f.*, separation.
séparer, to separate.
séparer (se), to part, to part with.
sept, seven.
septembre, *m.*, September.
sérénité, *f.*, serenity.
serment, *m.*, oath.
serpent, *m.*, snake.
serré, -e, close.
serrer, to press, to squeeze, to tighten; — la main, to shake hands.
service, *m.*, service, military service.
serviette, *f.*, napkin.
servir, to serve, to attend to, to wait on, to be of use.
servir (se), to use.
serviteur, *m.*, servant.
seuil, *m.*, threshold.
seul, -e, alone, only, single.
seulement, only.
sévèrement, strictly, severely.
si, if, so, yes; —...—, whether ...or; — fait, yes, indeed; —...que, no matter how.
siège, *m.*, siege.
sien (le), sienne (la), siens (les), siennes (les), his, hers, its.
sifflement, *m.*, whistling, whizzing.
siffler, to whiz, to whistle.
signalement, *m.*, description.
signature, *f.*, signature.
signe, *m.*, sign.
signer, to sign.
signer (se), to cross one's self.

silence, *m.*, silence.
silencieu-x, -se, silent.
silhouette, *f.*, silhouette.
sillonner, to furrow.
simple, simple.
simplement, simply.
simplicité, *f.*, simplicity.
simplificateur, *m.*, simplifying, simplifier.
sincère, sincere.
singuli-er, -ère, singular, peculiar.
sinistre, ominous, sinister.
sinon, otherwise.
situation, *f.*, situation.
situé, -e, situate, lying.
situer, to place.
six, six.
sœur, *f.*, sister.
soi, one's self; chez —, at home, in one's room.
soie, *f.*, silk.
soif, *f.*, thirst.
soigneusement, carefully.
soin, *m.*, care.
soir, *m.*, evening, night; hier —, last night; tous les —s, every evening.
soit, either, or, whether.
soixante, sixty.
sol, *m.*, ground.
soldat, *m.*, soldier.
soleil, *m.*, sun.
solennel, -le, solemn.
solennité, *f.*, solemnity, feast.
solitaire, isolated, lonely, solitary.
solitairement, alone, solitarily.
sombre, somber, dark, grave.
somme, *f.*, sum.
sommeil, *m.*, sleep.
sommer, to command, to summon.
son, his, her.
son, *m.*, sound; filer des —s, to cry out.
songer, to think.
sonner, to ring the bell, to ring.
sorte, *f.*, kind, sort; de — que, so that.
sortie, *f.*, sortie.
sortir, to go out, to come out.
sot, -te, blockhead.

sottise, *f.*, blunder, silly thing, folly.
souche, *f.*, stump (of trees).
soucier (se), to care.
souffert, -e, *past part. of* souffrir.
souffler, to breathe, blow.
souffrance, *f.*, suffering.
souffrir, to suffer.
souhait, *m.*, wish; à —, according to our wishes.
souiller, to blemish, to stain, to soil.
souillure, *f.*, impurity.
soulever, to lift up.
soupçon, *m.*, suspicion.
soupçonner, to suspect.
souper, *m.*, supper.
souper, to sup.
soupir, *m.*, sigh; pousser un —, to heave a sigh.
soupirail, *m.*, air-hole, small grated window.
soupirer, to sigh.
source, *f.*, source, origin.
sourcil, *m.*, eyebrow; froncer le —, to frown.
sourd, -e, hollow (of voice), dull.
sourdement, secretly.
sourire, *m.*, smile.
sourire, to smile.
sourire (se), to smile to one another.
sournois, -e, cunning, sly person.
sous, under.
soustraire, to shelter, to screen.
soutenir, to support, to sustain, to prop up, to stand.
souvenir, *m.*, remembrance, recollection.
souvenir (se), to remember.
souvent, often.
spectacle, *m.*, spectacle, show, sight.
spectat-eur, -rice, spectator looker on.
spectre, *m.*, spectre.
splendide, splendid.
squelette, *f.*, skeleton.
station, *f.*, stay.
statue, *f.*, statue.

stimuler, to stimulate, excite.
strict, -e, strict, severe.
stupéfaction, *f.*, stupefaction, astonishment.
stupéfait, -e, stupefied, astonished.
stupeur, *f.*, stupor.
stupide, stupid.
subir, to undergo.
substituer, to substitute.
succéder (se), to follow one another, to succeed one another.
succès, *m.*, success.
successi-f, -ve, successive.
successivement, successively, in succession.
succulent, -e, succulent.
sueur, *f.*, sweat, perspiration.
suffire, to suffice, be sufficient.
suffisant, -e, sufficient.
suffoquer, to suffocate, to stifle.
suisse, *m.*, Swiss.
suite, *f.*, continuation; de —, at once; par — de, in consequence of, as a result of.
suivant, -e, following.
suivre, to follow.
supérieur, *m.*, chief.
supérieur, -e, superior, higher, above.
supérieure, *f.*, mother superior (in convents).
superstitieu-x, -se, superstitious.
supplice, *m.*, execution, torture.
supplier, to beg.
supposer, to suppose.
suprême, supreme.
sur, on, upon, about, over, in.
sûr, -e, sure, certain, trustworthy, safe.
sûrement, safely, surely.
sûreté, *f.*, safety.
surgir, to spring up, to arise.
surlendemain, *m.*, third day.
surmonter, to surmount, to overcome.
surplomber, to hang over.
surprendre, to surprise, to catch.
surprise, *f.*, surprise.
sursaut (en), with a startle.
surtout, above all, specially.

surveille, *f.*, two days before.
surveiller, to superintend, to look after.
suspendre, to hang, to hold up.
suspendu, -e, in suspense, stopped.
sympathie, *f.*, sympathy.

T

table, *f.*, table; **se mettre à —**, to seat one's self at a table, at a meal; **mettre la —**, to set the table.
tâcher, to try, to endeavor.
taille, *f.*, height, stature, size.
tailleur, *m.*, tailor.
taillis, *m.*, underwood.
taire (se), to keep silent.
talus, *m.*, embankment, slope.
tambour, *m.*, drum.
tandis que, while.
tant, so much, so many; **— que**, as long as, as much as.
tapisser, to hang with tapestry, to deck, to adorn.
tapisserie, wall paper, tapestry.
tard, late; **il se fait —**, it is getting late.
tarder, to be long, to delay.
tardi-f, -ve, late, tardy.
taxer, to accuse, to tax, to call.
te, thee, to thee, for thee.
teint, *m.*, complexion.
tel, -le, such.
tellement, so, so much.
témérairement, rashly.
témoignage, *m.*, testimony, evidence, testimonial.
témoin, *m.*, witness, proof.
temps, *m.*, weather, time; **de — en —**, from time to time; **par le — qui courait**, as matters went; **en même —**, at the same time.
tendre, to extend, to outstretch, to hold out, to hand.
tendrement, tenderly.
tenez, see here, look here, see.
tenir, to hold, to care, to be desirous, to hold out, to keep, to stand; **faites moi —**, let me have; **ne — qu'à**, to depend only on.
tenir (se), to hold one's self, to stand, to stay, to hold one another; **à quoi s'en tenir**, what to think.
tentative, *f.*, attempt.
tenter, to tempt, to attempt, to try.
terme, *m.*, term, word, end.
terrain, *m.*, ground.
terrasser, to fell, to throw down, to overcome.
terre, *f.*, earth, land, field; **par —, à —**, on the floor, on the ground; **mettre pied à —**, to alight.
terreur, *f.*, terror.
terrible, terrible.
tête, *f.*, head, mind, life; **tenir la —**, to be ahead; **il y va de la —**, your life is at stake.
théâtre, *m.*, theater, seat.
tiendrai, *fut.* of **tenir**.
tiers, *m.*, third.
tinssiez, *imperf. subj.* of **tenir**.
tint, *pret.* of **tenir**.
tirer, to draw, to pull, to draw out, to shoot.
tirer (se), to extricate one's self, to get out.
tiroir, *m.*, drawer.
titre, *m.*, title; **à quel —**, on what terms, on what ground.
toast, *m.*, toast.
toi, thee, thou.
toit, *m.*, roof.
tombe, *f.*, tomb.
tombeau, *m.*, tomb.
tomber, to fall.
ton, *m.*, tone.
ton, ta, tes, thy.
tonnerre, *m.*, thunder.
topographie, *f.*, topography.
tordre, to wring, to twist.
torrent, *m.*, torrent.
tort, *m.*, wrong; **avoir —**, to be wrong; **c'était à —**, it was wrongly.

torture, *f.*, torture, pain.

tôt, soon.

toucher, to touch, to hit.

toujours, always, nevertheless, ever, still.

tour, *m.*, turn; à son —, in his turn; à votre —, in your turn, now; à mon —, in my turn; faire un — de jardin, to walk in the garden; faire le —, to go around.

tourner, to turn.

tourner (se), to be turned.

tournure, *f.*, appearance.

tout, *m.*, whole.

tout, quite.

tout, -e, tous, toutes, all, every; —...que, although; — en, while.

tout à coup, suddenly.

tout à fait, quite, entirely.

toutefois, however.

trace, *f.*, trace.

tracer, to draw, to trace.

trahir, to betray.

trahison, *f.*, treason.

train, *m.*, train, gait, speed; à fond de —, at a full speed; en — de, in the act; en —, in good spirits.

traîner, to drag.

traîner (se), to drag one's self, to crawl.

trait, *m.*, feature, trait.

traite, *f.*, stage, journey; d'une seule —, without stopping.

traitement, *m.*, treatment.

traiter, to treat.

traître, *m.*, traitor.

trajet, *m.*, passage, journey.

tranchée, *f.*, trench; était de —, was on guard duty in the trench.

tranquille, quiet, tranquil, easy.

tranquillement, quietly, tranquilly.

tranquillité, *f.*, tranquility.

transporter, to convey, to transfer, to transport.

transvaser, to decant, to pour out.

travailler, to work.

travailleu-r, -se, worker, laborer.

travers, *m.*, breadth; en —, across; à —, through, across.

traverse, *f.*, short-cut, crossroad.

traversée, *f.*, passage.

traverser, to traverse, to cross, to pass through.

tremblement, *m.*, trembling.

trembler, to tremble.

tremper, to dip, to be concerned, to be implicated.

trésor, *m.*, treasure.

trente, thirty.

trépasser, to die.

tressaillir, to startle, to tremble.

tribunal, *m.*, court, tribunal.

triomphant, -e, triumphant.

triomphe, *m.*, triumph.

triompher, to triumph.

triple, *m.*, triple.

triste, sad.

tristement, sadly.

trois, three.

troisième, third.

tromper, to deceive.

tromper (se), to be mistaken. to make mistake.

trompette, *f.*, trumpet.

tronc, *m.*, trunk.

tronqué, -e, truncated, mutilated.

trop, too much, too many, too.

trophée, *m.*, trophy.

trot, *m.*, trot.

trou, *m.*, hole.

trouble, muddy (of wine).

troublé, -e, agitated, excited.

troubler (se), to become confused.

trouer, to pierce, to make a hole.

troupe, *f.*, band, troop, crowd; —s, troops.

trouver (se), to find one's self, to be; — mal, to faint.

tu, thou.

tuer, to kill.

tumulte, *m.*, tumult, uproar.

Turc, *m.*, Turk.

tutoyer, to thee and thou.

tuyau, *m.*, pipe.

U

un, -e, a, an, one.
uniforme, m., uniform.
utile, useful.
utilité, f., usefulness.
usage, m., use; d'—, usual.

V

vaguement, vaguely.
vaincre, to conquer, to vanquish.
vaincu, -e, past. part. of vaincre.
vainement, vainly, in vain.
vaisseau, m., vessel, ship.
valet, m., valet, footman.
valoir, to be worth; — la peine, to be worth while; — mieux, to be better.
varié, -e, varied.
variété, f., variety.
vase, m., vessel.
vaut, pres. of valoir.
vécu, past part. of vivre.
veille, f., eve, day before.
veiller, to watch, to look after.
veilleur, m., watchman; — de nuit, night watchman.
veine, f., vein; je suis en —, I am in luck.
velours, m., velvet.
vendre, to sell.
vengeance, f., vengeance, revenge.
venger, to avenge.
venger (se), to revenge one's self.
venir, to come; — de, to have just; faire —, to send for.
vent, m., wind.
ventre, m., belly, abdomen; — à terre, flat on the ground.
venu, -e, come; nouveau —, new comer.
verbal, -e, verbal.
vérifier, to ascertain, to verify.
véritable, true, real.
véritablement, really, truly.
vérité, f., verity, truth.

verre, m., glass.
verrou, m., bolt.
vers, towards.
verser, to pour out.
vertige, m., madness, vertigo, dizziness.
vertu, f., virtue, property.
vertueu-x, -se, virtuous.
vêtement, m., coat.
vétérinaire, m., veterinary.
vêtu, -e, clothed.
veuillez, imperat. of vouloir.
veut, pres. of vouloir.
viande, f., meat.
vibrant, -e, vibrating.
victime, f., victim.
victoire, f., victory.
vide, empty.
vider, to empty.
vie, f., life.
vieux, vieil, -le, old.
vi-f, -ve, quick, keen, alive, live; plus mort que —, more dead than alive.
vigilant, -e, vigilant, watchful.
vigoureusement, vigorously.
vigoureu-x, -se, vigorous.
vigueur, f., vigor.
village, m., village.
ville, f., city, town.
Villette (La), a proper name.
vin, m., wine.
vingt, twenty.
vingtaine, f., score, about twenty.
vint, pret. of venir.
violence, f., violence.
violent, -e, violent.
vipère, f., viper.
visage, m., face.
vis-à-vis, to, opposite.
visée, f., end, aim.
viser, to sign, to aim.
visiblement. visibly.
visite, f., call, visit.
visiter, to visit, to look at.
visiteu-r, -se, visitor.
vit, pret. of voir.
vite, quickly, rapidly.
vitesse, f., speed.
vitre, f., window pane.

vitré, -e, glazed.
vitreu-x, -se, vitreous, glassy.
vivant, -e, living, alive.
vive, long live; qui —, who goes there.
vivement, quickly.
vivre, to live.
voici, here is, behold, here are, this is; nous —, here we are.
voie, f., way.
voilà, there is, there are, here is, here are, behold, this is; m'y —, there I am; les —, there they come.
voile, m., veil.
voile, f., sail; mettre à la —, to sail.
voiler, to dim, to veil.
voir, to see.
voiture, f., carriage.
voix, f., voice; hors de la portée de la —, out of hearing.
volaille, f., fowl, chicken.
volée, f., flight; à toute —, a full peal.
voler, to fly, to steal, to chase; — la pie, to chase magpies.
volet, m., shutter.
volontaire, m., volunteer.

volonté, f., will.
volontiers, willingly.
voltiger, to flutter, to hover.
votre, vos, your.
vôtre (le, la), —s (les), yours.
vouloir, to want, to wish, will, to be willing; — bien, to be willing; que voulez-vous, what do you want.
voulut, pret. of vouloir.
vous, you, to you; —-même, yourself.
voyage, m., voyage, travel, trip.
voyager, to travel.
voyageu-r, -se, traveller.
voyaient, imperf. of voir.
voyons, well, come.
vrai, -e, true, genuine.
vraiment, truly, really.
vu, -e, past part. of voir.
vue, f., view, opinion, project.
vulgaire, vulgar, common.

Y

y, from there, there, to it, of it, to them, of them; — avoir, there to be.
yeux, plur. of œil.

igly.
er, to h—

-s (les.
to wish
nien, to
-vous, a.

lloir.
ou; —e

; trav

eller
voir.

e.
r.
oir.
pro
non

it.
- ar

Ingram Content Group UK Ltd.
Milton Keynes UK
UKHW022234180523
421997UK00005B/100